청천

[淸 泉]

목마른 삶의 여정을 극복하고 맑은 샘이 된 교육자의 이야기

청천 淸泉

최대욱 지음

『**수술실은 오히려 안락한 휴식처**』의 개정판(증보판)!

비록 필자의 과욕일지라도 본 글이 목마른 여정을
살아가는 상황에서 마신 한 잔의 맑고 시원한 샘물이기를 바란다.

바른북스

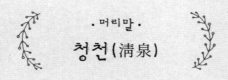

· 머리말 ·
청천(淸泉)

　　필자는 금번에 자전적 에세이 개정판을 출간하였다. 목마른 삶의 여정을 극복하고 맑은 샘이 된 교육자의 이야기 『청천(淸泉)』이라는 제목이다. 첫 번째 에세이에 세계여행을 통해 넓어진 안목과 교직 생활의 이야기를 추가하였다. 세계여행은 18개국을 다녀오면서 보고 느낀 점을, 교직 생활의 이야기는 Ⅰ, Ⅱ로 구분하여 수학 선생님으로 근무한 29년 6개월과 교장, 교감으로 근무한 6년 6개월의 과정을 기억나는 대로 편하게 기술하였다.

　　필자의 첫 번째 자전적 에세이인 생과 사의 경계를 넘나든 삶의 이야기 『수술실은 오히려 안락한 휴식처』를 출간한 지 3년이 지났다. 그동안 세월이 흘러 교직을 마무리하는 단계에 이르렀고, 교육자의 자전적 에세이를 쓰면서 교직을 마무리하는 순간을 빼놓을 수 없었다. 따라서 에세이를 마무리하기 위해서는 본의 아니게 정년을 기다려야 했다. 그리고 그 시기가 되었고, 세계여행은 덤으로 추가된 것이다.

첫 번째 자전적 에세이에서는 필자의 지난한 삶의 여정이 강조
되었다면 이번 개정판에서는 세계여행과 교직생활을 통한 밝은 측
면을 강조하였다. 특히 심신의 건강을 회복하고, 중단없는 공부와 세
계여행을 하며 얻어진 경험을 바탕으로 학생 교육에 심혈을 기울였
음은 물론 시, 수필, 소설 등 분야를 가리지 않고 글을 쓴 부분이 추
가되었다. 아직은 부족하지만 이미 작성해 놓은 그러한 글들도 일부
접할 수 있다.

거문중학교에서 생활하면서 2년에 걸친 작업으로 13대 선조에
관한 소설도 썼다. 『임진란 보성의 젊은 호랑이 방촌공 최억남』을 출
간하여 정년을 기념하였다. 부족한 필자에게 거문도에 근무했다는
이유로 서울교대 명예교수 겸 ㈜한국교총 안양옥 회장님으로으로부터
'거문(巨文)'이라는 호를 선물로 받았고, 국가로부터 그동안의 공적을
인정받아 녹조근정훈장을 수여받았다. 일생을 바쳐 후세 교육에 최
선을 다했지만 부족한 점이 많았음을 인정한다. 훌륭한 후배들이 있
으니 그래도 마음이 든든하다. 후배들을 믿고 후련한 마음으로 교직
을 떠나고자 한다. 다음은 거문중학교에서 정년 퇴임을 하고 거문도
를 떠나면서 쓴 「거문출도시(巨文出島詩)」이다.

거문출도시(巨文出島詩)

유유자적 노닐던 천국의 유배 생활 풀려
세월의 유한성에 감사 삼배 올리니
햇볕 조명받아 아름답던 풍광조차
구름 속에 달려들어 아쉬운 눈물 훔친다.

수레를 준비하여
출도의 동반자를 모집하니
외로운 두어 해를 행복하게 만들어 준 벗들이
앞다투어 동행하겠다고 아우성친다.

널려있던 글들이 재빨리 정돈하더니
가장 많은 시간을 함께 보냈다며 맨 먼저 오르고
엄격한 검열을 통과한 수석 몇 점이
남겨진 친구들의 부러움을 사며 뒤따라 오른다.

뜨겁게 사랑하다 헤어져 잠만 자던 낚싯대는
소식을 듣고 벌떡 일어나 엉거주춤 온몸을 털어내고
버림받을 위기의 순간에도
몸값 핑계 삼아 큰 소리로 동행을 요구한다.

현관 너머 펼쳐진 맑고 푸른 바다는
뭍에 나가 살자며 자꾸 눈치를 주어도
날마다 함께 대화 나눈 의리를 저버리고
정원에 갇히기는 싫다며 시선을 거부한다.

거문도를 떠나는 뱃고동 소리 요란하니
배웅 나온 갈매기 떼도 슬피 울어대고
때 이른 연록의 봄옷으로 갈아입은 심해는
역풍의 파고를 높여 헤어짐을 방해한다.

거문대교가 안개에 묻혀 흔들던 손을 거두고
초도 여승 바위의 목탁 소리 청량하게 들려오니
수레에 탄 채 숨죽이던 벗들은 안도의 한숨을 내쉬고
고단한 바닷길을 이끌던 여객선도 녹동항에 안착하여 이별을 고한다.

거문도에서 巨文의 전설을 접하고
巨文을 길러내고자 한 간절함이 겹겹이 쌓이니
좁다란 표정이 빈자리를 내어주기 시작했을까?
얼굴에 巨文의 모습이 아른거린단다.

수줍은 '巨文'이란 호를 선물 받은 거문도가 벌써 그립다.

끝으로, 필자에게 아직 부족함이 여전하다. 그리고 갈 길도 멀다. 그러나 한 가지 바람은 세상 풍파에 오염되지 않고 묵묵히 자연과 대화하며 깊은 사색을 통해 맑은 샘(淸泉)이 깨끗한 물을 품어내듯 계속해서 맑고 시원한 글들을 쓰고 싶다. 비록 필자의 과욕일지라도 본 글이 목마른 여정을 살아가는 상황에서 마신 한 잔의 맑고 시원한 샘물이기를 바란다.

2023. 02. 28.
거문중학교 교장실에서

수술실은 오히려
안락한 휴식처

　필자는 어릴 적 어느 유명인의 자전적 에세이를 읽은 적이 있다. 문체가 간결하여 읽기도 편하고 배움도 얻으면서 생각할 수 있는 여운까지 주었다. 학교 선생님들이 추천하여 주로 읽었던 명작소설들과는 다른 느낌이었다. 무엇보다 픽션이 아닌 실제 삶을 이야기하는 글이어서 필자의 생각과 행동을 동시에 반추해 볼 수 있어 더욱 좋았다. 그때 필자는 나이가 들면 꼭 자전적 에세이를 써서 후인들에게 자신들의 삶을 비춰볼 수 있는 거울을 제공함과 동시에 본인이 살아온 흔적을 남기리라 다짐했었다.

　필자가 행복을 느끼는 순간은 무엇보다 원 없이 공부했던 시기였던 것 같다. 첫 번째 시절은 고등학교 3년 동안이었다. 광주로 유학 간 촌뜨기의 첫 정기고사 성적은 전교 238등이었다. 단 6개월 만에 전교 6등으로 수직 상승하여 지속적으로 최상위권을 유지했다. 고교 3년간은 정말로 원 없이 공부한 시기였다. 공부가 아니라 전쟁이었다. 남들과의 전쟁이 아닌 자신과의 전쟁이었다. 약한 체질이라 유독 잠이 많았던 필자지만, 3년간 12시 이전에 잔 적이 없다. 11시 45분 정도 되면 참을 수 없을 정도로 잠이 쏟아지곤 했다. 그러나 책상에서 내려간 적이 없다. 한 번 내려가면 자신과의 전쟁에서 진 것이 되기 때문이었다. 매일 15분을 3년간 합산해 보면 답이 나오지 않겠는가?

방위병으로 근무했다. 중이염을 앓아 현역으로 입대할 수 없어 아쉬움이 남는 부분이다. 행정병으로 매일 동료들의 야간 근무까지 대신하며 중대본부 상황실을 지켰다. 이 시간을 이용하여 육법전서를 독파해 나갔다. 처음에는 24시까지 근무하며 공부하다 새벽 3시까지, 새벽 5시까지, 그러다 날마다 날을 새고 근무하며 공부했다. 처음에 그토록 오지 않던 새벽 3시가 새벽 5시까지 공부한 후로는 너무나 빨리 왔고, 새벽 5시도 날마다 날을 새며 공부하다 보니 금방이었다. 이렇게 공부한 지식을 평생 활용하고 있으니 이 또한 행복한 시간이 아니었겠는가? 두 번째 행복한 시기였다.

문제가 발생했다. 오염된 균이 피부를 타고 번지면서 급격하게 붉은 반점이 생기고 있었다. 담당 교수가 와서 피부가 썩고 있다면서 바로 수술실로 데리고 갔다. 몇 시간 전에 전신마취를 했기 때문에 다시 하면 깨어나지 못할 수 있다. 전신마취가 아닌 링거주사를 통해 통증 완화만 하면서 복부 두 곳, 옆구리 여섯 곳을 예리한 메스로 길게 잘라나갔다. 그리고 피부와 근육 사이로 퍼지고 있는 오염 물질을 소금물로 씻어내기 시작했다. 정신이 온전한 상태에서 처음부터 끝까지 생살을 찢고 닦는 생체 수술이었다. 고통이 묻어나는 고함을 한없이 뿜어냈다. 그 사람이 바로 필자였다. 수술을 마치고 병실에 누워있는데 온몸에 열이 올라 에어컨에 선풍기를 쐐도 견딜 수 없었다. 담당 교수가 오더니 "패혈증으로 번졌으니 가망이 없습니다." 하고 떠났다. 사망 선고였다. 필자는 죽었다. 전남대병원에서의 일이었다.

담당 교수 왈 "장이 모두 썩어버린 것 같은데 빨리 수술실로 옮기세요." "보호자님! 환자의 장이 모두 썩었을 가능성이 큽니다. 장례 치를 준비를 하세요." "수술실에서 개복을 했다가 내부가 썩어 있으면 봉합을 안 하고 끝낼 수도 있습니다." 한마디로 담당 교수의 사망 선고였다. 병실에 모여있는 모든 가족과 통한의 마지막 작별 인사를 해야 했다. 그러나 수술실에 가서 아무것도 모른 채 그냥 죽기는 정말로 싫었다. 그래서 수술을 거부했다. 죽더라도 내 의지에 따라 나를 정리하고 죽겠다고 고집을 피웠다. 죽음을 앞두고 가장 눈에 밟히는 아들, 딸 그리고 아내와 가족들이 생각났지만, 눈물조차 나오지 않았다. 딸은 자기 엄마라도 있으니 조금이라도 도움을 받겠지만, 아들은 누구의 도움을 받으며 이 세상을 살아가야 하나? 그리고 못다 한 가족과 조상님들에 대한 의무는 어떻게 하나? 생각할수록 기가 막힌 현실이었다. 필자는 홀로 수술실에 죽으러 들어갔다. 서울대병원에서였다.

유명인의 자전적 에세이를 읽은 지 50여 년이 흘렀다. 그때의 다짐을 실천하고자 틈틈이 글을 모았다. 머리말에서는 금욕적인 태도로 열심히 공부하여 행복함을 느낀 이야기, 생체실험과 같은 수술 과정과 두 번에 걸쳐 사망 선고를 받은 이야기 등을 간단히 언급하였다. 본 에세이에서는 이외에도 고향과 조상에 관한 이야기, 꿈과 좌절에 관한 이야기, 종교에 관한 이야기, 대통령과 국무총리와 만난 이야기, 한국교총 맨으로서 활약한 이야기 등이 사실적으로 서술되어 있다. 끝으로 경험을 글로 옮기는 능력이 부족함을 인정한다. 다만 본 에세이를 읽고 필자의 50여 년 전 느낌을 받는 이가 단 한 명이라도 있다면 더 이상의 영광이 없겠다.

2020. 02. 20.
순천 연향동에서

차
례

머리말

청천(淸泉)
－거문출도시(巨文出島詩)
수술실은 오히려 안락한 휴식처

수구초심

    필자가 살던 고향 집 안채 중앙 마루에 앉아 멀리 앞을 바라보면 범상치 않은 기운이 서려있는 높은 고도의 산 정상 부위가 시야에 들어온다. 하늘과 땅의 경계를 따라 시선을 이동하면 예서체 형태의 뫼 산(山)자 모양이 마치 회화작품의 원거리 물체 처리 기법을 사용해 놓은듯한 분위기를 자아내면서 왠지 모를 경외감마저 느껴지게 한다. 날씨가 화창한 날에는 비교적 선명한 자태를 드러냈다가 구름이 끼거나 눈비가 내린 날이면 그 실체가 흐려지거나 완전히 사라져 시각적 존재 유무가 불확실한 점도 경외심을 더하게 하는 요소이다. 산 정상에는 큰 바위를 중심으로 양옆에 두 개의 작은 바위들이 일정한 간격을 사이에 두고 놓여있는데, 중앙에 있는 커다란 바위가 마치 임금 제(帝)자를 닮기도 하고 임금의 익선관을 닮기도 하였다 하여 임금 바위라 한다. 그리고 임금 바위에 올라 멀리 바라보면 모든 산들이 마치 신하가 임금을 알현하며 머리를 조아리고 있는 듯한 모습을 하고 있다고 한다. 그래서 이 산에 붙여진 이름이 임금 바위산, 즉 제암산(帝岩山)이다.

필자의 고향, 보성의 중심이 되는 산은 바로 이 제암산이다. 백두산에서 시작해 동해를 따라 남으로 흘러내려 온 백두대간은 태백산에서 내륙으로 방향을 틀어 지리산으로 흐른다. 백두대간은 장수 장안산에서 금남호남정맥의 이름으로 분화되어 진안 주화산까지 이어지고, 이곳에서 다시 호남정맥의 이름으로 남으로 방향을 바꿔 정읍 내장산과 광주 무등산을 지나 보성 제암산에 이르고, 다시 순천 조계산을 거쳐 광양 백운산에서 긴 여정의 끝을 맺는다. 이렇듯 제암산은 백두산에서 시작한 백두대간과 그 중간에서 파생된 호남정맥의 끄트머리쯤에 위치한다. 제암산을 기점으로 보성의 호남정맥을 자세히 살펴보면 제암산에서 산맥이 남으로 살짝 내려가다 웅치 일림산에서 동으로 방향을 틀어 보성 봉화산을 거쳐 미력 대룡산으로 이어진다. 북으로 거슬러 올라가면, 산맥은 장흥의 장평 용두산을 거쳐 유치 가지산에 이르러 동쪽으로 방향을 틀어 장평 군치산을 지나고, 다시 보성 노동 봉화산과 온수산을 거쳐 화순 계당산으로 이어져 무등산으로 향한다. 온수산과 계당산 사이에서 남으로 작은 산맥이 형성되어 있는데, 미력 백운산을 거쳐 이웃하는 석호산에서 용솟음치며 혈을 맺는다.

필자의 고향 마을은 제암산에서 동쪽을 향해 뻗친 남북 양쪽 산맥을 따라 형성된 거대한 용(대룡산)과 호랑이(석호산)가 호수(보성강 댐 저수지)를 사이에 두고 서로 대치하는 형세를 취하는 용호상박(龍虎相搏)의 강력한 기운이 서린 곳이다. 거대한 용의 전설은 호남정맥의 보성 방장산, 주월산, 존제산의 산등성이들이 마치 비상하며 트림하는 용의 몸통을 닮았고, 그 용의 머리가 바로 보성 대룡산이니 대룡이라는 이름을 얻게 된 곳에서 유래한 것이다. 석호산은 호남정맥에서 분화된 소산맥의 끝에 위치해 있지만 동남쪽으로 흐르던 강이 급격히 방향을 북으로 틀기 때문에 그 맥이 뭉쳐 기운이 충만해 있다. 제암산을 중심으로 한 보성의 호남정맥들은 고지대에 거대한 분지를 형성하여 들을 만들고 물줄기를 흘려보내 보성강을 만들었는데 그 강은 가깝게 대치하고 있는 두 산, 대룡산과 석호산 사이를 거쳐 하류로 빠져나간다. 사람들은 두 산 사이에 댐을 막아 호수를 만들어 유역 변경식으로 산 너머에 물을 보내 전기를 생산하고 너른 간척지 평야에 농수를 제공하기도 한다. 호남정맥의 산들이 보성강을 만들었다면 역으로 댐으로 형성된 보성강의 맑고 깨끗한 호수는 보성의 산과 들은 물론 인간의 삶까지도 아름답고 풍요롭게 하고 있다.

필자는 500년 종갓집 셋째 아들로 비교적 다복한 집안에서 태어나 어린 시절을 보냈다. 할아버지를 정점으로 한 대가족 제도 아래서 사랑을 듬뿍 받으며 남부러움 없이 자랐다. 집안이 크게 부자는 아니었지만, 농토가 그래도 적지는 않아 끼니 걱정은 안 해도 되었으니 당시로써는 끼니 걱정을 하지 않았던 것만으로도 부유했던 시절이었다. 무엇보다 친인척 중에 존재하는 모든 명칭의 사람들이 빠짐없이 계셨고, 외부 손님들 또한 끊이지 않아 사돈의 팔촌까지도

북적이는 인적환경에서 자랐다. 자연환경인 대룡산과 석호산 그리고 보성강이 빚어놓은 야산, 들, 호수는 어린 시절 필자의 놀이터이자 배움터였다. 산에서는 봄에 산나물을 캐고 진달래꽃을 따고, 여름에는 풀 베고 소 뜯기고, 가을에는 밤을 비롯한 야생과실을 따고, 겨울에는 땔감을 모으고 눈만 오면 개를 몰고 산토끼를 잡으러 뛰어다녔다. 들에서는 봄에 씨앗을 뿌리고, 여름에 잡초 제거와 병충해 방제를 하고, 가을에 곡식을 거둬들이고, 겨울이면 연을 날리고 스케이트를 탔다. 강에서는 봄에 버들가지를 꺾어 피리를 불고, 여름에 수영하고, 가을에는 낚시를 하고, 겨울에는 시원스럽게 썰매를 탔다. 이처럼 어린 시절 자연을 누비면서 자연을 자연스럽게 즐기면서 배웠다. 필자가 교과서에서 배우지 않았던 세상을 살아가는 데 필요한 지혜의 원천들은 이렇게 얻는 것이 많았다. 누구나 성인이 되면 돌아가고 싶어 한다는 수구초심(首丘初心)의 고향은 필자에게 바로 이런 곳이었다. 전남 보성군 미력면 용정리 살내(活川) 마을이 바로 그곳이다.

무인의 피

　석호산 정상에서 남으로 흘러내린 급경사의 맥이 야산의 평평
한 산등성이로 이어지고 다시 동서쪽으로 방향을 틀어 살짝 고도를
높여 맥이 멈추어 선 곳, 앞으로 멀리 제암산 임금 바위가 바라보이
고, 발아래로 잔잔한 보성강 호수가 펼쳐지면서 강 건너 대룡산과 맞
서 대치하고 있는 곳, 이곳이 필자의 선산이다. 이 산을 북쪽으로 바
람막이 삼은 남쪽 아래에 둔터(屯基)라는 마을이 있다. 고려 때 원나
라 장수 홀필열(忽必烈)이 중국까지 알려진 석호산의 복호(伏虎) 명당
을 찾으면서 군대를 주둔시킨 터라 해서 붙여진 마을 이름이다. 둔
터 마을 위로 도로가 있고 그 위쪽 양지바른 곳에 한 무리의 비석들
과 함께 커다란 장군석이 양쪽에서 지키고 있는 범상치 않은 묘소가
있다. 임진왜란 전라좌의병 부의병장 최억남 장군의 묘소이다. 400여
년 편히 쉬시던 장군의 묘소를 아쉽게도 이장할 수밖에 없었다. 장군
의 묘소 위쪽으로 목포-광양 간 고속도로가 났기 때문이다. 장소는
석호산 줄기가 더 남으로 뻗어 내려가다 거의 360도 회를 치며 흐르
는 보성강 물줄기에 막혀 맥을 멈춰선 석둘(石乭) 마을 뒤 선산의 명

당자리이다. 보성강댐이 바로 옆에 자리하고 있는 이곳은 물의 흐름이 안동의 하회마을에 뒤지지 않는 곳이라는 평가를 받고 있는 곳이다. 강 건너 능묵 마을의 선산, 석둘 마을의 선산, 둔터 마을의 선산에 모셔진 조상들이 모두 17대를 이루어 500년 종손의 역사를 이어온다.

　　최억남 장군은 무과에 급제한 지 1년 후인 1592년 임진왜란이 발발하여 전 국토가 왜군의 손아귀에 들어가자 훈련원 봉사로 재직하다 고향인 보성으로 내려와 의병 오백여 명을 이끌고 전라좌의병 창의에 참여한다. 64세의 의병장 임계영, 58세의 양현관 문위세, 36세의 종사관 정사제 등과 함께 34세의 나이에 훈련관으로 참여한다. 전라좌의병 부대는 '호(虎)'자를 부대 징표로 삼아 앞세우고 칠백여 명의 의병을 이끌고 보성에서 출발하여 낙안을 거쳐 순천에서 이른다. 순천에서 44세의 장윤 장군과 합세한다. 여기서 장윤 장군을 부의병장으로 삼고 남원으로 향한다. 전라좌의병은 '포효하는 호랑이' 그림으로 부대의 징표를 고쳐 삼고, 남원에서 전라우의병 최경회 부대와 합류하여 주둔하다 장수로 주둔지를 옮겨 무주와 금산으로 쳐들어오는 왜군을 무찌른다. 다시 남원에서 함양으로 주둔지를 옮겨 싸우고, 최경회 부대와 합해 이천여 명의 의병군을 이끌고 제1차 진주성 전투에 참여한다. 제1차 진주성 전투는 임진왜란 3대 대첩의 하나로 조선군의 대승으로 끝났다는 사실은 익히 알려져 있다. 이후 개령으로 진영을 옮겨 싸우다 다시 성주로 진영을 옮겨 함박눈이 펄펄 내리는 엄동설한에 산천이 흔들릴 정도의 함성을 지르며 왜군과 맞서 싸워 성주성을 탈환한다. 또 성주와 개령 사이에 진을 치고 왜군을 섬멸하여 개령을 탈환한다. 임진왜란 당시 의병 활동을 정확하고 자세하게 기록한 책으로 평가받고 있는 조경남의 『난중잡록』에 임계영 의병장이 선조 임금에게 쓴 상소문의 내용이 다음과 같이 전해져 내려온다. "훈련원 봉사 최억남은 날래고 용맹스러움이 남보다 뛰어날 뿐 아니라 분발하고 격동되어 장윤과 더불어 한마음으로 협력하여 전공을 많이 세웠으니, 각별히 상을 내려 몸소 군사들에게 앞장선 공을 표창함이 어떠하겠습니까?" "부장 전만호 장윤과 우부장 훈련원 봉사 최억남은 몸소 군사들에게 앞장서서 죽음으로써 돌격하여 베고 죽인 것이 많으니 성주·개령이 수개월 동안에 수복된 데는 그들의 공이 큽니다. 그러나 위의 사람들은 강개히 분발하여 조금도 공을 바라는 마음이 없습니다마는(중략) 공을 논하여 그 공에 상주고 그 마음을 위로함이 어떠하겠습니까?" 전라좌의병 부대는 성주와 개령을 회복한 이후 선산으로 이동하여 왜군을 격퇴시킨다. 제2차 진주성 전투의 전운이 감돌 때 진주성에서 긴급한 도움을 요청하니 전라좌의병 부대에서는 장윤 장군과 300여 의병들을 선발대로 보내 돕게 했는데 진주성 전투에서 장렬히 싸우다 대부분 전사하고 말았다. 본대가 진주성에 도착하였을 때는 이미 진주성은 함락되고 말았다. 제2차 진주성 전투의 참패 이후 최억남은 남다른 용기와 뛰어난 지혜로 임계영 의병장의 신임을 받아 부의병장에 임명되어 남은 군사들을 수습하여 부대를 재정비한다. 이후 의령으로 진지를 옮겨 많은 왜군을 살상하고, 하동으로 들어가 강동의 요충지를 지키면서 날랜 군사를 내어 고성, 거제 등지에 들락날락하면서 왜군들을 잡아들이는 전공을 세운다. 그 후 조정의 명에 의거, 전라좌의병을 혁파한 뒤 김덕령의 충용군의 관군으로 소속되면서 이후 기록은 남겨지지 않는다.

최억남 장군은 처음 보성에 의병들이 모였을 때 나이 많은 문인 의병장과 참모들 사이에서 34세의 젊은 무인 출신으로서 오합지졸의 의병들을 훈련시키는 역할을 담당하면서 의병 활동을 시작한다. 이후 선배 무인들이 합세하게 되고 무과 출신 부장 장윤 장군과 함께 우부장으로서 실질적인 전투를 수행한다. 그리고 무과 출신은 아니지만, 무인인 소상진, 남응길 장군이 별장으로서 크게 활약을 한다. 최억남 장군은 임계영 의병장을 최근거리에서 보좌하면서 전투에 참가하는 역할을 담당한다. 성주성과 개령성을 탈환하지만 개령 전투에서 별장 소상진, 남응길 장군이 전사하고, 제2차 진주성 전투에서 부의병장 장윤 장군이 전사하자 최억남 장군이 부의병장의 역할을 담당하게 된 것이다. 전라좌의병은 약 2년간을 국가의 도움이 없이 순수한 민간의병으로 활약하며 제2차 진주성 전투에서 선발대가 패한 것을 제외하면 전승을 거두는 혁혁한 전공을 세운다. 최억남 장군의 친동생인 최남걸 장군도 무인 출신으로 인조반정과 이괄의 난에 전공을 세워 공신으로 책정된다. 이후 두 장군의 공이 인정되어 쌍충정려비가 하사되었다. 비문은 면암 최익현 선생이 썼다. 최억남 장군의 시호는 방촌공(坊村公), 최남걸 장군의 시호는 삼수재(三水齋)이다. 최억남 장군은 필자의 13대 직계 할아버지이시다.

부자유친

총기 넘치는 10대 후반의 소년이 어머니를 모시고 동내 고개를 넘어왔다. 일찍이 아버지를 여의고 홀어머니와 세 명의 누나들과 함께 살다가 누나들이 모두 출가하고 난 후 일가들이 많이 살고 있는 살내라는 동네로 이사를 온 것이다. 소년의 아버지는 조상 대대로 벼슬을 해온 종손 집안의 장손으로 약관의 나이에 동몽교관(童蒙教官)이라는 벼슬을 한 장래가 촉망된 한학자였고, 어머니는 몸종을 세 명이나 데리고 시집을 올 정도로 부잣집 출신이었다 한다. 지금은 소유권이 넘어간 지 오래되었지만 보성군 보성읍 오○라는 동네에 가면 조상들이 대를 이어 살아왔다고 구전으로 전해 내려온 대궐 같은 기와집이 있어 이를 증명한다. 그러나 하늘은 이들의 행복을 오래도록 지켜주지 못했다. 무슨 이유였는지는 확실하지 않지만 아버지는 대궐 같은 기와집을 처분하고 보성군 겸백면 가태라는 동네로 이사하여 한학을 가르치며 사시다가 너무 이른 나이에 돌아가신 것이다. 소년이 바로 필자의 할아버지이시다. 할아버지께서 성장 과정에서 경제적, 심리적 어려움이 얼마나 크셨을까? 그러나 할아버지께서는 아버지의 머리를 물려받고 어머니의 지혜로운 교육을 받은 덕분인지 당대에 상당한 부를 이루셨고, 교육을 많이 받지는 않으셨지만, 세상사 모르는 일이 없을 정도로 만사에 해박하셨다고 전해진다. 할아버지께서 어머니로부터 들었을 것을 추정되고, 할아버지로부터 필자의 누나에게 전달되고, 누나로부터 필자에게 전달된 고전을 비롯한 수많은 옛날이야기는 필자의 어린 시절의 밤을 항상 풍요로운 상상 속으로 빠져들게 했다. 필자는 할아버지의 사랑을 듬뿍 받고 자랐다. 세상에서 우리 할아버지만 손자를 그렇게 예뻐하신 줄 알았다. 다른 할아버지들과 비교할 수 없을 정도로 손자를 사랑하셨다. 특히 당신을 가장 많이 닮았다는 점 때문에 필자를 더욱 사랑해 주셨다. 모든 할아버지들은 종족보존의 동물적 본능으로 손자들을 예뻐한 것으로 보이지만, 우리 할아버지의 사랑은 더욱 특별했다.

필자가 어렸을 때만 해도 우리나라 산업의 중심은 농업이었다. 농토에서 생산되는 농산물을 통해 전 국민이 자급자족하면서 살아가야 했던 시절이었다. 농사를 지으면서 해마다 반복되는 걱정거리가 있었으니 가뭄이다. 비가 풍부하게 오는 해에는 한시름 놓지만, 가뭄이 닥쳐 모를 심을 수 없거나 심어놓은 모가 타들어 갈 때면 사람들의 마음도 함께 타들어 갔다. 그해 여름에도 가뭄이 심했다. 깊지 않은 산골 물을 막아 만들어 놓은 농사용 저수지도 말라 내려보낼 물이 없었다. 다행히 필자의 논 옆 수로에 구덩이를 깊이 파니 물이 올라와 고였다. 양동이 양쪽에 긴 줄을 묶어 두 사람이 양옆에 서서 박자를 맞춰 줄을 끌어올려 구덩이의 물을 퍼 올려야 한다. 할아버지와 아버지께서 함께 그 일을 하셨고, 두 분이 틈틈이 휴식을 취할 때 어린 필자와 누나들도 함께 거들었다. 결코 쉽지 않은 일이었음을 지금도 기억한다. 그런데 정오가 될 무렵 갑자기 폭우가 쏟아졌다. 가뭄이 한순간에 해결되었으니 가족들은 모두 논에서 철수를 하였다. 당시에는 일기예보도 제대로 되지 못하던 시절이었다. 할아버지께서는 오후에 고구마순을 놓아야 한다며 미리 밭을 점검하고 와서 점심을 드시겠다고 혼자 비를 맞고 밭으로 떠나셨다. 가족들은 점심을 먹고 밭에 심을 고구마순을 한가득 잘라놓고 있는데 비보가 날아왔다. 할아버지께서 쏟아지는 비를 맞으며 밭에서 갑자기 돌아가신 것이다. 할아버지는 동네 집안 아저씨의 등에 업혀 집에까지 모셔져 왔지만 마지막이었다. 필자는 이렇게 정말로 좋아했던 할아버지와 영원히 헤어졌다.

농촌에서의 산업은 소를 비롯한 동물의 힘을 빌려 농사를 짓던 시대와 기계의 힘을 빌려 농사를 짓던 시대로 구분할 수 있다. 기계화가 되면서 농사짓는 일이 훨씬 쉬워졌지만 아이러니하게도 농촌에 그래도 부가 집중되었던 시절은 기계화 이전의 시기였다. 기계화는 곧 공업화 시대이고 탈농촌화 현상을 가져왔다. 농촌에 기계화가 이루어지기 직전의 세대, 소의 힘을 이용하여 농사를 짓던 마지막 세대의 최고 농부가 계셨으니 바로 필자의 아버지이다. 기계화 이전에 적지 않은 농사를 지으셨으니 육체적으로 고생을 많이 하셨지만 그래도 경제적 여유를 누리신 분이다. 아버지께서는 수염이 일품이셨다. 나이 들어서는 풍성한 수염이 하얗게 변해 친구분이 호를 흴 소자를 써서 소암(素庵)으로 지어주기도 하셨다. 아버지께서는 수염 덕분에 일제 강점기에 동네의 또래 젊은 청년들이 지서로 끌려가 몸을 가눌 수 없을 정도로 매를 맞고 돌아올 때도 나이 드신 분으로 착각하여 데려가지 않았다고 한다. 그러나 필자가 생각하기에는 일본 순사가 아버지의 신분을 모를 리 없고 아버지의 풍성한 수염과 남성적 풍채는 감히 접근금지였을 것으로 생각하고 있다. 그리고 아버지께서 태평양 전쟁 막바지에 많은 청년들과 함께 일본군에 강제 징용이 되어 일본으로 끌려가게 되었다. 차에 실려 한참을 가다가 저녁이 되어 어딘지 모르는 곳의 여관 2층에서 잠을 자게 되었다 한다. 심상치 않은 기운을 느끼고 기회를 엿보다 여기서 탈출하여 산길을 통해 다시 집으로 귀환하신다. 그때 함께 끌려간 사람들은 일본 노역장에서 고생하다 해방 후 반 해골의 모습으로 고향으로 돌아왔다 한다. 아버지께서는 자식들에게는 엄격하셨지만, 형제간을 자기보다 더 아끼고 생각해 주셨다. 그래서 삼촌들께서는 조카인 우리를 그 이상으로 사랑해 주기도 하셨다. 유교적 가르침에 부자유친(父子有親)이라 했던가? 할아버지와 아버지께서는 사랑채에 함께 기거하시면서 밤마다 도란도란 얘기가 끝이 없었고, 날이 새면 함께 들로 나가 하루 종일 함께 얘기를 나누면서 농사일을 하시고, 외출을 할 때는 같이 출타를 하시는 등 연중 서로 떨어지는 적이 없을 정도로 친근하게 지내셨다. 할아버지와 아버지에 대해서 가장 자랑스럽게 생각하고 배우고자 하는 점이다. 부자유친(父子有親)이란 바로 이런 것이리라.

부처님 귀

16대 종손 집 종부이신 어머니는 큰집으로 시집을 와서 그렇게 즐거우셨단다. 비교적 부유한 시가 집에 남편은 미남이시고 똑 부러지게 야무지시고 뭐 부러울 것이 없었을 듯도 하다. 시어머니의 혹독한 시집살이만 제외한다면 시아버지의 사랑을 받으셨고, 시가 집 대소가 모든 분들에게 인정받으셨으니 행복하셨을 것이다. 그러나 50대를 넘어서 어머니의 행복은 고생으로 바뀌기 시작했다. 건장하던 아버지께서 몸이 안 좋아지기 시작한 것이다. 광주에서 2년간에 걸쳐 여러 병원을 돌아다녔지만, 원인조차 밝혀지지 않았다. 몸이 불편한 채로 집에 내려와 계시는데 동네 분이 전주 예수병원에 훌륭한 외국인 의사들이 많다고 가보라고 권유를 했다. 전주로 연락하니 백차를 보내줘 타고 가셨다. 어릴 적 백차가 우리 집 앞에 서있을 때의 섬뜩했던 마음이 지금도 생생하다. 아버지께서는 수술을 하기 전날 마지막일지도 모른다고 영정사진으로 쓰라고 병실에 사진사를 불러 사진을 남기셨다. 그런데 그곳에서 병명이 늑막염으로 바로 밝혀지고 수술에 성공하여 돌아오셨다. 커다란 흉터가 남았지만,

행복한 나날이 다시 계속되었다. 그런데 몇 년 후에 당뇨병이 찾아들었다. 당뇨병은 지금 시대에는 생명에 지장이 없는 흔한 병이지만 당시만 해도 상당히 생소한 병이었다. 당뇨병 치료제인 인슐린도 지금은 의료보험의 혜택 등으로 싼 가격에 평생 투여받을 수 있지만, 당시에는 집안 살림을 다 말아먹어야 할 정도로 비쌌다. 아버지께서는 병이 호전된다면 비싼 인슐린을 투여받아서라도 회복하고 싶지만 효과는 그때뿐이고 죽을 때까지 호전이 안 된다 하니, 투여 대신 재산을 남겨 자식들 공부라도 시키겠다고 치료를 거부하셨다. 그리고 10여 년의 긴 투병 기간을 거쳐 회갑 직전에 영영 이별을 하였다. 필자가 고등학교 2학년 때이다.

어머니의 고생은 본격적으로 시작되었다. 지난 10여 년간 아버지와 할머니 병환 수발을 함께 들면서도 씩씩하셨던 어머니는 아버지가 돌아가시니 심리적으로도 무너지는 듯하셨다. 원래 어머니는 마음이 넓으신 분이다. 평생 큰소리 한 번 내신 적이 없다. 걱정을 밖으로 표출하지도 않으셨다. 아버지로부터는 여자가 애교가 부족하다는 평을 늘 받고 사셨지만, 동네에 시집온 젊은 새댁들은 어머니와 함께 얘기하면 꼭 친정집 어머니를 만난 것 같다고 좋아하였다. 그런데 아버지께서 돌아가신 후 어머니의 모습이 바뀌기 시작했다. 동네 사람들과 싸움을 하시기도 했다. 어머니는 혼자서 자식들도 키워내야 했기 때문이리라. 봄부터 가을까지 하루도 빠짐없이 뙤약볕에서 밭을 매고 논농사까지 지어 돈을 만드셨다. 새벽녘까지 길

쌈을 하다 날이 새면 그대로 새벽밥을 드시고 5일 동안 준비한 삼베를 머리에 이고 한 시간 반을 걸어 읍내 장에 가셨다. 표현은 않지만 속으로 걱정이 태산이시다. 얼굴이 노랗게 변해있고 가슴이 뛰고 숨을 헐떡거리신다. 돈이 있을 법한 집을 찾아다니다 겨우 돈을 구해 오신다. 아들에게 그 돈을 주신다. 필자의 머릿속에 남아있는 어렵게 필자를 가르치기 위해 애쓰시던 어머니의 처절한 모습이다. 필자는 어머니께 효도하고 아버지께서 당신의 목숨과 바꿔 남겨주신 재산을 팔아 정말로 열심히 공부했다. 아니 공부를 하지 않을 수 없었다.

"어머니 학교 다녀 왔습니다~앙!" 어린 학생이 어머니께 귀가를 알리는 소리가 아니라, 교직에 근무한 셋째 아들인 필자가 결혼 후 10년간 어머니를 모시면서 퇴근할 때마다 크게 외치는 소리다. 어머니의 크고 큰 은혜를 갚으며 살아갈 수 있는 시기여서 필자가 살면서 가장 행복했던 시기였던 것 같다. 어머니를 집에서 모시고 산 10년간은 사실 정확히 표현하자면 어머니께서 우리의 아이들을 키워주셨으니 어머니께서 우리를 위해 봉사하신 기간이다. 어머니께서는 아이들이 다 큰 후에는 키워놓으신 손자·손녀와 행복하게 지내시며 성경책을 읽고 필사도 하면서 소일을 하셨다. 『구약성서』, 『신약성서』를 모두 네 번은 넘게 읽으시고, 한 번 정도 필사를 하셨다. 조정래의 태백산맥 10권을 읽으시고, 다른 소설책도 구해드리면 읽으면서 보내셨다. 날마다 새벽이면 성모 마리아상 앞에 앉아 묵주 기도를 올리시며 자식들이 잘되기를 기도하셨다. 어머니를 평생 모시고 살고 싶었지만, 필자가 몸이 안 좋아 여러 번의 병원행과 수차례의 대수술을 하는 것을 보고 당신이 같이 살아서 그런지 모르겠다며 스스로 큰집으로 가셨다. 어떻게 자식이 어머니께 효도를 다했다고 생각할 수 있을까마는 그래도 필자는 정말로 여한이 없이 어머니께 효도를 했다고 생각했다. 그런데 돌아가신 후에는 아쉬움이 남았다.

"귀가 큰 사람은 복이 많다."는 속설이 있다. 그러나 믿을 수 없었다. 어머니의 귀는 크고 탐스러웠다. 범인(凡人)의 수준을 넘어섰다. 필자는 부처님 외에 어머니만큼 크고 좋은 귀를 소유한 사람을 본 적이 없다. 어머니는 아버지가 돌아가시기 전까지는 몸은 고달팠을지라도 마음만은 늘 행복하셨다. 그런데 아버지가 돌아가신 후에는 혹독한 몸과 마음고생을 하셨다. 짧지 않은 기간 동안 아버지 병환을 뒷바라지하신 뒤 홀로 농사일을 하셔야 했고, 몸이 불편하신 시어머니까지 모셔야 했다. 네 아들들은 직장을 잡지 못했거나, 군대에 복무 중이거나, 학교에서 공부를 계속해야 하는 처지였다. 어머니를 경제적으로 도와줄 수 있는 사람은 아무도 없었다. 어머니의 고생이 얼마나 심하였을까? 어머니의 택호가 '구완댁'이었는데 택호 때문에 병구완을 많이 한 것 같다고 다시는 그렇게 짓고 싶지 않다고도 하셨다. 그런데 어머니 인생에 반전이 일어난 것이다. 아들들이 모두 안전하고 훌륭한 직장에 취직을 한다. 막내아들은 일본으로 건너가 동경에서 회사를 설립·경영하고, 한국에서도 서울과 부산에 각각 회사를 설립하여 운영하면서 상당한 돈을 벌어들인다. 아들 네 명이 모두 경제적으로 어려움도 없고, 특히 어렵게 키웠던 막내아들이 경제적 부를 이루고 효심이 지극하였으니 말년 복이 한마디로 터지셨다. 아들들이 외제차로 모시고, 막내아들이 드린 용돈을 상상 이상으로 가지고 계셨다. 이외에도 95세까지 모든 것이 복에서 복으로 이어지는 말년을 보내셨다. 사람에게 말년 복이 가장 중요하지 않겠는가? 귀가 크면 복이 많다는 속설이 맞긴 맞는 것 같다.

만학 열정

"우리 집 재산을 팔아 가면 더 좋은 집과 더 많은 농토를 살수 있는 곳이 있는데, 이사를 가면 어떨까?" 카리스마 넘치는 아버지께서 가족들에게 의견을 묻고 계셨다. "고향을 떠나는 것도 싫고 친구들과 헤어지기도 싫어요." 우리들의 의견이었다. 무엇보다 친구들과 헤어질 일을 생각하니 머릿속이 아득했다. "동생들의 의견에도 동감이지만, 그보다 아버지께서 지금처럼 영원히 젊으실 것도 아니고 곧 연세가 많아지실 텐데 농토가 많으면 그만큼 고생도 많아지실 것 아닙니까? 농토에 욕심을 낼 일이 아닌 것 같습니다." 20대 초반 딸의 논리 정연한 대답에 아버지께서 이사를 포기하셨다. 그 딸이 바로 필자의 누나이다. 생각이 깊고 영리하며 지혜가 있었다. 필자는 어려서부터 누나와 늘 함께 생활하며 많은 것을 배우고 수많은 이야기를 들으며 자랐다. 특히 동생들을 포용하고 격려하여 용기를 주는 말 습관은 필자의 성장 과정에서 더없이 훌륭한 밑거름이었다.

"누나! ○월 용돈 30만 원 송부 완료. 항상 건강하십시오!" 필자가 10여 년을 넘게 현재 진행형으로 매월 송금한 후 누나에게 보낸 문자메시지이다. 동생이 누나에게 용돈을 지속적으로 드리는 경우는 드물 것이다. 그러나 필자에게 누나는 어머니와 동격의 존재였다. 어머니께서는 본인이 낳은 자식을 기르셨지만, 누나는 본인을 희생해 가며 동생을 가르치신 분이다. 누나는 어려서 공부를 잘했다지만 어떤 사정인지 공부를 계속하지 못했다. 공부를 다시 하고 싶었지만 시기를 놓쳐 기회를 잡지 못하였다. 누나의 학구열은 보통 인간으로서는 이해할 수 없을 정도로 크고 간절했다. 그래서 본인이 못다 한 공부에 대한 욕망을 동생인 필자를 통해 간접적으로 채우고자 하셨다. 그래서 필자는 어려서부터 누나 몫까지 공부해야 할 심리적 부담감을 안고 자랐고, 성인이 되면 2배의 수입을 올려 누나에게 절반을 드리는 것을 목표로 삼았다. 정말로 열심히 공부했다. 앞뒤 보지 않고 남들보다 2~3배는 더 열심히 공부를 했다. 그런데 아쉽게도 목표했던 대로 수입을 올릴 수 없고 겨우 목구멍에 풀칠이나 할 정도여서 적은 액수의 용돈만 드리고 있다.

필자를 41세에 낳은 아버지께서 말년에 10여 년간 편찮으시다가 회갑 직전에 돌아가셨으니 재산이 남아날 수 없었다. 필자가 고등학교 2학년 시절이었다. 아버지는 돌아가시고 나이 드신 어머니 혼자 시골에서 농사를 짓고 계셨으니 경제적으로 어려움을 겪지 않을 수 없었다. 이때 누나는 필자와 필자의 동생을 데리고 광주에서 살면서 동생들을 공부시키기 위해 자기를 헌신한다. 자기가 낳은 자식일지라도 혼자서 두 명을 시골에서 광주로 유학을 시켜 고등학교 공부시키고 대학까지 졸업시키기란 결코 쉽지 않은 일이다. 지금도 어려운 일이지만 당시에는 거의 불가능한 일이었다. 그러나 누나는 그 일을 훌륭히 해내셨다. 필자는 수학 교사가 되었고, 필자의 동생은 사업가가 되었다. 직장생활을 하면서 필자가 보답하고자 노력하였지만, 누나에게 입은 은혜에 비하면 새 발의 피일 것이다. 작은누나 역시 고향에서 어머니의 농사일을 도와드리며 직장에 다니셨는데, 월급을 본인의 시집갈 밑천으로 삼지 않고 모두 동생들에게 주었으니 항상 고맙고 미안할 따름이었다. 필자는 작은누나에게는 용돈을 아껴 비정기적으로 조금씩 보내드리곤 하지만 부족하기 그지없다.

"누나 학교 다니실래요?" "어떻게, 다닐 수가 있대?" "네! 가능합니다. 제가 알아봤습니다." 21세기 지식 정보화 시대가 도래하여 평생 교육 체제가 도입된 시기이다. 필자가 우연히 운전을 하고 가다가 평생 교육 기관에서 운영하는 중학교에 학생 모집 현수막을 보게 되었다. 누나의 공부하고 싶어 하는 간절한 소망을 너무나 잘 알고 있었기에 차를 돌려 바로 들어가 교장 선생님과 상담을 하였다. 충분히 입학이 가능하며 대환영이라고 했다. 이후 누나는 중학생이 되어 열심히 공부하여 훌륭한 성적으로 졸업하셨다. 이후 같은 학교에는 고등학교 과정이 개설되지 않아 다른 기관에서 운영하는 고등학교로 입학하여 즐겁게 공부하여 훌륭한 성적으로 졸업을 하셨다.

누나는 특히 영어 공부에 흥미를 가져 선생님들의 칭찬을 많이 받으셨다 한다. 이후 대학까지 가라는 필자의 권유로 광주의 동강대학교에 입학하여 사회복지학을 전공하고 전문학사 자격을 얻게 된다. 누나는 대학 신문에 시까지 써 게재하기도 하였다. 드디어 누나가 그토록 열망하던 대학까지의 공부를 마치신 것이다. 누나 나이 64세 때의 일이다. 누나가 공부하는 이 기간이 지금껏 살면서 가장 행복해하신 시기였던 것 같다. 졸업식에 참가하여 마음껏 축하를 드렸다. 그리고 양림동에서 10여 년간 자취를 할 때의 주인집 아주머니, 일명 양림동 아주머니도 졸업식장까지 직접 찾아주셨다. 아주머니도 처음에 믿을 수 없는듯한 눈치였다. 아주머니께서도 졸업식장에서 누나의 모습을 확인하시고 정말로 축하와 함께 놀라움을 감추지 못하셨다. 축하드립니다! 전문학사님!

강물에서 배움

보성강은 보성 분지를 빙 둘러싼 호남정맥의 여러 산에서 흘러 나온 작은 물줄기들이 한곳으로 모여 만들어 낸 보성의 젖줄이다. 일찍이 보성 출신의 환경부 장관이 전국에서 가장 깨끗한 강으로 만들겠다는 포부를 가지고 수질 정화를 위해 많은 예산까지 투자 했으니 정말로 깨끗한 1급수를 자랑했다. 그리고 그 강 하류에 댐을 막아 깨끗한 호수를 만들어 놓았으니 필자의 동네 사람들은 보성강 의 혜택을 많이 받고 살았다. 아름다운 풍경은 기본이요, 수영장, 낚 시터, 뱃놀이, 스케이트장 등은 계절마다 덤으로 제공된 혜택이었다. 그러나 항상 물에는 위험이 도사리고 있었다.

"미력면 살내, 용지, 도름, 둔터 마을에 사는 학생들은 지금 즉 시 가방을 싸서 교무실 복도로 모여주기 바랍니다." 중학교 다닐 적 에 태풍이나 큰비가 오면 꼭 학교에서 흘러나오는 안내 방송이었다. 필자의 고향은 살내 마을로 날마다 배를 타고 보성강을 건너 중학 교에 다녀야 했다. 태풍이나 큰비가 와 홍수가 날 때 배를 타면 위험하기 때문에 육지 길로 먼 길을 돌아 귀가를 해야 했다. 따라서 걱정이 된 동네 이장님이 늘 학교로 연락하여 빨리 귀가시켜 달라고 종용하신 것이다. 먼저 하교할 때면 다른 친구들은 부러워했지만, 필자는 공부하다 말고 귀가를 하기 싫었다. 수업을 빠지면 다음 시간 공부에 어려움을 겪기 때문이다. 그러나 위험하다는데 어찌하겠는가?

역으로 가뭄이 들면 보성강은 걸어서도 쉽게 건널 수 있을 정도로 바닥이 훤히 드러난다. 물론 강의 여러 곳에는 깊은 웅덩이가 많이 남아있고 그곳은 천혜의 낚시터로 변한다. 물이 빠지면 물고기가 잡힐 확률이 높아지지 않겠는가? 주변 사람들은 물론 보성 읍내 낚시꾼들까지 몰려들어 큰 물고기도 많이 잡는다.

그날도 보성강은 바닥을 드러내고 강 웅덩이에서는 많은 사람들이 모여 낚시를 하고 있었다. 낚시터에서 한참 떨어진 상류 쪽에서 대여섯 살쯤 되어 보이는 소년이 홀로 걷다가 갑자기 깊은 웅덩이에 빠져 사라졌다. 주위에 사람은 아무도 없었다. 소리칠 시간도 없이 순식간에 일어난 일이었다. 웅덩이는 깊어 소년의 키를 훌쩍 넘었고 발을 힘껏 굴러봤지만, 바닥은 닿지 않고 물에 녹아 흐드러진 진흙 느낌만 들었다. 내 나이 대여섯 살인데 여기서 인생을 끝낼 수 없었다. 머리가 번뜩 돌아가기 시작했다. 일단 살아야 한다. 살려면 내가 빠진 쪽의 언덕으로 몸을 붙여야 한다. 물이 콧속으로 들어온다. 숨은 쉴 수도 없다. 몸은 그대로 두고 발만 역으로 쉼 없이 굴렸다.

언덕이 몸에 닿았다. 다행히 언덕은 부드러운 흙이었다. 소년은 몸을 돌려 양손을 진흙 언덕에 박아 넣어 몸을 지탱하면서 물위로 올라왔다. 길어야 2분 이내에 일어났을 일이다. 소년은 삶과 죽음의 갈림길에서 스스로 살아서 나온 것이다. 그 소년이 바로 필자이다.

　　필자는 어려서 할아버지를 무척 따랐고, 점심때마다 동네 기와집 사랑방에서 놀고 계시는 할아버지를 모시러 가는 것이 중요한 임무였다. 날마다 어머니의 부탁을 받고 해온 일이다. 그런데 그날은 어머니의 설명이 길어졌다. 오늘은 할아버지께서 강에 낚시를 가셨으니 가서 모시고 오라는 것이었다. 어머니는 강이 어디에 있는지도 모른 어린 필자에게 어디 어디로 내려가면 강이 나오고 학교도 보이고 더 내려가면 사람들이 많이 있고 할아버지도 낚시하고 계실 것이니 가서 모시고 오라는 것이었다. 그러면서 신신당부를 하신다. "절대 물에 들어가지 마라! 지금은 가뭄이 들어 물이 깊은 곳만 남아 빠지면 죽을 수 있다. 절대 물에 들어가지 마라!" 어린 필자는 어머니의 설명과 당부를 머릿속에 되뇌며 길을 떠났다. 집에서 1.5km 정도 떨어진 보성강까지의 여정은 꼬맹이인 필자로서는 최초로 경험한 장거리 여행이었다. 그런데 어머니 설명을 따라 강에 도착하니 사람들이 보이지 않았다. 사방을 둘러보니 멀리 아래쪽에 사람들이 낚시를 하고 있었다. 그곳에 할아버지가 계실 것으로 생각하고 강을 따라 내려갔다. 문득 어머니의 말씀이 생각났다. 그리고 확인해 보고 싶었다. 그래서 강가로 다가가 강물에 발을 조금 담가보았다. 강이 매우 낮았다. 조금 더 들어가 봤다. 물이 겨우 발등을 덮었다. 또 조금 더 들어가 봤다. 그래도 무릎 아래이다. 물이 깊지 않았다. 어머니가 거짓말을 하실 분은 아닌데 잘 모르셨나 보다. 조금 더 들어가 보았다. 무릎은 덮었어도 키가 넘으려면 아직 멀었다. 그런데 강바닥은 처음보다 점점 파란 강물에 가려 선명하지 않게 보였다. 그래서 반바지를 조금 더 올리고 한 발짝 더 들어갔다. 어이쿠! 풍덩! 물에 쏘~옥 빠지고 말았다. 필자는 그날 아무 일이 없었던 듯 할아버지를 모시고 집으로 왔다.

여름날의 보성강 변에서는 그날도 어김없이 한 무리의 아이들이 물놀이를 하면서 시끌벅적 신나게 놀고 있었다. 강물은 가득 차 만수위로 찰랑거리고 물빛은 맑은 청록색으로 깨끗함의 극치를 보여주고 있었다. 버드나무는 강변 따라 길게 늘어져 있고 흰두루미는 한가로이 먹이 사냥에 열중하고 있었다. 5학년의 어린 초등학생이 무리 맨 앞쪽에서 물을 헤치며 강 깊숙한 쪽으로 들어갔다. 아이들도 모두 따라 동동거리며 같은 방향으로 움직인다. 강바닥이 평평하여 상당히 멀리 들어갔는데도 아이들의 키를 넘지는 않았다. 한참을 더 가다 앞서가던 초등학생이 물속에 빠져 허우적거린다. 공부도 잘하고 영리했던 아이였기에, 나도 모르게 언젠가 수영을 배웠을 것이라 판단했다. 그런데 오판이었다. 물을 전혀 몰랐고 물 무서운 줄 몰랐던 것이다. 문제는 점점 커지고 있었다. 초등생은 물에 빠져 정신을 잃고 머리가 물속을 들락날락하면서 지푸라기 하나라도 잡겠다는 듯 양팔을 허우적거리고 있었다. 그때 중학교 1학년생이 구하겠다고 달려들었는데 물속에서 허우적거리는 손에 잡혀 함께 물속으로 빠져들었다. 두 명 모두 틀림없이 죽게 될 상황이었다. 무리 중 가장 큰 학생은 중학교 3학년생이었다. 그 학생은 선생님께 배운 물에 빠진 사람을 구하는 법을 알았고, 어려서부터 물과 가까이할 수밖에 없는 환경 속에서 체득한 능력을 발휘했다. 물에 빠진 사람에게 붙잡히면 함께 죽는다. 3학생은 물속에 엉켜있던 두 아이들을 잡으려 손을 내밀자, 그 아이들이 팔을 뻗어 그 손을 잡으려 했다. 중학교 3년생은 손을 사정없이 내리쳐 버렸다. 그리고 최대한 멀리 떨어져 강물 속 진흙 바닥에 안전판을 만들어 지탱한 후 머리카락만 잡고 당겼다 놨다를 거듭했다. 다행히 두 명을 안전한 곳으로 건져냈다. 그 중학교 3학년생은 필자요, 중학교 1학년생과 초등학교 5학년생은 필자의 사촌 동생으로 그들은 친형제이다. 지금 생각해도 아찔한 순간이었다. 만약 한꺼번에 두 명의 사촌 동생들을 잃었다면 어땠을까? 상상하기도 싫은 일이었다. 다음에 알게 되었는데 동생들이 빠진 곳은 평평한 강바닥에 동네에서 흘러들어 온 물이 유입되는 골짜기였다.

어느 새해 정월 초하루 한 청년이 홀로 보성강 차가운 얼음물 속에서 원치 않는 생존 수영을 하고 있다. 그날따라 적막감이 흐르고 사방을 둘러보아도 사람 하나 보이지 않았다. 멀리 강 건너 누군가의 목소리가 얼음을 타고 빠르게 전달되어 오는듯싶어 소리를 질러보았지만 아무 응답이 없다. 청년은 정신없이 헤엄을 쳐 겨우 강변에 도착했다. 도착 후 손이 쓰려와 확인해 보니 상처투성이다. 얼음을 깨면서 헤엄을 쳐야 했기 때문에 힘껏 휘두른 양손이 날카로운 얼음 모서리에 수없이 찍힌 것이다. 청년은 자리를 옮겨 햇볕이 쬐는 잔디밭에서 재빨리 옷을 벗어 힘껏 짠 후 다시 입었다. 그리고 마을 뒷길로 사람들의 눈을 피해 집에 도착했다. 필자가 고등학교를 졸업할 무렵의 정월 초하루의 일이었다.

매년 정월 초하루면 선영에 들러 성묘를 한다. 성묘는 항상 다른 친족들과 함께 가곤 했는데 세월이 변해 함께 갈 사람이 없었다. 혹시 함께 갈 사람이 있나 싶어 동네 옆 초등학교를 들렀지만 아무도 보이지 않았다. 혼자 성묘를 가기로 마음먹었다. 그런데 교문 쪽에서 보성강을 바라보니 강 하류 멀리 필자의 선산이 보였다. 필자의 선영은 동네에서 조금 멀리 있다. 지금이면 차로 몇 분 걸리지 않는 가까운 거리이지만, 당시에는 구불구불한 시골길을 걸어가야 했기 때문에 한참이 걸렸다. 그래서 그동안 한 번도 실행하지 않았던 쉬운 성묫길을 생각해 낸 것이다. 죽음의 위험이 도사리고 있을 것이라고는 생각하지도 못했다. 얼음을 타고 직선거리로 성묘를 가고자 한 것이다. 학교에서 내려다본 강물은 가득 차있고 얼음도 참 두껍게 얼어 보였다. 날씨가 추울 때면 소달구지에 한가득 짐을 싣고 건널 정도로 두껍게 얼었던 적이 많은 강이었다.

강으로 내려와 처음 얼음에 들어가려는데 얼음에서 물이 스며 나오는 듯했다. 사실 여기서 포기했어야 했다. 그러나 조금 더 들어가 강의 중심부에 도착하면 깊은 물 때문에 얼음이 두껍게 얼었겠지 하면서 앞으로 나아갔다. 필자는 강의 깊은 쪽으로 들어가기 전의 낮고 넓은 쪽에 위치하고 있었다. 낮다고 해도 성인 키는 넘는 곳이다. 조금 더 나가려다 보니 얼음이 깨질 듯 투명하게 보였다. 그러나 그곳만 지나면 또 두꺼운 얼음이 나올 것만 같아 보였다. 자세를 잡고 빨리 달려나가 투명한 얼음 부분을 통과한 후 사지를 얼음판에 펼치면서 무게중심을 분산시켰다. 이때 한쪽 발밑의 얼음이 깨지고 고무신 하나가 얼음물에 빠져들어 갔다. 신발을 하나 잃어버렸지만, 몸은 얼음 위로 납작 엎드려 여기저기 둘러보며 상황을 파악하고 있었다. 시간이 갈수록 몸의 무게 때문에 얼음이 전체적으로 가라앉으면서 깨진 구멍에서 물이 솟아 필자의 몸을 적시고 있었다. 그 전까지는 강 중심부로 들어가면 얼음이 두꺼워 괜찮지 않을까 생각했는데 생각을 바꾸게 됐다. 강 밖으로 빠져나가기로 결정했다. 강변 쪽 지점을 목표로 삼고 바라보니 얼음이 녹아 바람에 물결이 일고 있었다. 할 수 없었다. 초하루부터 수영을 해야지. 그렇게 수영을 했다. 순간의 잘못된 판단 때문에 생명을 잃을 수도 있었다. 동시에 위기에 처했지만 침착한 지혜로 살아날 수 있었다. 필자가 보성강에게 가장 고마운 점은 물이 무엇인지를 알 수 있게 해준 점이다. 물에 대한 대처 방법을 체득했기에 바다나 수많은 강과 계곡 등을 찾을 때마다 언제나 안전하고 편한 마음으로 즐길 수 있었다.

청춘이 고개

중학교로 등·하교하는 길 중간의 공동묘지가 있는 으슥한 고
갯길 정상, '청춘이 고개'이다. 남학생들은 누구나 고개 정상에서 무
언가를 힘껏 밟고 뛰고 굴리다 지나가고 여학생들은 그곳을 피해 빠
르게 지나간다. 당시 등·하교 시 이곳을 통과하던 수많은 학생들의
반복된 행위였다. 특히 학생들 얼굴에는 평화로움이 아닌 두려움이
서려있었다. 이른바 청춘이 고개 처녀 묘 이야기다. 어디 마을인지
모르지만, 처녀가 죽었는데 청춘이 고개 정상에 묻어놓았다 한다.
그것도 고갯길을 가로질러 묻어놓았다. 관을 묻은 장소의 흔적도 뚜
렷하다. 그런데 죽은 처녀를 묻을 때는 구멍이 촘촘한 체를 머리에
씌워 묻어야 한단다. 동네 사람들 사이에서 들은 이야기로는 처녀가
죽었으니 길 가운데 묻어 지나가는 남자들이 눌러줌으로써 처녀 귀
신의 한을 풀어줄 수 있다는 것이었고, 처녀 귀신이 땅속에 누워 머
리에 씌워진 체 구멍의 개수를 모두 세면 관 밖으로 나와 학생들을
해치기 때문에 못 나오게 방해를 해야 한다는 것이었다. 그래서 남
학생들은 거의 의무적으로 날마다 아침저녁으로 밟고 뛰고 굴리고

지나갔다. 누워서 체 구멍 개수를 세고 있던 처녀 귀신이 깜짝 놀라 세던 구멍을 깜박 잊어 다시 처음부터 세게 해야 관에서 못 나오므로 우리 모두가 안전할 수 있었기 때문이다. 그토록 무서웠던 청춘이 고개의 처녀 묘의 주인공이 누구인지도 모르고 원망을 많이 했다. 최근에야 알고 보니 조금 떨어진 동네에 잘 아는 사람의 누나였단다. 지금도 청춘이 고개의 이야기는 슬프면서도 무섭고 원망스러운 일이었지만 동시에 한없이 우리들 사이에 회자될 이야기가 있는 곳이다.

학교 매점

　　"매점을 담당할 학생이 한 명 있었으면 좋겠는데!" "공부도 잘하고 성실한 학생이면 좋겠고……." "매점을 담당하면 방이 있어서자취도 할 수 있고……." "저요! 제가 하겠습니다!" "그래 공부 잘하고, 성실하냐?" "네 선생님! 공부도 잘하고 성실한 친구입니다." 반친구들이 이구동성으로 거든다. "그럼 너희 집 형편이 어렵냐?" "네,어렵습니다." 그리고 성적 등 자료를 검토하시더니 "그럼 네가 매점을 담당하는 것으로 결정하겠다." 필자가 중학교 2학년 때 담임 선생님과 첫 대면을 하는 시간에 이루어진 대화 내용이다. 어떤 분이실까? 모든 학생들이 새로운 담임 선생님을 기대하고 있는데, 작년에 수학을 가르쳤던 마음씨 좋은 분이 들어오셨다. 인사 말씀을 듣고 금년에도 열심히 공부해야겠다고 다짐하고 있었다. 그런데 선생님께서 인사 말씀 끝에 올해 학교 매점 업무를 맡으셨는데 매점을운영할 학생을 구한다는 것이었다. 분기별로 내는 수업료 4,470원이면제되니 경제적 도움을 받는다느니 어찌어찌 설명이 길어졌다. 몇몇 학생들이 관심이 있는지 질의응답 시간이 이어지고 있었다. 그러다 담임 선생님께서 매점을 담당하면 매점에 방이 있어서 자취를 하면서 공부할 수 있다고 하셨다. 필자는 관심 없이 듣고 있다가 공부할 방이 있고 자취할 수 있다는 소리를 듣고 바로 손을 번쩍 들었다. 그리고 매점을 담당하는 학생으로 결정되었다.

필자의 고향은 중학교에 다니기 불편한 지리적 위치에 있었다. 보성읍 바로 옆에 소재한 면이라 독립적인 생활권이 형성되지 못하고 보성읍 중심의 생활을 해야 했다. 초등학교는 동네 바로 옆에 있어 편하게 다녔는데, 중학교는 약 6km 정도 되는 거리를 날마다 걸어 다녀야 했다. 빠른 걸음으로 왕복 세 시간 이상이 걸렸다. 필자는 강건한 체질을 타고나지 못했다. 동네 친구들은 학교까지 걸어 다니는 것이 전혀 문제가 되지 않은듯했다. 그러나 필자에게는 너무 힘이 들었다. 매일 새벽에 일찍 일어나 출발해야 하는데, 그렇게 하는 것이 거의 불가능했다. 날마다 땀을 뻘뻘 흘리고 걸음걸이를 재촉해 앞서간 친구들을 따르는 것이 목표였다. 학교에 도착하면 교복에 땀이 흠뻑 젖어있기 일쑤였다. 무엇보다 날마다 세 시간을 통학에 소비하면서 성적이 향상될 것을 기대할 수 없었다. 아버지께 공부하고 싶다고 학교 근처에 자취시켜 달라고 말씀드렸다. 어린애만 따로 떼어놓을 수 있느냐며 걱정하시더니, 힘들더라도 다른 애들처럼 집에서 다니면 좋겠다고 하셨다. 그러면 공부방이라도 하나 만들어 달라고 했더니 긍정적인 반응을 보이셨지만, 실질적으로 어렵다는 것을 필자도 알고 있었다. 그러던 중에 학교에서 매점을 운영하면 하루

세 시간을 아낄 수 있고 공부할 수 있는 공간도 생긴다니 욕심이 나지 않을 수 없었다. 거의 무의식적으로 반응하여 손을 들었던 것 같다. 그 후 약 1년 반 동안 매점을 운영하면서 학교에서 생활했다. 그러나 아쉽게도 예상과는 달리 성적이 향상되지는 않았다. 매 쉬는 시간마다 매점에 가서 빵과 학용품을 팔아야 했으니 수업에 집중도가 떨어졌기 때문이다. 물론 날마다 먼 길을 오가지 않아 좋았지만 절약한 세 시간을 공부에 그대로 투자하지 못했다. 중요한 경험은 하였지만, 공부 자체만으로 평가했을 땐 손해를 본 기간이었다. 3학년 때는 5월 정도까지 매점을 보다 그만두고 아버지께서 새로 사주신 자전거로 통학하면서 체력적 문제와 시간문제가 해결되어 비교적 편안하게 학교생활을 할 수 있었다.

"야! 너 3학년 3반 교실로 책가방 싸 들고 가라. 나하고 반 바꾸라고 한다." "왜? 누가? 뭣 때문에?" "나도 몰라 그냥 가봐." 중학교 3학년이 된 첫날 필자는 5반으로 배정되었다. 새로운 담임 선생님은 음악 선생님으로 학생들 사이에 좋은 분이라는 평가를 받고 있었다. 필자도 새로운 담임 선생님에 대한 기대와 같은 반에 친한 동네 친구가 있어 함께 생활하면 좋겠다 싶어 매우 만족해하고 있었다. 그런데 3학년 3반으로 배정받은 학생이 와서 책가방 싸 들고 가라고 한다. 선생님도 아닌 학생이……? 이해가 얼른 가지 않았지만 일단 가방을 싸매고 3학년 3반 교실에 가보았다. 그런데 2학년 때 담임 선생님께서 나와 성적이 비슷한 학생을 보내고 나를 데리고 온 것이다. 금년에는 선생님도 업무 분장이 바뀌어 매점 임무를 끝내셨다. 선생님께서 반갑게 맞이하면서 1년 동안 함께 더 살자고 하신다. 그 선생님과 함께 매점 일을 1년간 하면서 배움을 많이 받았다. 정말로 필자를 믿어주시고 예뻐해 주셨다. 3학년이 되어 선생님께서는 우리 집에 자주 놀러 오셨다. 당시 멸공소년단과 같은 조직을 구성하여 각 면 소재지로 가서 행사를 했는데, 그때마다 우리 면대를 자청하여 책임지셨다. 행사 끝나고 선생님과 헤어졌는데 친구들과 놀면서 천천히 오면 선생님께서는 나보다 먼저 우리 집에 와 막걸리를 드시고 계셨다. 아버지 특유의 투박한 막걸리와 어머니께서 손수 만들어 내신 안주 등이 참 편하고 좋으셨던 모양이다. 선생님께서는 내가 매점을 담당하면서 가난하다고 해서 정말 가난한 줄 알았는데 아버지와 대화를 나누다 보니 이상하셨던 모양이다. 학교에서 필자에게 "논이 몇 마지기며, 밭이 몇 마지기냐? 혹 남의 농사를 짓는 것은 아닌가?" 하며 여쭤보셨다. 사실대로 말씀드렸더니 "너희 집이 가난하면 우리 반에 가난하지 않은 사람 하나도 없을 텐데. 매점 한다고 할 때 왜 가난하다고 했지?" "네~ 그냥요~." 중학교 졸업 후 당시 담임 선생님을 기회가 있을 때마다 찾았지만, 아직까지도 소식도 알수 없고 만나 뵙지 못하고 있다.

"최 사장! 교과서 한번 읽어봐." "크~크~크~." 필자의 별명이 최 사장이 되었다. 당시만 해도 사장이란 성공하여 돈을 많이 번 사람들에게만 붙여주는 흔치 않은 호칭이었다. 그런데 사회과 선생님께서 필자의 별명을 최 사장으로 붙여주셨다, 여기저기 아이들이 키득키득 웃었다. "매점을 운영하고 있으니 최 사장이고, 중학교 2학년 때 벌써 사업을 시작했으니, 앞으로 충분히 대성공한 사업가가 될 수 있을 것이다. 여러분 웃을 일이 아니어요!" 하셨다. 맞는 말씀이었다. 친구들도 동감을 했다. 그때의 말씀이 얼마나 고마웠던지 지금도 기억하고 있고, 평생 교직에 몸 바쳤지만, 그 선생님의 말씀처럼 사업을 하는 직업을 선택했으면 어땠을까 하는 아쉬움도 없지 않다.

"100원씩 출자하세요!" "500원도 되고 1,000원도 되고 더 많아도 됩니다!" "1년간 학교 매점을 운영해서 얻은 이익금을 출자금에 비례해서 배당받습니다." 당시 보성중학교 1학년이 되면 선생님으로부터 듣게 되는 안내 말씀이다. 그 시절 100원은 적은 돈이 아니었고, 500원은 상당히 큰돈이었다. 매점 운영 방식은 학생들에게서 자발적인 출자금을 받는다. 출자금을 내면 1년간 매점을 운영하여 약 500% 정도의 이익금을 배당받는다. 그리고 졸업 때는 원금과 배당금을 동시에 받는다. 대부분의 학생들이 출자금을 낸다. 100원이 대부분이고 500원을 낸 사람도 상당히 있었다. 1,000원을 낸 사람은 기억에 없다.

"무인 좌판대를 한번 운영해 보면 어떨까?" "무인 좌판대요?" "복도 일정한 곳에 무인 좌판대를 설치해 놓고 학생들이 필요한 학용품을 스스로 구입하는 거야!" "돈을 안 내고 물건을 가져가면 어떻게 하죠?" "일단 학생들을 믿고 또 부족한 돈은 손비 처리하기로 하자." "좌판대가 있어야겠습니다." "학교 목수 아저씨에게 부탁하면 되겠다." 3학년 초에 새로운 매점 담당 선생님과 필자가 나눈 대화 내용이다, 각 층마다 무인 좌판대를 설치했고 학생들은 필요한 학용품을 판매자 없이 구입해 갔다. 그런데 염려했던 손해가 발생하지 않았다. 학생들은 정직했다. 학용품만 판매하였기 때문에 더욱 그러하기도 했을 것이다. 학생들을 믿어줌으로써 학생들에게는 자부심이 생겼고 훌륭한 인성 교육의 기회로 활용되었다. 이와 같은 매점의 운영 방식은 당시 보성중학교의 교장 선생님과 선생님들의 뜻에 따른 것으로 알고 있고 그분들을 존경하는 마음을 지금도 갖고 있다. 당시의 교장 선생님은 레슬링광으로 유명하시고 보성과 함평에서 레슬링 선수들을 육성하여 올림픽 금메달리스트를 배출하신 분이다. 필자는 학생들의 출자금을 이용한 매점 운영, 출자자에게 배당금으로 이익금 전액 환원하는 방법, 무인 좌판대를 이용한 학용품 판매 등의 실천은 지금의 기준으로 생각해 보아도 청렴하고 훌륭한 분들이 창의적인 생각으로 경제 교육과 인성 교육을 펼친 예라고 높이 평가하고 있다.

수직 상승 성적

"전교 6등생! 어서 오세요. 성적 향상을 축하합니다." 고등학교 1학년 시절, 9월 말 고사 성적을 발표하는 날 조회시간이었다. 학생들이 많고 시내버스가 복잡하여 몇 번을 놓치고 보니 지각을 했다. 교실 뒷문을 살짝 열고 겸연쩍은 모습으로 들어가는데, 담임 선생님께서 필자를 향해 상냥한 어조로 웃으면서 한 말씀이다. 그 전에는 선생님께서 학급 친구들에게 성적이 좋지 않다고 엄청나게 화를 내고 계셨다고 했다. 필자의 성적은 고교 입학 7개월 만에 전교 238여 등에서 전교 6등으로 232등을 수직 향상하였다. 당시 시험을 조금 잘 보았다고 생각했지만 나도 어리둥절하고 친구들도 놀랐다. 보성에서 광주로 진학한 필자는 조선대학교 부속고등학교에 배정받아 입학했다. 광주에서는 고교평준화 제도가 3년째 실시되고 있었다. 고교평준화 제도는 지원자 전체의 개인별 성적 순서에 따라 동일 지역 모든 학교를 대상으로 강제적으로 학생을 배정하는 방식을 취한다. 따라서 학생들의 의사는 전혀 반영되지 않는다. 당시에는 학교에서 공부를 정말로 많이 시키던 시절로 매월 말 정기고사를 치러야 했고, 토요일과 일요일에 놀지 않고 공부해서 다음 주 월요일 1교시에 주초고사까지 치러야 했다. 필자가 고등학교에 들어와 치른 최초의 정기 시험은 3월 말 고사였다. 그런데 3월 말 고사 결과를 받아보고 필자는 정말 충격을 받았다. 생전에 이런 성적을 받아본 적도 없었고, 이런 성적을 받을 것이라고는 상상도 해본 적이 없었다. 충격의 여파로 전교 등수를 알아볼 생각도 못 했다. 다만 학급 등수가 9등이라는 것만 겨우 기억하였다. 우수 반에 들어가지 못한 것만으로도 충격이었는데 학급 등수마저 9등이라니 말문까지 막혔다. 당시 조대부고 1학년 전체 학급 수는 열네 개 반으로 두 개의 우수 반과 열두 개의 일반 반으로 구성되어 있었다. 학급당 학생 수는 예순다섯여 명이었다. 우수 반은 2개월간 유지되다 교육청의 지시에 의해 해체되고 일반 반 열네 개 반으로 재편성되어 이후 계속 운영되었다. 필자의 3월 말 고사 전체등수를 추정해 보면 우수 반이 아니었으니 우수 반 학생 백삼십 명 다음일 것이고, 나머지 일반 반 열두 개 학급에서 9등이니 백팔 명 정도가 내 앞에 있었을 것이다. 따라서 백삼십 명과 백팔 명을 합해 나의 전교 성적은 238등 내외일 것이다. 3월 말 고사의 전교 238 성적이 9월 말 고사에서 전교 6등으로 향상된 것이다.

고등학교 입학 전의 중학교 3학년 겨울방학은 참 중요한 시기인 것 같다. 필자는 이 중요한 시기를 놓쳤다. 광주에 아직 자취방을 구하지도 못해 미리 올라가서 공부할 생각은 꿈에도 생각하지 못했다. 하루도 빠짐없이 시골집 안마당, 뒷마당, 토방을 쓸고 또 쓸면서 보냈다. 그것을 날마다 본 뒷집 동창 여학생이 오죽했다고 생각했는지 "너 취미는 청소하는 것이냐?"라고 물을 정도였다. 황토로 된 마당과 토방을 잘 쓸고 관리하면 번쩍번쩍 윤이 난다. 그 흙의 느낌을 경험하지 못한 사람들은 이해할 수 없을 것이다. 그래서 쓸고 또 쓸었다. 광주에 유학 간 형들에게 조언을 구하니 입학 전에 기초 영어는 꼭 해놓아야 한다고 했다. 읍내에 가서 겨우 영어의 기초 책인 『삼위일체』와 『오위일체』를 구입하여 독학으로 마쳤다. 그런데 나중에 알았지만, 광주의 학생들은 모두 그 기간에 학원에서 고등학교 과정을 공부하고 있었던 것이다. 그러니 필자가 3월 말 시험에서 좋지 못한 성적을 받았던 것은 당연한 것 아니었겠는가? 필자는 여기서 물러설 수 없었다. 어떻게 해서든 공부를 열심히 해서 가문을 일으키고 부모님께 효도하고 형제들에게 도움을 주어야 한다는 간절함이 있었다. 시골에서 병원에도 가지 못하고 병환이 깊어지고 계신 아버지의 기대를 하루빨리 채워드려야 한다는 절박함도 있었다. 공부를 못한 한을 동생을 통해 풀어보겠다고 열심히 뒷바라지하고 계시는 누나를 위해 최소한 남들보다 2배 이상을 공부해 2배 이상의 소득을 올려 누나에게 절반은 주어야 한다는 책임감도 있었다.

1977년 10월에 제58회 전국체전이 광주에서 열렸다, 광주 시내의 모든 고등학교 1학년 학생들은 전국체전의 식전, 식후 행사를 준비해야 했다. 필자가 고등학교 1학년 때이다. '헐! 광주에 공부하러 왔는데, 공부하는 데 방해가 되겠는데!' '무슨 보상은 있는가?' '광주 1학년 학생들은 대학 입학시험 때 엄청 손해 보겠는데!' 마음 속으로 어이가 없었지만, 국가에서 한다는데 어쩔 수 없는 일이었다. 6월경부터 여름방학 기간 일부를 빼고 10월 행사가 있는 날까지 매일 오후에 뙤약볕에서 매스 게임 연습을 해야 했다. 처음에는 학교 별로 연습하고 점점 합동 연습으로 이어졌다. 이 과정에서 남녀 학생들로 뒤범벅이 되어 연애 분위기가 팽배해졌다. 교실 뒤편에서는 늘 학생들이 모여 어제 만난 여학생들 얘기를 하느라 여념이 없었다. 당연히 공부는 뒷전이었다. 그러나 필자의 가정 형편은 그들처럼 낭만적일 수 없었다. 성적도 3월 말 고사보다는 조금 좋아졌지만, 여전히 충격적인 자리에 머물러 있었다. 따라서 매스 게임 연습이 끝나고 친구들이 시내로 놀러 다니는 시간에 여지없이 자취방으로 돌아와 하루도 빠짐없이 밤늦도록 공부를 했다. 그렇게 생활하던 중 9월 말 고사 결과가 발표된 것이다. 다음에 생각해 보니 필자의 불가사의한 성적 향상은 매스 게임 때문에 많은 친구들이 상대적으로 공부를 소홀히 한 점, 필자가 지속적으로 열심히 공부한 점, 훌륭한 동네 두 명의 형들과 자취를 하여 공부할 수 있는 여건이 마련되었던 점, 여름방학 때는 필자도 학원에서 공부를 했기 때문에 2학기 준비를 철저히 했던 점, 이전 겨울방학 때 선행 학습을 했던 친구들의 밑천이 떨어지는 시기가 되었던 점, 필자의 남다른 공부에 대한 집념과 가족에 대한 책임감 등의 덕분에 이루어진 결과였던 것 같다.

전교 6등 사건 이후 두어 번에 걸쳐 약간의 하강과 상승 곡선이 있었지만 바로 회복하여 이후 지속적으로 선두 그룹을 형성해 나아갔다. 성적이 향상된 이후 본교 야간 고등학교 건물에서 이루어지는 새벽 특별반 수업에 참여할 수 있었다. 새벽 특별반은 학년별로 성적이 우수한 한 개 반씩을 편성하여 매일 영어와 수학을 번갈아가면서 심화 학습을 시켰다. 저비용으로 간절히 필요한 과외 수업의 혜택을 받을 수 있었으니 정말로 좋은 기회였다. 고교 3년간은 정말로 원 없이 공부했던 시기였다. 공부가 아니라 전쟁이었다. 적군과의 전쟁이 아니라 나 자신과의 전쟁이었다. 약한 체질이라 유독 잠이 많았던 필자지만 3년간을 12시 이전에 자본 적이 없다. 반드시 12시를 넘겨서 잤다. 11시 45분 정도 되면 참을 수 없을 정도로 잠이 쏟아진 적이 많았지만, 책상에서 내려간 적이 없다. 한번 내려가면 나 자신이 무너지고, 15분을 3년간 합산해 보면 답이 나오기 때문이다. 고등학교 3년 기간 중 하루라도 토요일, 일요일에 놀아본 적이 없다. 매 3주마다 시골에 내려갈 때는 물론 예외이다. 쌀과 반찬을 가져와야 했고 시골에 가서는 집안일을 돕지 않을 수 없었기 때문이다. 한 동네 사는 절친한 친구가 광주에서 다른 고등학교에 다녔는데, 3년간 광주에서는 한 번도 만나본 적이 없다. 고등학교 3학년 때는 1년 동안 아침, 점심, 저녁 식사 이후 이외에 화장실을 가본 적이 없다. 아침에 자리에 앉으면 점심때 자리를 떴고, 점심때 자리에 앉으면 저녁때가 되어야 자리를 떴다. 매시간에 배운 교과 내용은 바로 쉬는 시간 10분을 활용해 복습을 완결했다. 핵심 부분을 빨리 정리하고 외울 것은 외워 댔다. 집에서는 영어와 수학 심화 학습을 주로 하였다. 이렇듯 평소에 철저히 공부를 해놓았으니 3학년 때의 수많은 정기고사와 모의고사 등을 보면서도 오히려 행복감을 느낄 수 있었다. 고등학교 3학년이라 하면 고생하는 시기의 대명사처럼 사용되지만, 필자에게는 원 없이 공부하고 가장 행복했던 시기 중의 하나였다. 그리고 서로 도우며 함께 공부했던 친구들, 필자의 건강을 걱정해 준 친구들에게 지금도 고마움을 느낀다.

좌절된 꿈

"형! 문과를 선택해야 해? 아니면 이과를 선택해야 해?" "수학 잘하니?" "응, 잘하는 편이야." "과학 잘하니?" "과학은 안 좋아해." "문과는 법대, 상대……. 이과는 의대, 공대 등이 있어." "난 해양대학교 가고 싶은데." "해양대학교?" "응, 한국해양대학교 항해학과." "그곳은 이과인데, 야! 너 이과로 가야겠다." 고등학교 2학년에 올라가기 직전, 함께 자취를 하던 두 형들에게 진로를 상담하고 있었다. 형들은 최선의 길을 안내해 주었지만, 필자의 인생이 가장 꼬인 순간이었다. 사실 필자는 문과 체질이었지 이과 체질은 아니었다. 문과 수업은 너무 쉬워 공부할 것이 없는듯했다. 과학 과목은 정말로 취미가 없었다. 다만 열심히 공부해서 성적을 올릴 뿐이었다. 그러나 당시 진로 결정 과정에서 고려해야 할 핵심 사항은 대학 등록금 문제를 해결할 수 있는 국비 대학교였다. 만약 한국해양대학교를 중이염 때문에 갈 수 없다는 것을 알고, 이때 문과를 선택했더라면 필자의 인생은 달라졌을 것이다. 어릴 적 꿈 중에서 법조인이 될 확률이 매우 높았을 것이다. 그러나 운명의 신은 이룰 수 없는 꿈 이과로 향하게 하고 있었다.

　"중이염이라! 귀 지원자는 합격이 어렵겠는데!"부산해양대학교 ROTC 최종 면접관인 해군 준장이 필자의 신체검사 자료를 한참 살펴보더니 안타까운 표정을 지으며 한 말이었다. 다시 말하면 불합격이란 말이다. 부산해양대학교에 입학하기 위해서는 의무적으로 해군 ROTC에 입단해야 하기 때문에 1차 본고사 필기시험 합격자를 대상으로 해군에서 2차 신체검사를 실시하였다. 면접관으로부터 이 말이 나오지 않기를 빌고 또 빌었는데, 가슴이 철렁 내려앉았다. 눈앞이 캄캄해졌다. 고등학교 3년간의 피나는 노력이 물거품 되는 순간이었다. 모든 것을 접고 짐을 싸기 시작했다. 바로 다음 수험번호의 광주 석산고 출신 지원자가 만류를 하면서 끝까지 최선을 다해보라고 권유했다. 어떻게 준비해 온 3년이었는데……. 마음이 약해졌다. 다음날까지 검사 일정을 마치고 돌아왔다. 다음은 예비고사 성적이 발표되자 다시 예비고사 성적을 제출하고 최종합격자 발표를 기다렸다. 합격 가능성은 1%조차 되기 어려웠다. 그러나 1%의 가능성에 희망을 품고 마지막까지 기대를 가져봤다. 최종합격자 발표의 날에 이변은 없었다. 눈물이 쭈~욱 흘렀다. 영도와 아치섬 사이의 바다를 메워 만들어 놓은 해양대학교의 긴 출입로를 따라 걸어오는 동안 내내 눈물이 났다. 이 길을 국가에서 제공한 멋있는 해양대학생 제복을 입고 꼭 나와야 하는데……. 작년에 돌아가신 아버지께 합격의 좋은 선물을 드리고 싶었는데……. 눈물만 흘러내렸다.

필자의 장래희망은 초등학교 때 조종사, 중학교 때 법조인과 기관사, 고등학교 때 항해사였다. 조종사는 국가에서 모든 교육비를 지원해 주고 세계 어디든 다닐 수 있을 것 같았으며, 초고속으로 굉음을 내며 하늘을 나는 비행기를 조종한다는 것 자체도 멋있었다. 무엇보다 대학교육을 뒷바라지하기에 역부족인 시골 살림에 학비 부담을 주지 않아도 되었다. 그러나 조종사는 신체가 건강해야 한다는 말을 들었다. 영유아기 시절부터 중이염을 앓았던 필자는 일찌감치 조종사의 꿈을 접어야 했다. 다음으로 법조인은 중학교 저학년 때의 꿈이었다. 그러나 법학 공부를 하려면 대학을 가고 고시 공부를 하려면 너무 많은 돈과 시간이 들 것 같았다. 중학교 3학년이 되어 한국철도고등학교가 국비여서 지원을 할까 말까 고민을 하다 고교 졸업의 학력에 국내만 돌아다닐 것 같아 포기했다. 고등학교에 가서 대학을 선택하는 기준 역시 첫 번째 국비로 지원되는 학교였다. 당시 국비 지원 학교는 3군 사관학교(육사, 공사, 해사), 그리고 한국해양대학교가 있었다. 국립세무대학은 필자가 대학에 들어가던 1980년에 개교했지만, 당시 2년제 전문대학이어서 선호도가 떨어졌다. 과거 국비였던 한국항공대학교는 1979년 국립에서 ㈜한진으로 인수되어 사립으로 변경되어 유료화가 되어있었다. 그런데 3군 사관학교는 모두 중이염 때문에 어렵다는 것을 잘 알고 있었다. 그리고 필자는 솔직히 군대 체질을 타고나지는 못했다. 전문대학은 가기 싫었다. 남은 학교는 한국해양대학교였다. 그래서 해양대학교의 신체검사 기준이 어떠한가를 알아보기 위해 노력했다. 지금처럼 정보통신이 발달하지 못했던 그때에는 방학 때 외출 나온 한국해양대학교 학생들에게 물어보는 것이 최선이었다. 주로 열차에서 만나 물어보곤 했다. 그 학생들은 한국해양대학교가 군대가 아닌 회사로 취직하는 학교이기 때문에 신체검사를 심하게 보지 않는다는 것이었다. 당연히 중이염이 있어도 상관없다는 대답을 들었다. 나는 그 말을 듣고 결심했다. 한국해양대학교로 가자. 그러나 결과적으로 신체검사는 엄격했고 낙방이었다. 다음에 생각해 보니 그 학생들은 본인들이 건강하다 보니 신체검사에 크게 신경 쓰지 않아도 되었던 사람들이었으리라 하는 생각이 들었다.

"잘 떨어졌어요!" "떨어진 걸 고맙게 생각해!" "정상적인 가정을 꾸려 나가기 어렵잖아?" 필자가 한국해양대학교에 대한 아쉬움을 토로하면 주변 사람 100%가 똑같은 말은 한다. 그러나 필자는 달랐다. 해양대학생들이 검정 또는 하얀 제복을 입고 다니는 모습을 보면 지금도 마음이 아려온다. 지금은 목포해양대학교로 승격되었지만, 당시에는 목포 해양전문대학이 있었다. 광주에서 부산까지는 너무 거리가 멀어 전남대학 초년시절 목포에 있는 해양전문대학까지 혼자 찾아가 아쉬움을 달래기도 하였다. 필자는 고교 3년간은 세계지도만 보고 공부를 하였다. 특히 세계의 3대 미항을 비롯해 아름다운 호수를 낀 호주의 수도 캔버라를 꼭 가보고 싶었다. 그러나 대학교 때는 전국 지도를 보면서 유명 사찰이나 훑어 다니며 살아야 했고, 직장생활을 하면서는 전남지도만 보고 살아야 했으니 본성적으로 타고난 멀리멀리 튕겨 나가고 싶은 욕망을 억누르고 살았던 것 같다. 한국해양대학교에 대해 필자가 가지는 특별한 미련이 몇 가지 있다. 당시 한국해양대학교는 특차로 신입생을 선발했다. 해양대학교에 필기시험, 학교면접, 예비고사 성적 제출 과정에서 타 학생들과 비교하면서 합격이 되면 교수로 남고자 목표를 정하였다. 전국 단위에서 모집하는 특차여서 지원자들의 성적이 매우 좋을 줄 알았는데 생각보다 높지 않았다. 필자의 성적은 그러한 희망을 가져도 무리가 아닐듯싶었다. 그리고 당시 일반 공무원들의 월급이 12만 원 정도 됐는데 항해사가 되면 10배인 120만 원 정도의 월급을 받을 수 있다고 하였다. 나 한 명 희생하여 경제적인 혜택을 많은 가족들이 누릴 수 있다면 더없이 행복할 것 같았다. 대학 등록금이 면제되는 것은 가장 현실적인 필요조건이었거니와, 배를 타고 멀리 항해하는 직업이 체질에 맞을 것 같기도 했다. 지금도 홀로 조용히 걷고 사색하는 것이 가장 즐거운 일이니 의무 복무 기간 5년은 쉽게 지나갈 수 있었을 것이다. 아마 필자는 선장 체질이어서 더 오랜 기간 배를 탈 가능성이 컸을 것이다.

두 번의 인연 전남대학교

    필자는 전남대학교와 두 번의 인연을 맺었다. 학부과정에서는 수학교육, 박사과정에서는 교육행정학을 전공하였다. 학부를 졸업하고 평생을 수학을 가르치며 먹고 살았으니 고마운 학교임에 틀림없다. 누구에게나 가장 혈기왕성하고 도전적일 때가 대학 시절일 것이다. 필자도 마찬가지였다. 정말로 절친했던 친구들과 공부도 열심히 하고, 책도 많이 읽고, 여행도 많이 하였고, 특히 함께 토론을 하며 많은 시간을 보냈다. 맨 처음 전남대학교 정문을 들어가면서 '아! 여기가 대학교인가?' '나도 대학생이 되었는가?' '열심히 공부해서 꼭 장 학생이 되어 납부금을 스스로 해결해야지.' 첫 등교를 하는 날 가슴 벅찼지만, 납부금부터 걱정했던 기억이 난다. 당시만 해도 대학생은 선택받은 사람들이었다. 잘해야 고등학교 졸업생의 20%~30%만이 대학을 갈 수 있었던 시절이었다. 요즘에는 대학을 가지 않은 사람이 거의 없고, In 서울 해야 인정을 받지만, 당시에 국립대학교는 모두 괜찮은 대접을 받았다. 국가는 물론 국민들도 대부분 가난하던 시절이었고 학부모들은 대학 납부금을 가장 걱정해야 했던 시절이었기 때문이다. 연·고대는 경제적으로 여유가 있는 집안 자녀가 다닐 수 있었고, 서울대를 제외한 지방국립대학교 학생들은 연·고대와 실력에서 크게 차이가 나지는 않았다.

필자가 전남대학교 사범대학 수학교육과를 선택하게 된 이유도 납부금 때문이었다. 국비로 다닐 수 있는 한국해양대학에 신체검사에서 떨어졌으니, 또 찾는 곳은 납부금이 싼 곳일 수밖에 없었다. 당시 대학교 납부금은 수업료와 육성회비가 약 4:1의 비율로 구성되어 있었는데, 국립대학교 사범대 학생들에게는 수업료가 전액 면제되었으니 혜택을 많이 받은 것이었다. 국립대학교 일반대 학생들이 학기당 28만 원 정도의 납부금을 내고 다닐 때 국립대학교 사범대 학생들은 7만 원 정도의 납부금을 내고 다닐 수 있었다. 당시는 중공업을 중시한 경제 건설에 온 국력을 쏟던 시절이었고, 국가의 미래가 인재의 육성에 달렸다는 인식하에 교육을 매우 중요시한 시절이었다. 또 국립대학교 사범대 학생들에게는 졸업을 하면 최우선적으로 국·공립 중·고등학교에 발령을 내주었다. 사립대학교 사범대에는 아무런 혜택이 주어지지 않았다. 사립대 납부금은 국립대보다 훨씬 비쌌다. 지방 사립대 기준으로 학생들은 학기당 70만 원 정도의 납부금을 내야 했다. 물론 서울과 지방의 사립대학 사이에는 차이가 있었다. 국립대학교 사범대 남학생들은 대부분 공부를 잘하면서 가정이 곤란한 학생들이었다. 물론 교사가 꿈이어서 온 사람이 적지 않았을 것으로 믿는다. 반대로 여학생들은 비교적 부유한 가정의 학생들이었다. 필자와 절친했던 남자 친구들 여섯 명 중 다섯 명이 홀어머니 밑에서 공부를 한 학생들이었다. 필자는 공부를 열심히 하였다. 목표는 하나였다. 장학금을 타기 위해서였다. 노력한 결과 장학금도 많이 탔다. 국립대학교 사범대생들이 장학금을 타면 육성회비까지 면제되어 14,000원 정도만 내면 1학기를 다닐 수 있었다. 당시 대학의 납부금은 시중은행에 납부하였는데 이 기간이 되면 은행에 납부금을 내기 위해 학부모 또는 학생들이 줄을 길게 늘어섰다. 필자도 다른 학부모들과 함께 줄을 서서 기다리는데 고지서를 보여달라고 해서 보여줬다. 14,000원짜리 고지서를 보고 그분이 매우 부러워하였다. 그분의 아들은 사립대를 다니는 학생으로서 70만 원 정도의 고지서였다.

필자는 대학 시절 경제적으로 매우 어려웠던 시기였다. 필자의 아버지께서 10여 년을 아파계시다 필자가 고등학교 2학년 때 돌아가시고, 연로하신 어머니께서는 시골에서 홀로 농사를 짓고 계셨으니 경제적으로 어렵지 않을 수 없었다. 심각한 어려움을 타개하고자 누나가 자기를 희생하여 돈을 벌어 납부금을 대주었고, 용돈도 주었지만 녹록지 않았고 항상 미안한 마음만 가중되었다. 생활하기는 역시 궁핍하였고, 납부금을 해결해 주는 것만으로도 정말로 고맙고 고마운 일이었다. 돈을 쓰지 않고 살아가는 방법만이 유일한 해결책이었다. 써클(동아리) 활동도 하고 싶었지만, 회비를 낼 수 없어 갈 수 없었다. 프론티어 봉사반, time반, 묵향반, 토론반 등에서 활동을 하고 싶어 돌아다녔지만, 회비를 내기가 어려워 다니다가 회비 낼 때가 되면 그만두었다. 방학 때면 토플과 회화를 배우기 위해 영어 학원을 다니고 싶은 마음이 간절하였다. 그러나 곧바로 학원비를 준비할 수 없었다. 누나가 학원비를 만들어 주면 벌써 방학이 많이 지나버렸다. 그래서 방학 때면 홀로 책을 많이 읽어댔다. 필자의 독서량이 조금 많다고 한다면 이 시기에 읽은 책들이다. 여름방학 때 시골에 가서 어머니 농사 도와드리면서 읽고, 겨울방학 때는 따뜻한 군불 때 놓은 아랫목에서 읽었다. 이념 논쟁이 끝없던 시기에 다양한 서적들을 접하였고, 그때 이미 필자의 사상적 정체성을 확립할 수 있었다.

필자는 대학 4년 동안 점심 도시락을 싸간 적이 없다. 친구들에게 신세를 많이 졌다. 신세를 너무 져 미안하면 핑계를 대고 빠져나가 홀로 물로 배를 채워보곤 했다. 물로 배를 채우며 공부했다는 이야기를 들을 적이 있어 실험을 해봤다. 그러나 효과가 없었다. 대학 구내식당에 500원이면 한 끼를 해결하는 싼 가격의 백반이 있었다. 돈이 있으면 가끔 사 먹기는 했지만 그렇지 못한 경우가 훨씬 많았다. 친구들은 구내식당의 밥맛이 없어서 먹을 수 없다고 하였다. 그러나 필자는 그 밥이 너무나 맛있었다. 점심때마다 정말 먹고 싶었다. 그러나 할 수 없이 굶어야 했다. 세월이 흘러 필자가 박사과정에 입학한 후 전남대학교에 들렀을 때 일부러 그 백반을 주문한 적이 있다. 가격은 2,000원으로 올라있었다. 일반 식당의 백반 가격에 비하면 여전히 매우 싼 가격이었다. 맛을 보았다. 맛이 예전 그대로였다. 가슴이 먹먹했다. 눈물이 핑 돌았다. 필자는 1년의 휴학 시기를 포함하여 5년에 걸쳐 학부를 졸업하였다. 그러나 학부 졸업으로 만족할 수 없었다. 학부 졸업사진을 찍을 때 손에 교육행정학 책을 들고 사진을 찍었다. 무의식적으로 책을 놓고 싶지 않았나 보다. "학교 다닐 때 책 들고 다닌 사람은 무섭지만, 졸업 때 책 들고 다닌 사람은 무섭지 않더라." 친구가 농담을 했다. 그러나 그때 손에 들고 있던 책을 전공하여 박사학위를 받았으니 우연적 바람이 필연이 될 수도 있는 이치가 아닐까 한다.

필자의 두 번째 전남대학교와의 인연은 일반대학원 교육학과 (교육행정 전공) 박사과정이었다. 학부과정을 전남대학교에서 마쳤으니 박사과정은 석사과정을 마친 고려대학교에서 하고 싶었다. 그러나 공간적·시간적 한계가 있었다. 고려대학교에서 박사학위를 취득하려면 일주일에 두 번씩 서울에 올라가야 했다. 필자와 같은 현직교원들은 전국 어느 대학교든지 교육대학원이 설치되어 있으면 방학 중 출석하여 석사학위를 취득할 수 있었다. 그러나 박사학위 과정은 달랐다. 일반대학원에만 박사학위 과정을 설치할 수 있기에 일반대학원을 다녀야 했고, 고려대로 가려면 일주일에 두 번씩 서울로 올라가야 했다. 대한민국 최남단에 근무하면서 서울로 다니기는 쉽지 않았다. 20년 전에 다녔던 대학으로 돌아가고 싶지는 않았지만, 결국 전남대학교에서 박사학위 과정을 시작할 수밖에 없었다. 그러나 필자의 근무지에서 전남대학교까지 일주일에 두 번씩 다니는 것도 녹록지 않았다. 전공과목 학점을 채울 때는 주중에 두 번씩 다니고, 선택과목 학점을 채울 때는 이틀 중 하루는 휴무일인 토요일을 활용하였다. 일반행정학과에서 정책 관련 강의를 토요일에 개설하였는데 노무현 정권 시절 과학·기술 보좌관을 지낸 순천대 박○○ 교수로부터 과학·기술정책을, 광주대 김○○ 교수로부터 지속 가능한 발전 이론에 기초한 환경정책을 공부하였다. 전남대 법학전문대학원 정○○ 교수로부터는 국가보상법 등에 대해 공부하였다. 이때 일반 공무원들은 물론 다양한 직종에 근무하는 사람들과 함께 공부하면서 인연을 맺었다. 담양 군수, 현직 경찰서장, 현직 검사와 판사, 기업체 임원 등이 그들이다.

전남대학교 교육학과 교육행정학 전공에는 신○○ 교수 홀로 계셨다. 한국교육행정학회 회장도 역임하였다. 제자들을 너무나 인간적으로 대한 분으로 하버마스를 전공하여 박사학위를 받은 분이다. 전남대학교에서는 고려대학교와는 달리 교육행정학과 교수가 한 분만 계셔 홀로 모든 수업을 도맡았다. 대신 교육행정 이외에 관심 있는 다른 교육학을 공부할 수 있는 기회는 많았다. 교육행정학과에서 함께 수업을 받은 사람들은 대부분 동 대학원에서 석사학위부터 같이 한 사람들이 많아 격의가 없었다. 그러나 논문이나 학문에 관한 얘기는 찾아보기 힘들었다. 교수와 제자들은 함께 저녁을 해결해야 경우가 많아서 식당에서 수없이 만났다. 그러나 별로 의미 없는 농담이나 하다가 끝이 나는 경우가 다반사였다. 광주에서 모임이 끝나면 순천까지 운전하고 와야만 하는 필자의 입장에서는 모임 자체가 끝없는 스트레스였다. 필자는 고려대학교에서의 경험이 있어, 비교가 되었지만 다른 동료들은 비교 대상이 없어서인지 행복한 것 같았다.

시간이 흘러 논문 학기가 되었다. 모두들 논문 쓰는 것에 대해 겁을 먹고 있었다. 필자는 박사학위 논문이 본인의 학문적 얼굴이라 생각하고 열심히 썼다. 다른 동료들보다 최소 3~5배의 노력을 했을 것으로 생각한다. 논문의 질은 물론이거니와 양에서도 그들을 압도했다. 논문의 양이 너무 많아 지도교수들이 읽기만 하는데도 많은 시간이 필요했을 것이다. 그래도 신○○ 교수께서는 내용은 물론이고 철자법 하나까지 일일이 체크해 주셨다. 지도교수의 세심한 지도 덕분에 지금까지도 자부심이 넘치는 논문으로 남게 되었다. 이후 정부 고위직에 임명받을 많은 유명 인사들이 인사 검증 과정에서 논문 표절로 끝없이 명예를 추락당하는 경우가 많았다. 자신들의 학위를 오히려 숨겨야 할 처지가 된 경우가 부지기수였다. 그러나 필자의 논문은 달랐다. 떳떳하다. 자부심이 넘친다. 박사학위 취득은 배움이 끝나는 지점임과 동시에 스스로 새로운 학문을 시작하는 지점이다. 박사학위를 받는 날 가슴 벅차고 공부의 끝을 보았다는 쾌감이 밀려왔다. 비록 나 스스로 만들어 나갈 앞으로의 공부에서는 시작 지점에 불과하지만……. 어머니, 장인, 장모, 아내, 아들, 딸, 배○○ 의원 내외분과 딸이 졸업식에 참석하여 축하해 주었다.

꿈의 고려대학교

　'서울특별시 성북구 안암동 5번지' 고려대학교의 주소이다. 필자가 고려대학교를 처음 접한 것은 동네 일가인 최 부잣집의 아저씨가 고려대학교 영문과를 다니면서부터이다. 시골에서 보성 읍내로 나가기도 힘들던 시절이었는데, 서울까지 가서 고려대학교에 다녔다는 것은 대단한 일이었다. 어린 시절 아저씨는 방학을 이용하여 동네 교회에서 선배 중학생들에게 영어를 가르쳐 주었다. 아저씨의 미국인 친구가 자주 동네에 들리기도 하였다. 한 번은 초등학교 운동회 때 학부모, 학생들이 운동회는 뒷전이고 처음 본 미국인의 뒤를 부채꼴 모양을 이루며 따라가던 모습이 선하다. 미국인은 올 때마다 동네 사람들의 생활 모습, 어린이들의 노는 모습, 시골 풍경, 아주머니들이 삼베 매는 모습 등을 사진기에 담았다. 성장해 가면서 고려대학교에 대한 얘기는 많이 들을 수 있었다. SKY 대학 중에서 고려대학교는 호남 사람이 설립하여 호남 사람들이 많이 다니니 고려대학교가 좋다고도 했다. 그러나 막상 대학을 준비하던 시기에 고려대학교는 그림의 떡이었다. 경제적 여건 때문에 서울 소재 사립대학교라 엄두를 낼 수 없었다. 맨날 국비 대학만 생각하던 시절이었으니 말이다. 그런데 소원을 풀 기회가 왔다. 고려대학교 교육대학원에 입학한 것이다.

필자는 고려대학교 입학식 전에 육중한 석조건물로 이루어진 본관, 인문사회관, 중앙도서관, 인촌기념관 등 상징적인 건물들을 일일이 둘러보았다. 최근에는 한국의 대기업에서 기부한 최신식 석조건물들이 엄청난 규모로 지어져 있었다. 캠퍼스의 전체적인 외부구조를 모두 파악한 후 중앙도서관 내부를 샅샅이 살폈다. 앞으로 가장 많이 이용할 공간이라 생각했기 때문이었다. 필자는 고려대학교 교육대학원 교육행정 및 고등교육 전공에 입학하면서 두 가지 목표를 세웠다. 첫째는 교육행정학 석사학위를 받는 것이요, 둘째는 고려대학교 교육대학원 총학생회장의 경력을 취득하는 것이었다. 고려대학교 학생회장 명함을 가지고 있으면 전국 어디를 가나 인정받을 수 있다고 생각했기 때문이다. 필자는 고려대학교 생활을 하면서 정말로 많은 것을 배우고 느꼈다. 정말 축복받은 시기였다. 고려대학교는 대운동장을 지하 2층의 시설로 변모시켜 지상은 고급스러운 공원시설, 지하 1층은 도서관을 비롯한 각종 편의시설, 지하 2층은 주차장으로 만들었다. 고려대를 드나드는 모든 차량은 이 주차장에 주차해야 한다. 따라서 학교 내 지상에는 차량이 한 대도 없이 깨끗한 환경을 갖추고 있다. 강원도에서 여기까지 가져왔다는 중앙 공원 주변의 금강송 등은 가히 일품이었다. 납부금이 비쌌지만, 납부금 못지않게 깨끗하고 아름다운 환경을 제공하였다.

중앙도서관에서는 3년간 여름과 겨울방학 매 학기 동안 날마다 오후 11시까지 공부함으로써 고려대에서의 학습 의욕을 불살랐다. 교수들의 강의도 일품이었다. 교수들이 모두 실력이 출중하였지만 하나같이 겸손하였다. 학교 동문과 학생들이 학교의 주인이어서 학생들의 의견을 절대적으로 수렴하는 곳이었다. 지도교수께서도 1학기에 한 번 간단한 점심 식사를 하는 것 이외에는 학생에게 경제적 피해를 주는 것을 허락하지 않았다. 젊은 교수들이 학생들에게 제공한 고대 막걸리 파티는 고대인 체험 교육이었고, 교수들과 만나기만 하면 논문 얘기를 끊임없이 나눴다. 교수들은 다음과 같이 말했다. "여러분! 딱 한 가지만 부탁하겠습니다. 훌륭한 논문만 하나씩만 남겨주세요. 그 외에는 아무것도 필요 없습니다. 그것이 고려대학교와 교수들이 가장 바라는 것입니다." 고려대학교에서는 교수 인력 풀이 매우 좋았다. 본교에 소속되어 있는 교육행정학과 교수 세 분 이외에도 소속 대학교에 상관없이 설강 과목의 권위자이면 누구든지 섭외되어 강의를 맡겼다. 예를 들어 교육법에는 우리나라 교육 3법을 만든 책임 교수, 교육 정책에는 한국교육개발원 선임 연구원 등 대부분의 교수들이 각 분야의 최고 전문가였다.

필자의 지도교수는 김○○ 교수이셨다. 매 강의 시간마다 전개한 토론식 강의는 대한민국 어디에서도 찾아볼 수 없는 명품 강의였다. 강의를 할 때면 학생들의 입으로부터 논제를 끌어내 학생들의 입으로 결론을 내리게 하는 정말로 예술처럼 수업을 이끌고 만들어 냈다. 필자도 지도교수의 영향을 크게 받아 같은 유형의 토론식 교수법을 전개하고자 열심히 연구하고 노력하였다. 사실 논문 지도교수를 정하는데 후배들이 까다롭기로 소문난 김 교수님을 피하고 내가 선택하길 권했다. 평소 수업 방법에서 존경하는 마음을 가지고 있었고, 엄격한 분에게서 배우면 무엇을 배워도 확실히 배울 것이라는 생각을 하였다. 그리고 내가 논문을 열심히 쓰면 될 것 아닌가? 필자가 남들이 어려워하는 지도교수를 선택한 이유이다. 지도교수는 필자를 전적으로 신뢰하고 편하게 지도해 주셨다. 지도교수 방에 가서 논문 지도를 받기도 하고 일상생활 이야기를 하기도 했다. 한 번은 "교수님 바쁘시니까 이제 가야겠습니다."라고 하였더니 "아니! 아니! 나 안 바빠~." 하면서 더 얘기하자고 하였다. 물론 지도교수가 정년 무렵이어서 무료함도 있었겠지만, 평생 제자들 사이에서 가장 친근하게 지낸 사람이 필자라고 말씀하셨다. 그 외 신○○ 교수, 오○○ 교수 등의 논문 지도를 받고 어려움 없이 석사학위를 받을 수 있었다. 몇 년 후 전남대학교에서 박사학위를 받은 후 논문과 함께 간단한 선물을 들고 석사학위 지도교수를 찾아뵈려고 전화를 드렸는데 아쉽게도 한국교원대학교에 출타 중이었다. 집 주소를 가르쳐 주면서 집에 사모님이 계시니 논문을 가져다 놓으라고 하셨다. 차 한 잔을 마시고 돌아오면서 전화를 했더니 "최 선생! 평생 집에 들른 제자는 아무도 없었어. 최 선생이 처음이야!" 그렇게 교수님도 필자를 편하게 생각하셨지만, 필자도 마음 깊이 존경하였다.

두 번째 목표는 고려대학교 교육대학원 총학생회장이 되는 것이었다. 입학식 행사가 끝날 무렵 총학생회장이 나와 인사를 했다. 나이가 지긋한 박력 넘치는 분이었다. 저분과 어떻게든 연을 맺어 총학생회에 참여해야겠다는 생각을 했다. 그러던 중 어디서 전년도 재학생 명단을 보았는데 교직 초임 때 구례중학교에서 함께 근무했던 안○○ 선생님의 이름이 발견되었다. 구례중학교에서 함께 근무하다가 전북 남원으로 도간 교류를 통해 전근 가신 분이다. 오래전에 헤어졌는데 그분과 고려대학교를 함께 다닐 수 있다니! 반가움이 가득했다. 바로 전화를 드렸다. 그런데 아쉽게도 직전 학기에 졸업을 하였단다. 그러나 안 선생님이 "최○○! 현재 고려대학교 교육대학원 총학생회장이 박○○ 씨야. 고향 선배이니까 나 말하고 인사드려!" "예, 알겠습니다." 총학생회장과 연을 만들려고 기회를 보고 있었는데 천우신조였다. 며칠 후 박 회장을 만나 인사드렸다. 고려대학교 교육대학원 총학생회에 쉽게 발을 들여놓고 활동할 수 있게 되었다. 총학생회 간부 직위도 하나 얻고 학생회 행사가 있을 때마다 회장님을 도와 마지막까지 열정적으로 활동하며 모든 사람들의 뇌리에 필자를 각인시켰다. 박 회장의 임기가 끝나고 다음에 최○○ 후보를 내세워 당선시키고 1년간을 더 기다렸다. 드디어 필자가 총학생회장에 출마할 시기가 돌아왔다. 학생회장 출마 학기를 앞두고 사전에 철저히 준비했다. 당시 도서 학교인 전남 금산중학교에서 근무하면서 명함과 공보물을 완성하여 서울로 올라갔다. 당시 컴퓨터가 도입된 지 오래되지 않아 많은 사람들이 컴퓨터 활용 능력이 떨어진 상태였는데, 필자는 비교적 빨리 배워 개인용 컴퓨터를 이용하여 스스로 만들 수 있었다. 금번 총학생회장 예상 출마자가 필자 외에 한 명 있었는데, 직전 학기 겨울 제주도에서 개최된 고려대학교 교육대학원 총동문회 간담회에서 필자가 전·현직 학생회 간부 참석자 전원에게 저녁과 술을 사는 조건으로 출마를 포기하기로 공개적으로 약속을 한 사람이다. 그런데 그 사람이 약속을 어기고 출마를 선언했다.

필자는 크게 마음 쓰지 않고 함께 선의의 경쟁을 해보자고 제안했다. 철저히 준비를 했고 도와주는 사람들도 많이 있어 자신이 있었다. 벌써 학생들 사이에는 상대 후보가 제주도에서 한 약속을 어기고 출마했다고 좋지 않은 소문이 나돌았다. 필자는 오랜 인기관리 덕분에 2~3학년 학생들에게 강하고 교양과목을 모두 끝냈기 때문에 1학년 신입생들에게 약했다. 상대는 교양과목을 늦게 들어 신입생들에게 강하였다. 상대 후보는 표를 달라고 교양과목 수업을 들은 학생들 모두에게 맛있는 음식을 샀다는 보고가 들어왔다. 그리고 투표일 날 공보물을 교실에 무더기로 배부하는 등 규정을 어긴 행위를 하였다. 필자는 상대방을 만나 엄중히 경고하고 선관위에 정식적으로 항의하였다. 선관위에서는 상대방을 불러 다시는 그런 일이 일어나지도록 주의를 주었다. 상대 후보는 경상도 함양에서 체육관을 운영한 관장 출신으로 만만치 않은 사람이었다. 키도 크고, 몸은 장사와 같았고, 태권도가 8단이었다. 경호를 전문으로 하여 전 세계를 돌아다니며 수많은 유명 인사들을 경호했다고 공보물에 적어놓았다. 그러나 단점이 있었다. 현직교원이 아니라는 점이다. 필자는 선거 전략을 현직교원 vs 태권도 사범의 구도로 잡아 밀고 나갔다. 대학원생 대부분이 현직교원임에 착안하여 잡은 구도이다. 선거운동을 열심히 하였다. 교육행정학과는 물론이고 국어과, 수학과, 영어과, 상담심리과, 교육방법과 등 각 과에 선거 책임자들을 임명하였다. 그리고 필자는 밤 1시가 넘도록 개인별로 문자를 보내고 또 전화 연락이 오면 친절히 응대하였다. 당시에는 대량 문자를 보낼 체제가 갖추어지지 않았던 시절이었다. 선거 과정에서 전임 회장들이었던 정○○ 회장, 박○○ 회장, 최○○ 회장의 도움을 많이 받았다.

투표 당일, 필자와 상대 후보는 투표장 입구에 함께 서서 일일이 유권자들에게 인사를 하며 고려대학교 교육대학원의 화합을 다졌다. 그리고 라이벌끼리 형, 동생 하며 이야기를 이어 갔다. 이때 필자가 기선제압을 위해 농담으로 제안을 했다. "형님! 남자가 무슨 선거를 합니까? 둘이 싸워서 이긴 사람이 회장 하기로 합시다." 필자는 체격이 훨씬 밀리는 상황에서 제안을 한 것이다. 그러나 다음 말이 이어진다. "형님은 태권도 8단이니까 태권도 복장, 즉 도복과 낭심 가리개 등을 완벽히 갖추고 나오고, 난 검도 유단자니까 검도 복장, 즉 호구, 호면, 호안을 쓰고 진검을 가지고 나와서 같이 한번 붙읍시다." 상대방이 꼬리를 내릴 수밖에 없었다. 그러면서 또 말을 이어갔다. "체육과생 어떤 사람을 우리 팀의 부회장으로 영입을 하려다가 의리상 포기했다." 체육과 내에서 회장 출마와 관련하여 상대 후보와 분란을 일으킨 사람을 지칭한 말이었다. 상대 후보는 어떻게 알았냐고 묻는다. "다 보인다." 했더니 "국회의원 출마해도 될 것 같다."고 했다. 상대방의 이름은 원○○였다. 제주도의 약속을 지키지 않자 학생들 사이에서 약속을 해놓고 지키지 않았으니 별명을 빵○○으로 붙여 불렀다. 투표를 끝내고 커피숍에서 결과를 기다리고 있는데 전남대학교 수학교육과 동기생이었던 참모 안○○ 선생님에게서 연락이 왔다. "최○○ 회장님! 축하합니다. 당선입니다!" 그렇게 필자는 제31대 고려대학교 교육대학원 총학생회장에 당선되었다.

필자의 회장 임기 당시 교육대학원장은 권○○ 교수, 부원장은 황○○ 교수였다. 교육대학원장은 혁신적인 사고를 가진 분으로 새로 임명된 상태여서 학생회장으로 당선된 필자가 공약했던 사항들을 일일이 체크하시더니 요구사항을 모두 해결해 주었다. 부원장도 적극적으로 힘을 보탰다. 권 원장은 다음에 직능개발원 원장을 역임하고 인천재능대학 총장으로 가시기도 하였다. 학생들에게 총학생회장의 인기는 말할 수 없이 높아졌다. 그리고 고려대학교 교육대학원 학생회에서는 매년 전국을 돌며 동문들과 간담회를 실시하는데, 필자는 광주에서 호남 지역 동문들을 모시고 실시하였다. 전년도까지는 학생회비에서 비용을 충당하였으나 필자 회장 시대부터는 권 원장의 도움을 받아 학교 예산으로 행사를 치르게 되었다. 1년 전에는 제주에서, 2년 전에는 대구에서 치렀던 행사이다. 고려대학교! 어릴 적 꿈에 그렸던 대학교의 교육대학원에서 목표하였던 두 가지를 모두 성취하였다. 졸업식에서 교육법 관련 논문으로 석사학위를 받았고, 최우수 졸업자에게 수여되는 고려대학교 총장상, 총학생회장에게 주어지는 고려대학교 교육대학원장 공로상을 동시에 수상하였다. 그리고 3년, 6학기 동안 입학 때를 제외하고 5학기 모두 장학금을 받았으니 너무 많은 것을 얻지 않았는가? 문자 그대로 꿈의 고려대학교 시절이었다.

조선대학교 교육대학원 강의

"태극기는 본관 건물 뒤 복호산 꼭대기에 게양되어 있습니다. 국기에 대하여 경례!" "야! 야! 태극기가 어디 있다는 소리냐?(웅성웅성)" 필자의 친구들이 조대부고 입학식 때 국기에 대한 경례를 할 태극기를 찾지 못해 경건함 속에서도 웅성거렸다. "태극기는 대학 본관 꼭대기에 게양되어 있습니다. 국기에 대하여 경례!" 이후 태극기는 복호산 꼭대기에서 대학 본관 꼭대기로 이동하긴 했지만, 태극기는 여전히 머나먼 곳에 게양되어 있었다. 조선대학교의 이야기다. 필자는 조선대학교와 인연이 많다. 조선대학교 부속고등학교를 졸업했기 때문에 대학 캠퍼스는 필자의 운동장이나 다름이 없었다. 조선대학교에서 입학식, 개교기념일, 졸업식 등이 있는 날이면 태극기를 복호산 또는 본관 꼭대기에 걸어놓았다. 조선대학교 건물의 특징상 본관 꼭대기도 높기만 한데……. 그 뒤 복호산 꼭대기에 태극기라……! 참 대단한 스케일의 학교였다. 조선대학교 큰 행사가 있는 날이면 대운동장에 조선대학교 가족들이 모두 모였다. 중앙 무대의 대학 총장을 중심으로 ROTC 단원들이 정중앙에서 각을 잡아 도열하고, 양옆에 수많은 단과대학 학생들, 전문대학 학생들, 부속 중·고등학교 학생들, 부속 여중·고등학교 학생들이 그 큰 대운동장에 모두 교기를 앞세우고 줄지어 모였다.

조선대학교 캠퍼스는 원래 거대하고 거칠었다. 대학 총장은 캠퍼스의 자연환경을 가능한 다듬지 말고 그대로 놔두도록 지시하였다. 당시에는 현재의 아기자기한 조선대학교와는 완전히 다른 분위기였다. 조선대학교 부속고등학교 동문들도 조선대학교의 큰 스케일과 거친 환경을 경험하며 생활한 때문인지 포부가 크고 야성이 넘치고 추진력이 강한 사람들이 많았다. 또 호랑이가 누워있는 형상의 복호산 아래 젖줄기에서 솟아나는 물을 먹고 살아서 동문들이 호랑이처럼 용감하다고도 했다. 필자에게 조선대학교는 모교처럼 느껴진다. 그런 조선대학교와 직접적인 인연을 다시 맺게 되었다. 이번엔 대학 본관 건물보다 더 높은 위치에 새롭게 세워진 건물에 위치한 교육대학원에서였다.

필자의 박사학위 졸업논문은 교육정책 분야로 사회학 이론인 기든스의 '제3의 길 프로그램'을 도입하여 대한민국 교육정책 이념 갈등 해소 방안을 제시하는 내용이다. 논문이 출판되자 전국의 많은 지인들에게 선물했다. 고려대학교, 순천대학교, 조선대학교 교육행정학과 교수들에게도 보냈다. 논문을 보고 조선대학교 송○○ 교수로부터 전화가 왔다. 조선대학교 교육대학원 교직과정 교육행정

강의를 맡아주면 어떻겠냐며 제안을 했다. 필자의 논문을 보니 연구를 정말로 많이 해서 강의를 맡기고 싶은 생각이 들었다 한다. 물론 그 전에 공개 토론회에서 패널로 각자 참여하여 만난 적이 있어 구면인 사람이다. 흔쾌히 승낙했다. 필자의 집이 순천인 관계로 광주 소재의 조선대학교까지 강의를 하러 가는 것은 쉽지 않았다. 그러나 대학원에서 강의할 수 있는 기회는 쉽게 주어지지 않는다. 즐거운 마음으로 강의를 준비하고 또 강의를 하였다. 강의료는 박사 출신과 석사 출신 간에 약간의 차이가 있었다. 박사라 해도 충분할 만큼 많지는 않았다. 순천에서 광주까지의 기름값, 고속도로 통행료, 가끔 과속으로 부과한 과태료, 외부 강의료에 붙은 세금, 모두 계산하고 나면 남는 것은 절반밖에 안 되었다. 그러나 소중한 경험을 하고 중요한 경력을 쌓은 좋은 기회였다.

교육대학원 교육행정 수강생들은 석사학위를 받고자 하는 교원들도 있었지만, 대부분이 학부에서 교육과정을 이수하지 못해 교사 자격증을 취득하고자 하는 학생들이었다. 필자는 다양한 학과에서 오는 학생들에게 교육행정 전반을 도식화하여 학생들이 쉽게 이해할 수 있도록 강의하는 데 주안점을 두었다. 동시에 학생들에게 끊임없이 발문하여 지루하지 않게 하고, 현장의 사례를 들어줌으로써 흥미를 이끌었으며, 교원 임용고시를 볼 때 실제 도움이 될 수 있는 내용의 수업을 전개하였다. 매번 강의 평가에서 비교적 높은 성적을 받았는데 대부분 선배들의 소개를 받고 다음 학기에 많은 학생들이 수강신청을 해왔다. 초창기에는 수학과와 영어과 학생들이 주로 수강하였다. 그러다 차츰 체육과 학생들로 추세가 바뀌었다. 당시 중·고등학교에서 학교폭력을 줄이고자 스포츠클럽 제도가 도입되어 스포츠 강사 수요가 증가하였고, 언젠가는 정규직화되지 않겠는가 하는 희망 때문에 체육과 출신들이 교육대학원에 많이 진학했기 때문이다. 한때 문전성시를 이루던 전국의 교육대학원 지원자들이 점점 적어졌다. 현직교원들 중에 석사학위를 받을 의지가 있는 사람들은 대부분 받았고, 아직도 받지 않고 있는 사람들은 대부분 포기한 사람들이었다.

원래 조선대학교 교육대학원 교육행정학과는 상당한 역사를 이어왔다. 조선대 송 교수는 교육행정 전공을 강의하고, 필자는 교육행정 교직과목 강의를 하였는데 교육행정학과 학생들이 졸업을 하고 신입생들이 없으니 폐과되었고, 송 교수가 교직과목을 강의할 수밖에 없었다. 당연히 필자의 2년에 걸친 교육대학원 계절제 강의는 끝났다. 그러나 필자에게는 의미가 큰 경험이었다. 인류가 만든 최고 교육 기관인 대학원에서 대학원생을 대상으로 박사학위를 취득했던 과목으로 강의를 했으니 필자에게는 가르침의 최고 경지와 배움의 최고 경지를 매치시키는 영광된 경험이 아닐 수 없었다.

공부하는 방위병

"형 일어나세요!" "형 또 졸고 있소?" "형 여기 있었구만." 대낮에 후배들이 졸고 있는 필자를 보고 하는 소리이다. 필자의 별명이 사각형이던 시절이 있었다. 평평한 사각형만 보이면 땅바닥이든 인공구조물이든 상관없이 앉아서 졸고 있었기 때문에 붙여진 별명이었다. 향토방위병으로 군대생활 할 때의 이야기다. 필자는 육법전서 즉, 헌법, 행정법, 민법, 형법, 행정소송법, 민사소송법, 형사소송법 등을 부대 상황실에서 숙식을 하며 완독했다. 필자는 면 소재지 중대본부에서 근무했다. 중대원들은 집에서 출퇴근을 하는데, 매일 아침 구보하고 태권도 연습을 하면 아침 일과가 끝난다. 이후 행정병들은 대대본부에 보낼 공문을 작성하여 전통병에게 보내고, 주간 행정병은 전화를 받으면 되고, 야간에 근무한 행정병은 퇴근을 하면 된다. 또 주간 전투병들은 무기고를 지키고 야간 전투병들은 퇴근을 하면 된다. 이것이 중대본부의 정확한 역할 분담이다. 그러나 행정병은 한 명씩 순번제로 돌아가며 24시까지 야간 근무를 하고 취침하되, 다음 날 아침에 퇴근을 하지 않고 저녁에 퇴근해야 한다. 필자는 행정병으로서 행정공문 보내는 일과 전화 받는 일을 담당했다. 3일에 한 번씩 야간 근무도 해야 했다. 행정병에게 야간 근무란 기피 업무일 수밖에 없었다. 필자는 다른 행정병의 몫까지 야간 근무를 모두 대신해 줬다. 그 시간을 이용하여 중대본부 상황실에서 저녁마다 육법전서를 독파해 나갈 수 있었다. 처음에는 24시까지 근무하며 공부하다, 새벽 3시까지, 새벽 5시까지, 그러다 날마다 날을 새고 공부를 했다. 처음에 그토록 오지 않던 새벽 3시가 새벽 5시까지 공부한 후로는 너무나 빨리 왔고, 새벽 5시도 날마다 날을 새며 공부하다 보니 금방이었다. 이렇게 군대생활을 보냈다. 날마다 날을 새도록 공부했지만, 방위병으로서 의무를 다해야 했다. 아침 구보, 태권도는 잠을 자지 않고도 충분히 할 수 있는 일이다. 낮에는 행정병이 두 명 더 있으니 공문서 처리만 해주면 전화를 받는 일은 병사들이 잘 처리했다. 전투병들은 근무자를 빼고 시간이 날 때마다 중대원들과 족구를 하면서 전투력을 키웠다. 필자는 그 시간 사각형을 찾는다. 그러면 가끔 후배들이 찾아와 놀린 것이다.

필자는 중이염 때문에 현역으로 군대에 갈 수 없어 방위병으로 복무했다. 그것도 향토방위병이었다. 방위병을 이름하여 '신의 아들'이라 불리던 시기였다. 돈 있고 빽 있는 집 자제들은 모두 방위병으로 빠져 14개월 근무로 병역을 필하고, 돈 없고 빽 없는 집 자제들은 현역으로 징집되어 "인제 가면 언제 오나 원통해서 못 살겠네."라는 설움을 안고 인제, 원통 등 최전방 휴전선 근처에서 34개월 가량을 복무해야 전역하던 시절이었다. 그러나 다른 곳에서는 어떠했을지 몰라도 동료 방위병들을 살펴보니 신의 아들이란 말은 틀린 말이고 나를 비롯해 모두 신체적 흠결을 조금씩 가지고 있었다. 필자는 신체 건강했으면 한국해양대학교에서 ROTC를 받고 해군 장교로 복무할 수 있었겠지만, 하는 수 없이 방위병으로 복무하게 되었던 것이다. 현역으로 군대 간 친구들이 고마웠고, 필자는 군대에 못 갔으니 무엇인가 의미 있는 일을 해놓아야 하지 않겠는가? 라는 생각을 했다. 그래서 인생을 살아가면서 필요할 것 같은 법학을 공부하기로 마음먹었던 것이다. 그런데 문제는 식사를 해결하는 것이었다. 중대본부에서 집이 멀리 떨어져 있어 밤낮 부대에서 생활하려면 도시락이 문제였다. 다행히 도시락 대용으로 쓸 수 있는 아이스크림 용기가 집에 많이 있었는데 그것을 이용하여 해결했다. 어머니께서 아이스크림 용기에 아침, 점심, 저녁 도시락을 싸서 집 앞 골목길에 놔두시면 동네에서 출근하는 후배 방위병들이 자전거에 싣고 출·퇴근하면서 배달을 해주었다. 그러면 하루 식사가 해결된다. 날마다 그러한 과정을 거치다 일주일이 되면 보관해 놓은 빈 아이스크림 박스를 한 보따리 싸서 집으로 가지고 간다. 방위병 복무 기간 동안 식사의 해결 방법이었다.

"햐! 내일 집에 간다면서요?" "네 훈련이 끝났네요." "우리는 언제나 갈 수 있을까? 담배나 하나 주세요!" "수고가 많겠습니다." 제31사단 신병훈련소에서 기초군사 훈련 3주가 끝나가는 금요일 저

녘 화장실에서 만난 어떤 현역병과 나눈 대화이다. 필자는 제31사단 훈련소에 두 번 들어갔다. 첫 번째는 대학교 입영 집체 훈련 때이고, 이번이 두 번째이다. 입영 집체 훈련은 권위주의 정부 시절, 전국의 모든 남자 대학생들을 군대에 일주일간 강제 입소시켜 군사 훈련을 시킴으로써 정신을 개조하고자 실시된 제도였다. 필자는 두 번째 입소한 훈련병 생활을 시작하면서 향도를 맡았지만, 체력에 자신이 없어 훈련이나 잘 받아야 할 텐데 하는 걱정도 되었다. 소대장도 보는 눈은 있었던지 향도 생활 일주일 만에 퇴짜를 내고 병기계라는 보직으로 옮기게 하였다. 그런데 처음 일주일은 향도가 편하고 다른 보직을 맡던 병사들이 고생을 했는데, 2주부터는 향도들이 죽을 고생을 했다. 필자는 다행히 요리조리 피해 다녀졌고, 체력이 약해 다른 병사들과 똑같은 강도로 훈련을 받았다면 낙오될 게 뻔했는데 어떻게든 힘이 들지 않는 방법을 찾아 무사히 훈련을 마칠 수 있었다.

제31사단에 현역 훈련병이 우리와 이틀의 시차를 두고 들어왔다. 현역병이 이틀 늦게 들어온 것이다. 그런데 현역병이라고 방위병들을 우습게 보고 '이리 오라, 저리 가라.' 하였다. 처음 정체를 몰랐던 일부 방위병들이 명령에 따르다 정체를 알고 향도였던 필자에게 와서 억울함을 호소했다. 필자는 힘 좀 쓰는 동료 몇 명을 데리고 현역병 막사로 들어가 이틀 고참을 몰라본다고 혼내고 돌아왔다. 우스꽝스러운 일화이지만 착한 현역병들에 비해 방위병 중에는 문신이 험하게 보이는 등, 법 없으면 무시무시할 자들이 많았다. 그런데 방위병들은 내일이면 훈련이 끝나고 집에 가는데 저 친구들은 집에 갈 일이 까마득하다고 생각하니 짠하였다. 담배를 건네주며 진심으로 위로했다.

당시 방위병들은 동네북이었다. 방위병을 보면 동네의 초·중·고등학생들은 물론 누나, 형, 아주머니, 아저씨 등 모두 놀려댔다. 꽃방위, 물방위, ○방위 등등 별칭도 많았다. 이렇듯 남녀노소를 망라한 모든 사람들의 놀림 속에는 동네를 지키는 든든한 청년들에 대한 믿음과 사랑과 정겨움이 묻어있었다. 그 놀림에 기분 상해하거나 대꾸하는 방위병은 한 사람도 없었다. 오히려 한술 더 떠 자신들을 낮추어 그들을 기쁘게 해주기 일쑤였다. 다음은 방위병들이 주변 사람들에게 즐거운 마음으로 건네준 이야기의 대표적인 예이다. "왜 김일성이 남한을 못 쳐들어왔는지 아시나요?" "방위병 때문입니다." "김일성이 남한 방위병의 정체를 정확히 파악하기 전에는 절대로 쳐들어가지 말라고 명령했답니다." "무슨 정체냐고요?" "김일성은 일단 남한 병력 중 가장 위장이 잘된 특수 병력으로 방위병을 꼽았습니다." "방위병은 분명히 남한 최고 병력인데 아무래도 위장전술을 기막히게 펼치고 있는 것 같다고 말했답니다." "왜냐하면, 남한 군인 중에서 집에서 출·퇴근한 병력은 고급 장교들밖에 없는데 방위병들이 그렇게 한다는 것입니다." "특히 매끼를 짠 밥이 아닌 사식을 챙겨 먹는 병사는 방위병밖에 없다는 것입니다." "그리고 방위병은 특수병일 가능성이 매우 크다는 것입니다." "왜냐하면, 공수부대, 해병

대 등 특수부대만 입는 개구리 무늬 전투복으로 입고 다닌다는 것입니다." "또 방위병은 정체를 위장해서 정확한 임무를 파악하기 어렵다는 것입니다." "어떤 병사들은 총을 들고 다니고, 어떤 병사들은 근무시간에도 족구를 하고, 어떤 병사들은 논에서 일을 하고, 어떤 병사는 화장실의 ○을 푸고 있는 것입니다." "이것들이 모두 완전한 위장전술이라는 것입니다." "그리고 근무하는 태도에서도 세계 최강 미군보다 더 여유 있게 웃으면서 농담하면서 슬금슬금 걸어 다닌다는 것입니다." "또 주변 사람들이 그렇게 놀려대도 기죽지 않고 장난치는 것을 보면 민간인들과 합세한 위장전술까지 펴는 것 같다는 것입니다." "이러한 병력이 전국 방방곡곡 마을마다 배치되어 있으니 이 병력의 정체를 파악하지 않고서는 절대 침략은 불가라고 했답니다."

일당백의 자신감

"손모~옥!" "머리~이!" "허리~이!" "손목 머리~이!" "승!" "순천시장배 검도 대회 장년부 3위 최○○." 필자가 대한검도 소속의 전남검도관에서 10여 년 동안 수련하고 출전한 시합에서 얻은 최상위의 성적이다. 4강전의 상대는 순천의 대형 나이트클럽 백악관 사장이다. 나이트클럽 사장하면 그림이 그려지지 않는가? 거의 ○○ 대장 수준이다. 체격도 크고 힘도 장사이다. 도저히 힘으로는 이길 수 없었다. 몇 주 전에 검도장별 친선게임을 하면서 서로 겨뤄봤는데, 서로 버티다 필자가 머리를 치고 들어가니 재빨리 손목을 치고 빠져나가 승리를 가져간 상대이다. 이번에는 머리를 써야 했다. 상대는 힘이 좋고 특기는 손목을 치고 빠지는 것이니, 다시는 손목을 줘서는 안 된다고 생각했다. 상대방이 밀고 들어온다. 손목과 목 공격으로 상대를 견제하고 손목 공격을 당하지 않기 위해 가능한 머리를 치지 않았다. 머리를 치면 바로 손목을 치고 빠질 수 있기 때문이다. 상대방이 코등이를 밀어대며 달라붙는다. 나도 코등이를 대고 밀어붙인다. 그러나 힘에서 이길 수가 없다. 계속 뒤로 밀린다. 좌우로 백스텝을

밟아 상대방이 힘을 역이용한다. 상대가 균형을 잃는듯하자 코등이를 밀어붙이며 퇴격, 손목 공격을 한다. 상대는 반격으로 머리를 치려 한다. 나는 잽싸게 머리 위로 칼을 막는다. 다시 중단 자세가 잡힌다. 상대의 머리를 치는 듯 페인트를 쓰니 상대방이 손목을 노리고 있다가 '이때다.' 하는듯하다. 하지만 허리를 치니 상대와 칼이 서로 꼬인다. 다시 코등이 싸움을 하다 상대를 밀어버리며 잽싸게 퇴격, 허리를 치고 빠진다. 상대방은 거의 동시에 머리 공격을 들어온다. 그러나 허리가 조금 더 빨랐다. 성공이다. '승!' 도저히 체격과 체력으로 이길 수 없는 싸움에서 이기니 관중석에서 박수 소리가 터진다. 잠시 후 준결승전이 열렸다. 준결승전은 상황이 반대가 되었다. 상대는 경력이 많고 열심히 운동을 한 사람이지만 체격이 작은 사람이다. 평소 체격이 작아 할 수 있는 것이 손목 치고 빠지는 것뿐이라는 것을 잘 알고 있는 사람이다. 손목 치고 빠지는 것만 경계하면 이길 수 있다. 여기서도 손목을 주지 않기 위해 머리를 치지 않고 허리와 손목, 연속 동작 등을 섞어가며 경기를 풀어나갔다. 그러다 상대의 키가 작아 머리를 치면 바로 점수를 딸 수 있을 것처럼 보였다. 평소보다 훨씬 빠른 속도로 순식간에 머리를 공격했다. 아 그런데……, 상대도 순식간에 손목 치고 빠졌다. 전광석화와 같이 거의 동시에 일어난 불꽃이었다. 그러나 이번에는 손목 치고 빠짐이 조금 빨랐다는 판정이다. 실패이다. 그래서 3등이 되었다.

"촌놈 마라톤이라 한단다." "그러니 공부 어지간히 하고 운동도 해야 된다고 말했잖아?" "2바퀴를 뒤졌으니 더 이상 안 돼. 나와! 빠져나와!" 필자의 오래달리기에 관한 아픈 추억과 관련된 구절들이다. 초등학교 5학년 때 단거리 달리기를 조금 잘했던 이유로 느닷없이 오래달리기 학교 대표선수가 된 적이 있다. 동일한 면에 소재한 초등 3개교 오래달리기 시합에 출전하여 트랙 15바퀴를 돌아야 하는데 2바퀴까지 1등을 하다 낙오가 됐다. 담임 선생님께서 "그런 걸 촌놈 마라톤이라 한단다." 웃으며 놀리셨다. 그러면서 학생들에게 오래달리기를 많이 시켜야겠다고 말씀하셨다. 당시에는 대부분의 학생들이 고무신을 신고 다녔는데 어머니께서 시장에서 특별히 세련된 런닝화까지 사주시면서 잘 달리라고 하셨는데 이게 무슨 낭패인가? 그날 귀교 이후 담임 선생님께서는 우리 반 학생들에게 오래달리기를 많이 시켰으며 그때마다 필자의 실력은 촌놈 마라톤 수준이었다. 이것으로 끝이 아니었다. 중학교와 고등학교 때 매년 실시했던 체력 검사와 고등학교·대학교 입시를 위한 체력 검사에서 오래달리기를 마치고 골인하는 순간 뒤를 보면 필자 뒤에는 꼭 몇 명밖에 보이지 않았다. 아무리 열심히 달려도 소용없었다. 그래도 전교생 중에서 뒤에 따라오는 학생들이 다섯~여섯 명은 있었다는 사실에 위안을 삼아야 했다. 대입 체력 검사에서는 대부분의 학생들이 20점 만점을 맞는 것이 기본이었는데, 그러나 필자는 기본 점수 10점에 13점을 맞았으니 자력으로 겨우 3점을 득점한 격이다. 이때도 오래달리기를 끝마치고 하늘이 노랗고 빙빙 돌고 오바이트하고……, 난리가 났다. 옆에 있던 친구들이 평소 운동은 전혀 안 하고 공부만 하던 필자에게 고언을 했던 것이다. 운동도 하면서 공부하라고……. 또 필자가 중·고등학생 무렵 초등학교 운동회가 열리면 몇몇 동네 친구들이 오래달리기에 참가하여 플라스틱 양동이, 바가지 등을 상품으로 탔다. 필자는 오래달리기로 가장 작은 상품인 바가지 하나라도 타봤으면 하는 소망이 정말로 간절했다. 지금도 그때의 바가지 색깔은 시장에 가면 찬란히 빛나고 있다. 그런데 불가능으로 보이던 소원에 가능성이 보였다. 방위병 생활을 하면서 아침마다 동료들과 속도를 맞춰 구보를 했다. 처음에는 뛰기 싫었는데 지속적으로 하다 보니 중독성이 생겼다. 구보를 할 수 없는 날에는 몸이 찌뿌듯하고 뛰고 싶은 느낌이 들었다. 그렇게 1년 가까이 구보를 하던 중 필자가 '촌놈 마라톤'이라는 놀림을 받았던 초등학교에서 운동회가 열렸다. 다른 것에는 관심이 없었고 이번에 오래달리기로 꼭 플라스틱 바가지를 타보기로 마음먹었다. 구보 연습을 많이 했으니 가능할 것도 같았다. 필자에게 주어진 마지막 기회일 것이다. 출전자들과 함께 스타트 라인에 서서 출발 신호에 따라 트랙을 돌기 시작했다. 그런데 아침마다 구보할 때 줄을 맞춰 같이 달리던 동료들이 100m 경주의 속력으로 뛰쳐나갔다. 필자는 '저 애들은 저러다 2~3바퀴 1등으로 끝날 거야.' 하면서 천천히 평소 속도로 조절하며 달렸다. 그런데 웬걸! 그 동료들의 속도는 떨어지지 않고 15바퀴를 그대로 돌아버렸다. 필자는 어떻게 됐냐고요? 2바퀴 만에 최선두 선수에게 추월당해 버려 심판 선생님이 억지로 밖으로 빠져나오라고 소리 지르며 앞길을 막았지요. 바가지는 못 타도 완주라도 하고 싶어졌다……. 오래달리기에 대한 꿈은 이렇게 무너지고 그날도 운동장 바깥쪽에서 동료들에 둘러싸여 대입 체력 검사 때와 똑같은 상황을 겪어야 했다.

필자는 순발력 등의 운동감각은 비교적 탁월하게 가지고 태어났다. 그러나 지구력에서는 형편이 없었다. 손으로 하는 운동은 순발력, 발로 하는 운동은 지구력이 주로 필요하지 않나 생각된다. 어렸을 때 운동을 하면 배구, 야구, 탁구, 배드민턴, 필드하키 등은 비교적 잘한 편이었는데 축구는 정말 못했다. 아니 달리는 것 자체가 싫었다. 그래서 축구 경기를 하면 항상 골키퍼를 했다. 필자에게는 지구력이 항상 문제였다. 필자가 본격적으로 건강 관리를 위한 운동을 시작한 30대의 나이에, 기왕에 하는 운동 세상을 살아가면서 타인을 제압하고 자신감 넘치는 삶을 영위할 수 있는 운동을 선택해 보고자 마음먹었다. 지구력이 좋지 않은 필자가 남들과 싸워서 최종적으로 이길 수는 없을 것으로 판단했기 때문이었다. 그러면서 필자의 강점인 순발력을 최대한 활용하고 약점인 지구력을 커버할 수 있는 운동이 무엇이 있을까 고민하다 펜싱과 검도를 생각했다. 그러나 펜싱과 검도를 배울 수 있는 곳이 없었다. 순천으로 전근을 와서 알아보니 펜싱 배울 곳은 없었고, 검도를 가르치는 체육관이 한 곳 있었다. 화랑 검도관이다. 순천의 죽도봉 남쪽 철도관사 옆에 자리한 작고 초라한 체육관이었다. 순천에서는 처음으로 개관하여 검도를 가르친 검도관이다. 관장과 면담을 했을 때 한 달 정도 후에 더 좋은 곳으로 이사를 간다고 했다. 한 달이 흘러 검도관에 갔다. 박○○ 관장의 화랑 검도관(조금 후 저전 검도관으로 개칭)이다. 필자가 최초로 검도를 시작한 곳이다. 검도가 유행하면서 백 관장의 용당 검도관, 임 관장의 금당 검도관, 오 관장의 화랑 검도관, 박 관장의 연향 검도관(저전 검도관에서 이사), 김 관장의 전남 검도관, 임 관장의 동광양 검도관, 조 관장의 광양읍 검도관 등으로 검도관과 수련생들이 늘어났다. 필자의 최초 사부는 화랑 검도관의 박 관장이고, 실질적으로 중단 등 기본자세를 배운 사람은 박 관장의 친구이자 당시 화랑 검도관을 함께 운영했던 동광양 검도관의 임 관장이다. 순천 검도관의 역사에서 알 수 있듯이 필자는 순천에서 생활체육 검도인으로는 초창기 선배의 위치에 있다. 필자는 박 관장의 화랑 검도관에서 검도를 배우고 수련하다, 바로 집 앞에 용당 검도관이 생겨 조금 수련을 하다, 같은 학교 동료인 김○○ 관장의 전남 검도관으로 옮겨 검도를 본격적으로 수련했다. 동료들과 검을 맞대고 격정적인 몸놀림과 순간적인 움직임으로 승부를 결정짓는 검도의 매력에 홀딱 빠져 10여 년을 거의 날마다 운동을 하였다. 직접적 신체 접촉이 비교적 적은 신사적인 운동이지만 검을 맞추며 휘두르는 사이 동료들과는 문자 그대로 의리로 뭉쳐졌다. 검도를 그만둔 후에도 언제든 만나면 정말로 의리와 패기로 뭉치는 동료들이었다. 회식할 때는 양푼에 소주 한 병씩 따라 원샷하던 동료들은 검도 수련을 통해 얻은 자신감과 함께 얻은 귀중한 자산이었다. 검도도 지구력이 필요하지만 그래도 단칼에 승부가 날 수 있으니 지구력이 그나마 최소로 필요한 운동이다. 검도 수련을 통해 얻은 자신감은 정말로 기대 이상이었다. 키

크고 덩치 큰 사람이든, 격투기를 많이 배운 사람이든, 지구력이 좋은 사람이든 싸워 이길 자신이 생겼다. 체격이 클수록 상대하기 좋다. 왜냐하면 찌르고 벨 곳이 많기 때문이다. 그리고 검도 유단자로서 본(本)을 시행하면서 진검 수련을 하고, 진검으로 대나무 베기 훈련을 하면서 검도 수련의 최고의 경지를 맛보고 있다.

생사를 넘나든 수술

"제2의 인생입니다. 앞으로 멋있게 살아버리세요!" "으~악!" "최○○ 씨 깨어났나요?" "여기가 어디죠?" "회복실이지 어디예요?" "나 살았나요?" "살았으니까 여기 계시죠." 첫 번째 문장은 서울대병원에서 퇴원한 후 다시 외래 진료실을 찾았을 때 담당 박○○ 교수가 한 말이다. 두 번째부터는 박 교수로부터 사망 선고를 받아 삶을 정리하고 수술실에 들어간 후 살아남아 회복실에서 필자가 소리 지르며 마취에서 깨어나면서 간호사와 나눈 대화이다. 필자 나이 39세인 해 7월부터 9월 사이의 3개월간에 너무나 큰 아픔이 있었다. 아니 인간으로서는 견디기 힘든 고통의 극한을 경험했다. 이후 필자의 삶은 예전과 달라졌다. "오늘 의미 없이 살아간 하루가 어제 죽어간 사람이 그토록 살고 싶어 했던 내일이다."라는 그리스 극작가 소포클레스의 말을 극작가 자신보다 더 뼛속까지 깊숙이 느끼며 살았다. 그렇지 않았더라도 비교적 성실하게 살아온 삶이었지만 이 사건 이후 1분 1초를 아끼며 1인 4역을 하며 살아왔다. 학교에서 열심히 학생들을 가르치고 승진까지 했으니 그 1역이요, 고려대학교와 전남대학교에서 석·박사학위를 취득했으니 그 2역이요, 고흥군교총 회장, 한국교총 정책 위원장, 한국교총 이사, 한국교총 부회장까지 역임했으니 그 3역이요, 취미활동으로 검도, 골프, 승마, 서예, 데생 등 다양한 분야에서 인정받을 수 있는 수준에 이르렀으니 그 4역이다. 물론 다양한 분야의 지적 양식까지 쌓았으니 세상의 이치와 인간에 대한 공부는 넓고 깊은 경지에 이르게 되었다.

필자는 비교적 허약한 체질로 태어났다. 조부모, 외조부모, 부모님을 비롯하여 형제간 모두가 건장한 체격과 건강한 체질이었는데 필자만 유독 허약하였다. 특히 영·유아기부터 시작된 중이염은 필자의 병약함을 가중시켰다. 중이염은 만성 중이염까지 되어 필자를 29세에 수술을 받을 때까지 쉼 없이 괴롭혔다. 여름이 되면 보성강에서 날마다 했던 수영도 중이염 때문에 한계가 있었다. 항상 쑥으로 귀를 막고 머리를 물속에 넣지 않는 개헤엄을 쳤지만, 쑥은 언제 빠졌는지 모르게 빠지고 귀에 물이 들어가 농이 흘렀다. 학교에서 공부할 때도 컨디션이 좋지 않으면 귀에서 농이 나왔다. 당시에 중이염 수술은 재발이 많았고, 중이염 수술을 한 동네 형에게 물어보니 망치로 귀속 뼈를 찍어낸다고 하는 등 무서운 소리만 하였다. 수술을 급히 해야 했지만 여러 가지 여건상 차일피일 미뤄지기만 했다. 그러다 한국해양대학교 입시에서 중이염 때문에 신체검사에서 떨어지고 수술을 받고 재도전하고자 한 것이다. 전남대학교에 입학하여 1학년 때 휴학을 했고, 수술을 받고자 했지만, 경제적인 이유 때문에 병원에 가보지도 못하고 1년을 농사지으며 보내고 말았다. 수술은 결혼 이후에 이루어졌다. 무엇보다 신체가 건강하지 못한 채 결혼하여 아내에게 미안하였고 중이염을 방치하면 뇌까지 파고 들어가 생명에 위험을 줄 수 있기 때문에 큰마음을 먹을 수밖에 없었다.

전남대학교 병원에서 중이염 수술을 받았다. 당시 구례중학교에서 근무했는데, 수술을 하기 전 매주 1회씩 2개월 정도 병원에 들러 예비 치료를 받아야 했으니 그 또한 쉽지 않은 일이었다. 네 시간 반이 걸리는 수술이었다. 처음 해본 수술인데 전신마취를 하였으면 좋았으련만, 부분 마취를 하여 더욱 신경이 날카로워졌다. 수술은 과거 얘기를 들었던 것과는 달리 망치로 두드리지 않고 모터가 장착된 소형 글라인더로 뼈를 갈아내는 방법을 사용하였다. 귀를 열어놓고 농이 나오는 뼈를 현미경으로 관찰하면서 세밀하게 제거하고 인공 고막을 이식한 후 닫았다. 수술 후 매우 느낌이 좋았다. 같은 날 우연히 사촌 형수도 뇌 수술을 하러 와 만났다. 일주일이 지났다. 뇌 수술을 한 사촌 형수는 퇴원을 했다. 그런데 필자는 실밥 제거 과정에서 마지막 부위에서 피가 주~우~욱 흘러내려 버렸다. 봉합 과정을 인턴에게 맡기더니 마지막 한 바늘을 잘못 꿰맨 것이다. 실밥을 다 제거한 후 상처 부위를 다시 열어두고 계속 항생제 등을 투여해야 했다. 그런데 계속 투여된 항생제를 간이 소화하지 못해 열이 오르고 간 기능 수치가 높아지고 온몸에 반점도 퍼졌다. 2주 정도에 걸려 겨우 열을 내리고 간 기능을 정상화시킨 후 수술 부위의 봉합

작업을 할 수 있었다. 메스로 수술 부위의 피딱지를 긁어낸 후 다시 봉합을 시켰기 때문에 이번에는 느낌이 좋지 않았다. 피부나 힘줄 등이 당기는 느낌이 들었다. 이 좋지 않은 느낌은 평생 가시지 않는 수술 후유증으로 작용했다. 퇴원까지 한 달이 걸렸다. 정말 죽을 만큼 고생을 했다. 그러나 수술 전 청력까지 회복하려면 두 번에 걸쳐 수술을 해야 할 것이라는 담당 의사가 한 번의 수술로 모두 해결했고, 이후 농이 흐르는 것을 막아 생명에 지장이 없게 되었으며, 현재까지도 재발하지 않고 있으니 큰 다행으로 생각한다.

전라북도 순창 강천산 계곡에서 물놀이를 하고 있었다. 서른여 명이 넘는 처가 식구들과 매년 실시하는 계모임을 즐겁게 하고 있었다. 그런데 필자의 배가 이상하다. 느낌도 이상하다. 통증이 아니다. 구토가 심하게 그것도 끊임없이 반복된다. 뭔가 이상했다. 모임을 하다 말고 순천으로 내려와 한국병원에서 진찰을 했다. 맹장염이란다. 수술을 하자고 한다. 입원을 했다. 맹장 수술은 간단한 것이라 집에서 가까운 곳에서 하기로 했다. 그런데 이 결정이 목숨을 잃을 뻔한 실수가 될 줄은 몰랐다. 담당 의사가 개복을 해보니 맹장과 맹장이 달려있는 대장 부분에 염증이 있었고, 대장 부분에는 단단한 부위가 있었던 모양이다. 담당 의사는 이 혹을 암으로 판단하고 맹장만 떼어내고 염증이 있는 대장 부분을 그대로 봉합을 한 것이다. 그리고 그곳의 조직을 떼어내어 대형 병원으로 보내 검사를 의뢰했다. 수술 후 몸이 좋아진 것이 아니라 갈수록 나빠졌다. 일주일 후 결국 온몸에 열이 나고 잠을 잘 수도 없었다. 결국, 염증이 있는 대장을 봉합해 놓은 부분이 터진 것이다. 온몸에 대장 속의 오물이 스며들어 오염을 시켜버렸다. 담당 의사는 빨리 큰 병원으로 가라고 하였다. 응급차를 타고 전남대병원으로 향했다. 당시 담당 의사는 암일 것이라 판단하였다 한다. 필자에게는 암이라는 사실을 비밀에 부쳐 아무것도 모르다가 다음에야 알게 되었다. 그리고 의뢰한 조직 검사 결과도 다행히 암이 아니었다 한다. 다음에 담당 의사를 만났을 때 "암 조직이든 아니든 수술을 하면서 그 부위를 잘라내든지, 자신이 없으면 바로 큰 병원으로 옮겼어야 하지 않느냐?"는 필자의 항의에 담당 의사는 고개를 숙이고 말문을 열지 못했다.

응급차를 타고 전남대병원 응급실로 옮겼다. 한국병원 담당 의사가 전남대병원 응급실에 연락을 취해놓았다고 했다. 그러나 12시가 넘도록 앞 환자의 수술이 진행되고 있었고, 마취과 의사는 퇴근을 해버렸단다. "그래도 마취과 의사를 불러 수술을 할 것인가? 아니면 조금 더 기다리면 아침이니 전남대병원에서 가장 권위 있는 교수가 수술을 할 수 있는데 그때까지 기다리겠는가?"를 물었다. 여기서 또 실수를 한 것이다. 온몸에 열이 올라있어 대형 에어컨을 직접 쬐지 않고서는 견딜 수 없었지만 나는 참을 수 있다고 했다. 내 의지로는 분명히 참을 수 있었지만, 몸에 오염이 급격히 진행되고 있어 정말 한 시각이 중요하다는 사실을 놓쳤다. 죽을 지경에서 참으면서 에어컨을 쬐고 있는데 젊은 의사 한 명이 성가시다는 듯 저리 가라고 한다. 누나가 당신 같은 ○이 의사 자격이 있느냐며 따져들었더니 어느새 물러나 사라졌다. 고통의 하룻밤을 보내니 새벽에 담당 교수가 와서 약속대로 첫 번째로 수술을 하였다. 개복을 크게 하고 염증이 있던 위장 부위를 잘라내고 나머지 위장 부분을 끌어다 먼저 봉합했다. 그리고 위장 주변을 비롯한 오염된 모든 부분을 깨끗이 세척해 나갔다. 그리고 복부를 닫고 수술을 끝냈다. 한숨을 쉴 수 있는듯했다. 그런데 문제가 다시 발생했다. 오염된 균이 피부를 타고 번지면서 급격하게 붉은 반점이 생기고 있었다. 담당 교수가 와서 피부가 썩고 있다면서 바로 수술실로 데리고 갔다. 수술실에 가자마자 전신마취가 아닌 링거주사를 통한 통증 완화 주사만 투여하면서 복부 두 곳, 옆구리 대여섯 곳을 예리한 메스로 자르기 시작했다. 그리고 피부와 근육 사이로 퍼지고 있는 오염 물질을 소독물로 씻어내기 시작했다. 그때는 몰랐지만, 소독물은 바로 소금물이었다. 정신이 있는 상태에서 처음부터 끝까지 생살을 찢고 닦는 생체 수술이었다. 고통이 묻어나는 고함을 한없이 뿜어냈다. 수술실 밖에서 누나가 기다리면서 누군가 계속 고함을 지르는 소리를 들었는데 누구인지를 몰랐다 한다. 그 사람이 바로 필자였다. 수술을 마치고 병실에 누워있는데 열이 올라 찬바람 없이는 견디기 어려웠다. 그런데 주치의는 염증을 잡아야 할 복부에 수건을 덮어야 한다는 등 이해할 수 없는 지시를 하였다. 이해할 수 없는 지시였지만 의사라 말을 들었다. 그런데 또 온몸에 열이 올라 에어컨에 선풍기가 있어도 견딜 수 없었다. 담당 교수가 오더니 "패혈증으로 번졌으니 가망이 없습니다." 하고 떠났다.

사망 선고였다. 필자는 죽었다. 그러나 실감이 나지 않았다. 소식을 듣고 달려왔던 친·처가의 많은 가족들이 모여 절망적인 상황에서 서로 의논을 하고 있었다. 그러던 중 바로 필자의 아내가 죽든 살든 일단 서울로 가자고 하였다. 서울대병원으로 응급차를 타고 달렸다.

　　서울대병원 응급실에 도착했다. 정신이 혼미해진 때문인지 순천에서 광주로 가슴 졸이며 달렸던 시간보다 광주에서 서울까지 가는 시간이 훨씬 적게 느껴졌다. 서울대병원 응급실은 만원이었다. 환자가 너무 많아 받아주지 않으려 했다. 처숙부께서 평소의 인적 자원을 활용해 다행히 받아주기로 했다. 그런데 병실 침대가 없다. 매트리스를 깔고 응급실 바닥에 누워서 진찰을 기다렸다. 응급실 의사들이 위급함을 느껴 응급실의 차가운 소수술실에서 환부를 살폈지만, 너무 큰 환부여서 손을 댈 수 없는듯했다. 다행히 처숙부의 노력으로 이틀 정도 응급실에서 지내고 특실로 옮겨졌다. 하루 입원비가 50만 원이다. 병원이라는 곳이 긴급할 때는 먼저 특실로 갔다가 자리가 비면 아래 레벨의 병실로 옮겨지고 마지막으로 다인실로 옮겨지는 줄 처음 알았다. 정식으로 입원을 하니, 담당 교수와 주치의가 배치되었다. 처숙부의 처세 덕분에 담당 교수는 필자에게 "39세이니 아직 나이가 젊고, 특별한 과거 병력이 없고, 환자가 살고자 하는 의지가 강하니 한번 해봅시다."라고 하면서 본격적으로 치료를 시작하였다. 치료 명령은 담당 교수가 내렸지만, 실행은 주치의가 하였다. 담당 교수의 이름은 박○○ 외과 교수이고, 정말로 고생을 하였던 주치의는 흉부외과 의사였는데 아쉽게도 이름을 기억하지 못하고 있다. 두 분 덕분에 필자가 이렇게 살아있으니 한없이 감사한 분들이다.

　　담당 박 교수는 치료를 시작하면서 필자의 환부 상태를 자세히 살피고 나서 다행히 패혈증이 아니라 근막증이라고 설명했다. 전남대병원에서 말했던 패혈증은 세균이 피를 타고 흘러 뇌로 들어가 곧바로 사망이 이르는 병이고, 근막증은 피부와 근육 사이에 근막이라는 조직이 있는데, 이 조직을 따라 세균이 퍼지는 병이란다. 패혈증이 아니라니 얼마나 다행인가? 패혈증은 대처 방법이 없이 곧 사망에 이른다. 근막증은 근막을 따라 올라가는 오염된 세균의 흐름만 뇌로 올라가지 못하게 막으면 살 수 있다. 그리고 막을 수 있다는 것이다. 당시 가슴 부위까지 오른쪽 옆구리를 쭉 따라 세균에 오염된 상태였다. 여기서 반드시 막아야 살 수 있다. 수술실에 들어가 전남대병원에서처럼 전신마취는 불가능하고 링거를 이용한 마취제를 맞으며 생체실험과 같은 수술을 시작하였다. 세균을 차단하기 위해 위로는 겨드랑이 근처까지 차례대로 찢어냈고, 아래로는 사타구니 근처까지 메스로 찢어 내려나갔다. 통통 부어있는 사타구니를 확인하며 박 교수가 "여기도 오염되었으면 잘라내야 합니다." 순간 여러 가지 생각이 뇌리를 스쳤다. 다른 방도가 없었다. 어쩔 수 없이 받아들일 수밖에 없었다. 그런데 다행히 자세히 관찰하던 박 교사가 성기에는 아직 크게 오염이 되지 않았으니 바로 위에서 세균의 흐름을 막아보자며 메스로 찢어낸 것이다. 다행이었다. 그리고 찢어진 부위마다 식염수를 부어 씻어내는 치료를 반복하기 시작했다. 다행히 더 이상 번지지 않았다. 이렇게 해서 온몸에 평생 새기고 다니는 메스의 흔적은 훈장처럼 열네 개로 늘어났다.

　토요일 오후 한 무리의 의사들이 회진을 왔다. 오늘 회진이 끝나면 월요일에야 의사들을 만날 수 있다. 회진을 끝내고 담당 교수와 주치의 등이 모두 병실을 빠져나갔다. 평소보다 유별나게 많은 의사들이 회진을 왔는데 한 여의사가 남아 환부를 계속 살피고 있었다. 그러면서 뭔가 이상하다고 하면서 지나간 회진팀을 다시 불렀다. 한참 후에 담당 교수를 비롯한 회진팀이 다시 왔다. 병상에 빈틈이 없을 정도로 많은 의사들이 하얀 가운을 입은 채 둘러섰다. 병원에서도 만나기 쉽지 않은 환자라 공부하고자 하는 의사들이 모두 모인 것 같았다. 남아있던 여의사가 "아무래도 복부 내부가 다 썩은 것 같습니다. 자세히 봐주십시오."라고 담당 교수에게 건의를 했다. 담당 교수는 필자의 환부 주위를 사정없이 눌러 댔다. 그런데 메스로 찢어놓은 환부마다 피고름이 한 움큼씩 솟아나왔다. 사실 필자는 극한의 고통 속에서 본인의 상처를 직접 보지를 못했는데 복부를 사정없이 누르니 반사적으로 상체가 굽혀지면서 험한 상처 부위를 처음 볼 수 있었다. 담당 교수는 여기저기 눌러댔고, 필자는 고통스럽기가 이루 말할 수 없었지만 참을 수밖에 없었다. 담당 교수 왈 "장이 모두 썩어버린 것 같은데 빨리 수술실로 이동하세요.""보호자님! 환자의 위장이 모두 썩어있을 가능성이 큽니다. 장례 치를 준비를 하세요." "수술실에서 개복을 했다가 내부가 썩어있으면 봉합을 안 하고 끝낼 수도 있습니다." 한마디로 담당 교수의 사망 선고였다. 전남대병원에서 패혈증이라면서 사망 선고를 내렸을 때에 이어 두 번째이다. 필자는 병실에 모여있는 모든 가족들에게 마지막 통한의 작별 인사를 해야 했다. 그러나 수술실에 가서 아무것도 모른 채 그냥 죽기는 정말로 싫었다. 그래서 수술을 거부했다. 죽더라도 내 의지에 따라 나를 정리하고 죽겠다고 고집을 피웠다. 처 외숙이 와서 "그래도 여기가 서울대병원 아니냐? 한번 믿어봐라. 괜찮을 것이다." 그러나 나는 고집을 피우며 수술실에 가지 않겠다고 했다. 죽음을 앞두고 가장 눈에 밟히는 아들과 딸 그리고 아내, 그리고 가족들이 생각이 났지만, 눈물조차 나오지 않았다. 딸은 자기 엄마라도 있으니 조금이라도 도움을 받겠지만, 아들은 누구의 도움을 받으며 이 세상을 살아가야 하나? 그리고 못다 한 조상님과 가족에 대한 의무는 어떻게 하나? 생각할수록 기가 막힌 현실이었다.

결국, 수술실에 들어갔다. 수술실 입구에서 간호사가 반지, 틀니 등이 있느냐고 묻고 시계를 차고 있는지도 확인했다. 난 화장을 준비하기 위한 확인 절차처럼 느껴졌다. 39세의 젊은 나이에 세상과 작별하며 모든 걸 체념하고 수술실로 밀려 들어갔다. 그리고 수술대에 누워 이게 마지막 순간이구나! 죽음을 이렇게 맞이하는구나! 하면서 못다 한 이승에서의 책임감을 한으로 남긴 채 전신마취에 의해 죽어갔다. 나도 모르게 수술 행위가 진행되었을 것이고, 시간도 흘렀을 것이다. 무의식 상태인 듯한데 무언가 무척 고통스러운 느낌이 든다. 적막하기 그지없다. 내가 아까 죽었다는 사실이 머릿속에 떠올랐다. 그런데 편하지가 않았다. 평생 남에게 피해를 주면서 살지는 않았던 것 같았다. 그래서 천국과 지옥이 있다면 그래도 천국에 갈 수 있지 않았을까 생각했는데 여기는 천국은 아닌 것 같다. 다시 생각했다. 남에게 피해를 주었던 일이 없지는 않았다. 후회해도 이미 늦었다. 아, 내가 지옥으로 떨어졌나? 순간 소리를 쳤다. "으~악!" "최○○ 씨 깨어났나요?" "여기가 어디죠?" "회복실이지 어디예요?" "나 살았나요?" "살았으니까 여기 계시죠." 전에 언급했던 간호사와의 대화가 여기에서 이루어진 것이다. 기적적으로 살아났던 것이다. 담당 교수가 말하기를 "천만다행이다. 전남대병원에서 내부 수술을 잘해서 괜찮았던 것 같다. 위장이 다 썩어버린 줄 알았는데 다행히 괜찮았다. 이제 잘 치료하면 될 것이다." 그러나 지금까지 메스로 벌려놓은 상흔들을 생각하며 또 거쳐야 할 고통을 생각하니 그냥 죽었으면 편했을 것 같다는 생각도 들었다. 어쨌든 다시 통증은 몰려오고 고통이 시작되었다.

회복실에서 정신을 차리고 병실로 옮겨졌다. 가족들과 기쁜 재회를 하고 모두 안도의 한숨을 쉬었다. 가족들은 모두 늦은 식사를 하러 갔다. 그런데 수술 전과는 달리 통증이 매우 완화되었고 마음이 편안했다. 좋은 현상일까? 나쁜 현상일까? 무언가 불안했다. 그러던 중 주치의가 왔다. 수술 부위를 살펴본다. 복부를 비롯한 옆구리

14군데의 갈라놓은 상처에 거즈를 붙여 놨기 때문에 복부와 오른쪽 옆구리가 모두 거즈로 덮여있다. 그런데 가슴 쪽 거즈에 피가 홍건히 고여있었다. 또다시 비상이 걸렸다. 가슴 쪽에서 핏줄이 터져 계속 피가 흐르고 있었던 것이다. 동맥을 잘라 피를 흘리며 죽어간 사람들이 고통 없이 죽어간다는 말은 들은 적이 있는데, 그 느낌을 직접 경험한 것이다. 주치의가 흐르는 피를 차단하고자 노력했지만 안 된다. 조금 뒤 고참 레지던트가 와서 또다시 시도하지만 역시 실패다. 이러다 죽을 수도 있을 것 같았다. 다행히 박 교수가 와서 가까스로 피를 차단하는 데 성공했다. 그런데 그때까지 완화된 통증과 편안했던 마음은 다시 수술 전의 극도의 통증과 고통의 상태로 환원되었다. 혈액을 보충하여 투여했다. 여러 번의 혈액 투여 과정을 거쳤지만 이번에 가장 많은 양이 투여되었다. 다시 회복을 위한 기나긴 고통의 시간으로 이어졌다. 상황이 여유롭다 생각하고 식사를 하러 갔다 온 가족들이 그사이 벌어진 상황을 설명 듣고 스스로를 자책하였다.

재생을 위한 치료가 본격적으로 다시 시작되었다. 그동안 메스로 잘라놓은 환부 근처의 피부들이 넓게 녹아내리고 이곳저곳 오염된 피부와 섞여 검붉게 보였다. 이제부터 문제는 넓게 퍼져나간 환부들이 더 이상 녹아내리지 않도록 염증을 제거하는 일이었다. 그 방법은 너무나 원시적인 방법이었다. 매회 식염수 10L짜리 2통을 가지고 와서 모든 환부를 소독했다. 얼마나 쓰리고 아팠겠는가? 주치의가 의료용 고무장갑을 끼고 환부를 문지르며 소독을 했으니 고통은 이루 말로 표현할 수 없었다. 너무 아파 이빨을 물었다. 그러다 이빨이 나갔다. 처 숙모께서 손수건을 주면서 이빨 사이에 물라고 하셨다. 다른 방법으로는 고통스러우면 이빨을 벌리면서 소리를 지르라 하신다. 그것이 통했다. 이빨을 물어보나 벌려보나 아프기는 매한가지였다. 입을 벌리니 이빨만은 보호하는 장점이 있었다.

매일 아침과 저녁 두 번에 걸쳐 식염수 치료는 계속되었다. 담당 주치의도 정말로 고생을 많이 했다. 여름철이라 땀을 뻘뻘 흘려서 치료를 마치면 가운이 흠뻑 젖어있었다. 담당 교수의 명령을 받고 담당 주치의는 열심히 몸으로 때웠던 것이다. 담당 주치의가 병실에 나타나면 마치 저승사자처럼 느껴졌다. 담당 주치의는 터프하고 인정사정없이 염증을 치료하였고 그래서 고통은 더욱 심하였다. 특히 배꼽 부분에 넓게 퍼진 환부는 치료 과정에서 정말로 견디기 어려웠다. 칼로 에는듯한 차가운 느낌을 맛보아야 했다. 그러던 중 담당 주치의가 여름휴가를 떠났다. 대타 의사들이 들어왔다. 여자 의사가 치료를 하는데 아프지가 않았다. 정말 조심스럽게 치료를 하였다. 걱정을 많이 해주었다. 맹장 하나만 떼어도 아프다고 난리인데, 이건 인간의 한계를 초월한 고통일 것이라면서 마음을 달래주었다. 또 다른 대타 남자 의사도 와서 환부를 정말 조심히 다루면서 치료를 하였다. 고통이 크지 않았다. 속으로 '이런 사람들이 담당 주치의가 되었으면 덜 고통스러웠을 텐데…….' 하면서 담당 주치의의 치료 시간과는 달리 조금의 편안함을 느끼고 있었다. 다시 담당 주치의가 돌아왔다.

환부를 보고 그사이 여기저기 염증이 너무 많이 끼어버렸다고 하면서 다시 특유의 거친 치료를 이어갔다. 또다시 고통의 대장정이 시작되었다. 필자는 그때 담당 주치의의 그런 과감한 조치가 없었다면 치료가 더욱 어려워졌으리라 생각하고 고맙게 생각하게 되었다. 이러한 치료를 한 달 정도 받은 것 같다. 매주에 한 번씩 수술실에 들어가 전신마취를 하고 양쪽 옆구리 밑에 뚫린 구멍을 통해 복부 속에 소독약을 넣어 장 주변을 청소하고, 환부의 괴사한 피부 중에서 과감히 제거해야 할 부분 등을 수술했다. 그런데 이러한 수술은 병실에서 식염수 치료에 비하면 정말 편안하고 행복한 과정이었다. 즉, 수술실은 오히려 안락한 휴식처였다. 왜냐하면 수술실에서는 전신마취 덕분에 고통을 느끼지 않았기 때문이다. 병실에서 링거를 이용한 마취제를 맞아가며 통증을 감소시키고 의식이 있는 상태에서 아침과 저녁으로 식염수 치료를 받는 일을 생체실험을 당하는 큰 고통이었다. 서울대병원 치료 과정에서 21일간의 금식을 하였다. 금식이 풀리면 가장 먼저 먹어보고 싶은 것이 포카리스웨트였다. 입원 이전에 운동을 할 때면 2L짜리 한 병을 거의 한자리에서 먹을 정도로 좋아했던 음료수였다. 금식이 끝나고 담당 교수의 식사 허락이 떨어지던 날이다. 먼저 물부터 먹고 죽을 먹고 밥을 먹으란다. 난 포카리스웨트도 물이니까 제일 먼저 사다달라고 부탁했다. 그런데 한 모금 먹으니 목에 콱 막혔다. 그 이후로 평생 포카리스웨트를 먹지 못하고 있다.

드디어 담당 교수의 지시와 담당 주치의 열정적인 치료 덕분에 몸에 널려있는 환부가 깨끗이 청소되었다. 환부에 염증이 제거되고 대신 노출된 진피들 위로 빨갛게 새살이 돋아나고 있었다. 담당 교수가 필자에게 자랑스러운 듯 한번 보라고 하였다. 열네 개의 환부 중에서 열 개 환부는 주변의 피부를 당겨 환부 위로 봉합할 수 있었지만, 주위의 피부를 당길 수 없는 넓은 환부는 모두 피부 이식 수술을 해야 했다. 넓은 부위는 모두 빨간색 진피로 그 위에 피부를 덮지 않으면 다시 괴사하고 만다는 것을 처음 알았다. 성형외과로 병실을 옮겼다. 성형외과 수술실에서 왼쪽 허벅지 피부를 빙 둘러 얇게 깎아냈다. 일부 피부는 깎여지고 일부 피부는 허벅지에 그대로 남아있는 기술이었다. 깎여진 피부는 환부 위에 이식하여 새로운 피부로 번식하게 하고, 남아있는 피부는 번식하여 상처를 아물게 한다. 피부 이식 수술을 끝내고 나니 왼발 허벅지 빙 둘러 전체, 복부 및 가슴, 오른쪽 엉덩이부터 옆구리까지 상처가 확대되었고 거즈로 두껍게 덮어졌다. 잔디처럼 피부를 이식해 놓았으니 움직이면 떨어져 나갈 수 있다. 가능한 움직이지 않아야 한다. 뒤로 누운 채 꼼짝할 수 없다. 취할 수 있는 자세는 등을 대고 눕는 방법밖에 없다. 왼쪽으로 몸을 돌리자니 왼쪽 허벅지의 상처 때문에 불가능하고, 오른쪽으로 몸을 돌리자니 오른쪽 옆구리 쪽 상처 때문에 돌릴 수 없다. 앞으로 엎드릴 수도 없다. 정말 참을 수 없이 힘들었다. 뜬눈으로 날을 샜다. 정말로 힘든 시간이었다. 그러다 또 일부 이식한 피부가 떨어져 나가 소수술실에 들어가 피부 이식 수술을 추가로 했다. 피부 이식 수술과 치료가 끝나면 이제 퇴원이 가능하다. 피부 이식 수술을 하는데 피부과 모 교수에게 특진을 신청했다. 너무 환부가 넓고 어려울 것 같아 특별히 신청한 것이다. 수술 시간 직전에 피부과 특진 교수를 만나러 갔다. 그런데 없었다. 핸드폰 번호를 가르쳐 줘서 전화를 했다. 그런데 바로 수술실에서 만나야 할 사람이 서울 시내에서 일을 보고 있었다. 특진비만 받아먹고 일 보러 나가고 제자들에게 수술을 맡긴 것이다. 이런 나쁜 ○의 자식! 바로 고발 조치하고 싶었지만, 상황이 여의치 않았다. 하여간 피부 이식을 마치고 피부가 붙는 데까지는 또 쉽지 않은 과정이었지만 무사히 끝났다. 결국, 퇴원을 할 수 있었다. 서울대병원에서는 실밥을 빼지 않고 퇴원시키고 일주일 후에 실밥을 빼러 오라고 한다. 의정부 작은누나 집에서 일주일 동안 몸을 보하면서 기다렸다. 최종적으로 실밥을 빼고 순천에 내려왔다. 여름방학 한 달, 그리고 2개월의 병가, 즉 3개월 동안에 일어난 일들이었다. 그 후 바로 학교에 나가 아이들을 가르쳤다.

퇴원 날, 택시를 타고 의정부 작은누나 집으로 가면서 수술 부위의 실밥을 제거하지도 않았고 걸어 다니기도 힘들어 상쾌한 느낌이 들지 않는다 했더니, 택시기사 왈 "병원에 누워서 들어가서 그래도 서서 나왔으니 성공하신 것 아닌가요?" 했다. 생각해 보니 맞는 말이었다. 정말로 누워서 병원에 왔는데, 그래도 부축을 받고 걸어가고 있지 않은가? 서울대 외과 병실 다인실에 있을 때 병실 동료들은 암 환자가 대부분이었다. 암 환자들이 필자의 환부와 고통스러운 치료 과정을 지켜보고 오히려 이구동성으로 동정을 할 정도였다. 그리고 그때가 순천연향중학교에 근무하던 시절인데 친목회에서 위문을 왔다. 간사였던 정○○와 절친 문○○와 조○○ 선생님이 학교를 대표해서 왔다. 나중에 안 일이지만 이때 학교에서는 필자가 암에 걸려 죽을 것으로 알고 있었고 조의금까지 걷어왔다고 한다. 위문이 아니라 미리 하는 조문이었던 셈이다. 살아서 조의금을 받아본 사람이 나 외에 또 있겠는가? 병원에 있을 때 가끔 아래층에 CT를 찍으러 내려갔다. 그런데 한번은 어떤 아주머니가 오시더니 "아저씨! 살아계셨네요?" "정말로 다행이네요" "응급실에서 봤는데 저런 사람도 살려고 병원에 왔나? 라고 생각했어요." 하고 말하였다. 필자나 가족들은 살아야 하고 살려야 한다는 일념만 있어 그런 감이 전혀 없었겠지만, 남이 보기에는 정말 살기 어려운 사체 직전의 상태로 보였던 것으로 판단된다. 그러나 살아났으니 하늘이 돕고 땅이 도운 일 아니겠는가?

시간이 흘러 아주대 이○○ 외상센터장을 유명인으로 만든 아덴만의 영웅 석○○ 선장 사건이 있었다. 총상을 입은 석 선장의 병명이 바로 필자와 같은 근막증이었다. TV에서 소식을 듣고 필자는 완치된 지 오래되었기 때문에 석 선장을 위로하기 위해 서울로 한번 올라가고 싶었다. 중동의 바다에서 우리나라 선원들을 구하고 총상을 당해 영웅이 되었던 석 선장의 고생이 상상이 갔기 때문이다. 그리고 나의 경험담을 들으면 큰 위로가 되고 용기를 얻을 것으로 생각됐기 때문이었다. 그러나 실행은 하지 못했다. 그리고 고려대학교 대학원을 다니던 시절 새벽녘에 서울에 도착하면 버스터미널에 있는

찜질방을 많이 이용했다. 그때 등에 문신을 무섭게 한두 명의 청년이 목욕탕에서 몸을 담그면서 놀고 있었다. 나는 샤워를 얼른 끝내고 그들 사이로 가보기로 했다. 몸 전체가 잉크 문신이 아니라 칼자국 문신이니 그들이 어떻게 나오는가 보기 위해서다. 그런데 샤워를 끝내고 그들을 찾아보니 보이지 않았다. 언제 어디로 사라졌는지 알수 없다. 목욕탕을 다 뒤지고 화장실까지 살펴보았지만 그들의 행적을 찾을 수 없었다. 필자가 생각건대, 자신들의 문신과 비교되지 않는 칼자국 문신을 하신 분은 아무래도 큰형님 정도 될 것으로 여기고 얼른 도망갔지 않았나 싶다. 순천팔마중학교에 근무하던 시절, 세계여행을 좋아하던 직원이 있었다. 가정은 돌보지 않고 방학이면 세계를 그냥 돌아다닌 사람이었다. 인도를 갔는데 현지에서 네팔 친구를 만나 일행으로 삼고, 잠도 같이 자고 여행도 같이했다 한다. 네팔친구는 인도 말을 조금 할 수 있었던 모양이다. 택시를 함께 타고 도로를 달리는데 갑자기 대변이 마려워 택시를 멈추고 일을 보고 왔는데, 택시가 온데간데없이 사라졌다 한다. 아마 택시기사와 네팔 친구가 둘이 작당을 해 설사가 나오는 약을 몰래 먹이고 사기를 치고 간 것 같다고 했다. 그는 한국대사관의 도움을 받았지만, 빈털터리가 되어 돌아왔다고 한다. 그 얘기를 듣고 필자가 웃으며 한 얘기가 있다. "당신과 나는 인도에 가면 대접이 다르다. 그들은 당신에게는 사기를 치지만, 나는 웃통만 벗으면 고통을 통해 도를 깨닫는 경지에 도달하는 힌두신과 같은 수준으로 대접할 것이다." 이렇듯 농담도 하며 제2의 인생을 멋지게 살아나가고 있다.

예수님과 부처님

필자의 어린 시절 고향 동네에 교회가 있었다. "땡! 땡! 땡!……" 토요일 오후가 되면 교회 종소리가 힘차게 울려 퍼졌다. 종의 사이즈가 크고 땅에 받침대를 놓고 바로 설치되어 있기 때문에 매달려 굴려대면 재미도 있고 소리도 매우 컸다. 필자도 종을 가끔 쳤다. 면 소재지 교회 전도사가 예배를 집전했다. 전도사는 주기도문, 사도신경 등을 외울 때마다 선물을 주었다. 크리스마스 때도 선물을 주었다. 선물은 주로 학용품이었고, 당시에는 최고의 선물이었다. 그러나 교회는 동네에서 몇 사람을 제외하고 호응을 크게 받지 못했다. 필자도 전도사 말씀이 그렇게 마음에 와 닿지 않았다. 물론 시골에서는 학생들이 토요일 날 쉬면서 교회에 갈 수 있을 정도로 여유가 있지도 않았다. 겨울처럼 시골에 일이 없을 때면 교회에 갔다. 그런데 가끔 얄궂은 선배들이 길을 막고 교회 근처에 모이게 하고 이상한 노래를 시켰다. "교회 갔더니 눈 감아라 하더니 내 신 돌라가더라……" 등등 몇 가지 노래가 있었다. 선배가 교회에 갔다가 신을 잃어버렸는지는 모르겠다. 지금도 전도사 등에게 미안한 마음이 든다. 다음에 안 일이지만 교회를 지은 사람들이 필자 할아버지의 누나 아들들이란다. 앞에서 언급한 할아버지의 누나인 고모할머니의 시가집에 목사들이 많은데 그들이 동네에 와서 지었다 한다. 동네 교회는 얼마 되지 않아 철거되었고 필자가 시골에서 군대생활을 할 때는 동네의 많은 아주머니들이 걸어서 멀리 면 소재지까지 교회를 다니면서 신앙생활을 하고 있었다. 필자도 어머니와 함께 면 소재지의 교회를 다녔다. 그때 너무나 어려운 시절이어서 그런지 하나님을 영접하라는 계시인지 몰라도 기도하면 눈물이 나오는 경우가 많았다. 이후 순천에서 직장생활을 하면서 어머니를 모시고 살았는데 어머니께 강남중앙교회를 소개해 드리고 필자도 함께 다녔다. 몇 년을 다니다 그 교회가 새로운 장소로 이사를 간 이후로 그만두었다. 개신교와는 이렇듯 여러 번 신앙생활을 할 기회가 있었으나 깊은 인연을 맺지는 못했다.

"수리수리 마하수리 수수리 사바하~ 오방내외안위제신진언 나무 사만다 못다남 옴 도로도로 지미 사바하 개경게 무상심심미묘법 백천만겁난조우~!" 부처님의 가르침 천수경이다. 대전 대둔산 기념품 가게에 큰 목탁이 전시되어 있어 두드리며 독경을 하였더니 주인아주머니가 시줏돈을 가지고 나왔다가 쳐다보더니 다시 들어간다. 필자의 청년 시절 10여 년간 마음을 사로잡았던 종교가 불교였다. 대학 시절 처음 접한 불교 서적 정○○ 스님의 『옷을 벗지 못하는 사람들』을 읽고 불교에 대한 관심을 갖기 시작하였다. 노스님이 제자에게 제시한 화두 "유리병 속에 새가 한 마리 있는데 시간이 지나서 몸집이 커져버렸다. 병을 깨뜨리지 않으면서 새를 죽이지 않고 어떻게 꺼낼 수 있을 것인가?"를 접하면서부터이다. 이전에 불교에 대해서 접할 기회가 없었고 초파일 날 할머니, 어머니께서 고향 동네에서 조금 멀리 떨어져 있는 절에 갔다 오셨다는 얘기를 들었을 정도였다. 그때 어머니께서 "너와 ○○를 위해 절에 불을 켜놓고 왔다." "불이 뭐여요?" "부처님 앞에 불을 켜면 스님이 날마다 기도를 해주신다. 돈이 많으면 형제들 모두 켜겠는데, 돈이 적어서 두 명만 했다" 필자는 절에는 가보지도 못했지만, 스님도 날마다 열심히 기도해 주신다니 공부를 열심히 해야겠다고 생각하였고, 또 다른 형제들에게 미안함도 있으니 훌륭한 사람이 되어 함께 나누며 살아야겠다는 생각을 하였다. 이것이 어릴 적 불교에 대한 전부였다.

필자의 대학 시절에 불교 사상을 접하게 되었다. 청담스님, 효봉스님과 효봉스님의 제자 법정스님은 필자가 가장 많은 영향을 받았던 사람들이다. 청담스님의 『잃어버린 나를 찾아서』를 읽으며 불교의 기초를 배우면서 매력에 빠져들었고 이후 효봉스님의 서적들을 읽으며 불교 철학을 심화시켜 갔다. 나아가 당시 서점에 나와있던 불교 서적들을 거의 다 읽을 정도였다. 청담, 효봉스님의 책을 읽으며 배우게 된 "너는 누구냐?" "이 세상은 무엇인가?" 등에 대한 대답 즉, 제법무아(諸法無我), 제행무상(諸行無常) 등 무아론과 무상론은 평생 필자의 삶을 지배해 온 기본 사상이 되었다. 즉 모든 진리의 세계에서 나는 본디 없다. 모든 세상은 항상 됨이 없이 변화한다는 것이다. 이후 장년이 되어 법정스님의 서적 『무소유』를 읽는 등, 불교 사상에 지속적으로 심취했다. "난을 하나 선물 받았는데, 멀리 외출할 때면 항상 행동의 제약을 받아 불편하기 이를 데 없었다. 남에게 선물로 줘 버렸더니 몸과 마음이 매우 편안해졌다." 법정스님은 말년에 모든 걸 버리고 강원도 골짜기 빈집에서 홀로 도를 닦으면서 살다 죽을 때 관도 만들지 않고, 평소 사용하던 작은 평상에 누인 채 천에 덮여 다비장으로 향했다. 장례가 치러질 때 TV 중계가 되는 등 언론에 대서특필되었지만 정작 골짜기 아랫동네 사람들은 그렇게 유명한 스님인지 몰랐다 한다. 말만이 아닌 무소유의 삶을 철저히 실천하신 분이다.

필자는 불교 철학에 심취했지만, 정식적인 교육을 받지도 않았고 공식적인 신도도 아니었다. 단지 어려웠던 시절 자유로운 영혼을 달래는 방편이었다. 대학 시절, 전국 지도에 유명 사찰을 모두 표시해 놓고 직접 탐방하기도 하였다. 당시에는 교통도 불편하여 대중교통을 이용해야 했지만 많은 사찰을 다녀왔다. 그래도 못 가본 몇 사찰이 있었는데 장년이 되어 승용차를 타고 쉽게 다녀왔다. 일주문에서 금강문까지 펼쳐진 사찰 특유의 뛰어난 경치를 감상하며 불교 철학에 대해 깊이 생각하고 걸을 때면 모든 번뇌와 고민들이 눈 녹듯 사라졌다. 정말 마음의 평화를 얻곤 하였다. 실제 직장생활 초년시절, 스님이 될까 하고 절을 찾아간 적이 있다. 그러나 아버지를 일찍 여의고 어려운 환경 속에서 스스로를 희생하며 동생 공부 뒷바라지를 해주신 누나에게 돈을 벌어 조금이라도 보답해야 한다는 의무감이 더 커서 포기하였다.

"스님이 제 적성에 가장 맞은 것 같습니다. 공부하는 것 좋아하니 평생 공부할 수 있고, 깊은 산속 조용한 곳을 좋아하니 대부분의 사찰이 그런 곳에 있고, 목재 건물을 좋아하니 날마다 기거할 수 있고, 자유스럽게 돌아다니는 것 좋아하는데 세계의 모든 절이 다 처소가 될 수 있고, 욕심 없이 살고 싶은데 장삼 하나, 바리 하나, 목탁 하나면 충분하니 정말로 체질에 맞을 것 같습니다." 장년이 되어 필자가 한 말이다. 지금도 필자는 젊어서 스님의 길을 갔으면 지금보다는 더 행복했을 것이라 생각한다. 직장생활이 끝날 무렵에 스님이 될 수 있는 '은퇴자 출가제도'가 새로 생겼다. 젊은 스님 지망자가 없어지니 은퇴자들 중에서 출가를 원하는 사람을 받겠다는 것이다. 그러나 이제 돌아갈 수 없는 먼 옛날의 종교가 되었다. 이미 다른 길을 너무 많이 달려와 버렸다.

"주여! 당신 얼굴을 찾고 있사오니 당신 얼굴 나에게서 감추지 마옵소서~!" 천주교 성가의 한 대목이다. 필자가 건강이 정말 좋지 않았던 시절, 성당을 다니면서 간절한 마음으로 불렀던 성가이다. 천주교를 처음 접한 것은 대학 시절 1980년 5·18이 일어난 다음 해에 한 친구의 제안으로 광주시 남동성당에서 개최된 5·18 추모 미사에 참석했을 때이다. 미사에 참석하면 많은 사람들이 모여 대단한 일이 일어날 것이라고 생각하고 갔는데, 조용히 종교 행사만 진행되었다. 우리를 제외한 일반인들은 거의 보이지 않았고 신도들만 자리를 메우고 있었다. 미사에 참석하니 앉았다 일어났다를 수없이 반복하여 눈치를 보면서 따라 하기 바빴다. 당시 군부 독재 시절이라 천주교에서 민주화운동을 하다 쫓기는 사람들을 많이 도와주고, 천주교 성직자들도 반독재의 입장을 견지하고 있어 좋은 이미지를 가지고 있었다. 그렇게 천주교와의 첫 번째 인연은 시작되었다.

장년이 되어 결혼하고 가정을 꾸렸는데, 건강 상태가 좋지 않았다. 일요일 공원 벤치에 앉아 바람을 쐬면서 놀고 있으면 교회를 다녀온 사람들의 얼굴이 참 편안하고 행복해 보였다. 필자는 생각을 하였다. 필자는 종교에 대해 깊게 생각하고 불교 공부도 많이 하여 누구보다 행복해야 할 단계인데 그렇지 못하였다. 그런데 저 사람들은 나만큼 노력하지도 않는 것 같은데 어쩌면 저렇게 편안하고 행복한 표정이 나올 수 있을까? 의아심이 들었다. 불교의 자력 종교, 교회의 타력 종교 때문일까? 교회를 다녀온 사람의 표정을 저렇게 바꾸는 그 무엇이 교회 내에 있지 않을까? 교회로 다시 가보고 싶었다. 어머니와 함께 교회에 나갔다. 집 근처에 있는 전술한 강남중앙교회를 한참 다니다, 교회가 이사를 가면서 어머니와 가족들이 상의 끝에 젊은 시절 이미지가 좋았던 천주교로 옮기기로 결정했다.

천주교에 입문하였다. 성당을 다니면서 세례를 받으려면 교리공부를 해야 하는데 데 열심히 공부하였고 아내도 함께하였다. 어머니도 방문 교리를 신청하여 봉사자가 집으로 와서 교리를 공부를 시켜주었다. 교리 공부를 마치고 전 가족이 세례를 받았다. 어머니의 세례명은 마리아, 필자의 세례명은 빈첸시오, 아내의 세례명은 빈첸시아, 아들의 세례명은 토마스 모어, 딸의 세례명은 카타리나이다. 이후 또 모든 가족들이 함께 열심히 신앙생활을 하였고 모두 견진세례도 받았다. 필자는 레지오에 가입하여 봉사활동을 하였고, 부부가 ME(Marriage Encounter) 피정까지 다녀오기도 하였다. 전 가족이 10여 년 동안 누가 보아도 행복한 신앙생활을 하였다. 그러던 중 필자가 서울대병원까지 가서 수술을 받는 등 죽을 고비를 당하게 된 것이다. 어머니께서는 당신이 함께 있어 아들이 많이 아픈 것 같다며 당신의 큰아들 집으로 가셨다. 필자는 큰 수술을 받고 극복하였으니 신앙심이 깊어져야 할 텐데 오히려 성당을 가지 못했다. 아내는 혼자 상당히 오랜 기간 다니다 필자와 같이 냉담의 길로 접어들었다. 지금도 아내는 함께 성당에 다시 나가길 바란다. 필자도 정말로 천주교 신자로 남고 싶다. 그래서 지금도 공식적인 종교는 천주교라 적는다. 그런데 천주교 생활을 하면서 필자만의 고민이 있었다. 젊은 시절 심취했던 인간 중심의 자력 종교인 불교, 새롭게 추구하고자 하는 하느님 중심의 타력 종교인 천주교. 필자의 머릿속에서 두 개의 종교가 서로 싸우는 것이었다. 필자의 건강은 악화 일로를 갔다. 그러다 마음의 병이 깊어 몸에서 일이 일어난 것이다. 서울대병원 병상에서 최악의 순간에 그래도 다시 하느님을 찾았고 다시 하느님 곁으로 가겠다고 다짐을 하기도 했다.

자연으로 통합

　'자연(自然)의 뜻이 무엇일까?' '스스로 그러하다.'이다. '스스로 그러함이 무엇일까?' 중학교 시절 생긴 의문이다. 국어(國語)는 나라의 언어를 배우는 시간, 수학(數學)은 수를 배우는 시간, 사회(社會)는 사람들이 모여있는 것을 공부하는 시간……. 그런데 과학(科學)은 무엇이지? 과목 과(科), 배울 학(學). 과목을 배우는 것?? 초등학교의 자연이 중학교의 과학과 같다는데, 자연이 무엇인지 알면 과학도 쉽게 알 수 있을듯한데……. 자연은 스스로 자, 그럴 연. 스스로 그러하다? 더 어렵네. 선생님께 과학과 자연의 뜻을 질문하니 '산과 들에 있는 모든 것을 공부하는 과목'이라고 설명하였다. 얼른 이해가 되지 않았다. 그럼 내가 맨날 소 뜯기러 다니면서 본 것들인데 그것들을 연구해? 필자는 과학에 흥미가 없었는데 중학교 때 이 문제가 해결되지 않아서가 아닐까 한다. 그런데 나이 들어 '스스로 그러하다.'의 뜻을 이해하게 되었다. 그러면서 자연은 너무나 위대하고 연구 거리가 많은 소중한 대상이라는 것을 알게 되었다.

불교와 천주교의 양립 불가능한 교리를 한 몸에 안고 살아간 다는 것은 누구에게나 쉽지 않은 일일 것이다. 필자는 자연을 알고 내면의 종교적 갈등 해결을 위해 스스로 그러함을 도입하고자 하였다. 불교와 천주교를 동시에 버릴 수 없으니 동시에 초월할 수 있는 그 무엇인가를 찾다 '자연'을 알게 된 것이다. 모세가 십계명을 받았다는 시나이 산의 험준한 암석들과 주변의 사막들은 1년 내내 변화됨이 없으니, 절대 신을 창조할 수밖에 없는 자연환경이었고, 싯다르타가 깨달음을 얻었다는 붓다가야를 포함한 인도는 세계에서 가장 거칠고 변덕스러운 자연환경으로 인간이 자연을 지배한다는 발상 자체를 할 수 없었으니 상대성을 중시하는 종교가 탄생할 수밖에 없었을 것이다. 그렇다. 자연은 두 종교의 탄생 과정마저도 설명할 수 있으니 양립까지도 실현할 수 있지 않을까? 이후 필자는 자연에 깊이 빠져들었다. 자연의 현상들을 주의 깊게 관찰하여 모든 생각과 행위들을 그 섭리에 맞추고자 노력하였다. 특히 중요한 결단을 내릴 때는 더욱 그러하였다. 무엇보다 자연의 눈으로 천주교도 불교도 바라보니 마음이 편안해졌다. 두 종교를 양립시킬 수 있었다.

TV의 인기 프로그램인 「자연인」이 있다. 인간 세상과 멀리 떨어진 해발 600~700m의 산골짜기나 홀로 떨어진 무인도에서 원시적 방법으로 세파에 찌든 마음을 달래며 살아가는 자연인들을 소개하는 프로그램이다. 사람에게 상처받은 사람들, 의사도 포기한 병에 걸려 죽으러 들어온 사람들이다. 그러나 그들은 자연의 포근함에서 치유받고 행복한 삶을 살아가고 있는 것이다. 필자도 모든 것을 훌훌 벗어던지고 자연인으로 자유로운 삶을 살아보고 싶은데, 내가 맺은 인연들에 의해 얽히고설켜 가능할지는 모르겠다. 그러나 필자는 피신의 자연이 아닌 공부의 완성, 모든 것을 안을 수 있고, 모든 것을 설명할 수 있는 경지의 자연인으로 돌아가고 싶다.

국무총리와 만남

'정○○ 국무총리' '이○○ 국무총리' '황○○ 국무총리' 필자가 직접 만나 회의와 활동을 함께 했던 국무총리들이다. 정 총리와의 인연은 세월호 사건으로 거슬러 올라간다. 세월호 사건은 인천항을 출발하여 제주도로 항해하다 진도 앞바다 맹골수도에서 방향키의 급선회로 배가 침몰하여 수학여행을 떠난 수백 명의 학생들이 사망한 사건이다. 이 사건을 계기로 대통령이 탄핵되고 정권까지 바뀌었다. 사건이 터지고 난 후 정부에서는 국무총리 산하에 사회 각계 대표들로 '국가재난대비자문단'을 구성하고자 하였다. 국무총리실에서 필자에게 자문단을 상세히 설명한 후 "교육계를 대표해서 참여해 주셨으면 감사하겠습니다."라고 요청하였다. 필자는 흔쾌히 승낙했다. 얼마 후 국무총리실에서 자문단 회의 장소를 삼청동 총리공관으로 정하고 초청을 했다. 삼청동 총리공관에 도착하자 경호원들의 경비가 이루어지고 있었다. 신분증 확인을 거쳐 안으로 들어가니 나무숲이 울창한 가운데 전통한옥 건물들이 배치돼 있었다. 회의 시작 시간보다 일찍 도착하여 정원을 둘러보고 먼저 온 사람들과 대화를 나누기도 하였다. 참석자들이 모두 도착하였다. 회의를 시작하기 전 정 총리와 함께 공관 마당에서 기념사진을 촬영하였다. 필자는 정 총리 바로 옆에서 사진을 찍었다. 회의장도 'ㄱ'자 한옥으로 건축되어 밖에서 볼 때 전통의 멋이 풍겼다. 그러나 실내에 들어가니 실용적인 면과 품위 면에서 필자가 생각했던 총리공관 수준에는 미치지는 못한듯했다. 오찬을 겸한 회의가 시작되었는데 국무총리실에서 담당자가 나와 오늘 모임의 성격을 정정하였다. 원래 '국가재난대비자문단'을 구성하여 운영하려고 안내를 했는데, 자문단 성격으로 운영하려며 법령을 새로 만들어야 하는 등 복잡한 후속 작업이 필요해서 그냥 간담회 형태로 진행하기로 했다고 안내하였다. 당시의 전 국민적 관심을 받은 대재앙에 대해 국가재난대비자문단을 꾸려 대처하는 것이 옳다고 생각했지만, 어쩔 수 없이 간담회로 수정하여 진행하였다. 그런데 간담회를 진행하면서 모든 참석자들은 식사를 하는데, 정 총리께서는 식사를 하지도 않고 모든 간담회를 주재하였다. 스물여 명의 참석자에게 일일이 의견을 물어보고 또다시 자유로운 토의가 이루어질 수 있도록 진행했다. 정 총리께서는 두 시간 이상 이어진 간담회 과정에서 식사도 거르고 정말로 성심껏 진행하였다. 총리의 언어와 태도 등에서 정말로 고매한 인품이 풍겨 넘쳤다. 회의를 마치고 악수를 나누며 헤어지면서 필자는 정 총리께 다음과 같은 말을 했다. "총리님! 오늘 총리님을 뵙고 왕조 시대 고매한 인품을 간직하셨던 일인지하 만인지상의 영의정이 이러하셨을 것이라고 생각했습니다. 정말로 감사드립니다. 또 뵙기를 바라겠습니다." 며칠 후 전달받은 기념사진에서 필자의 외모가 정 총리보다 더 총리 같다는 주위의 농담 섞인 평가를 받았다.

국무조정실로부터 1년여 후에 또 연락이 왔다. 2015년 8월 15일 광복 70주년을 맞이하여 대대적인 국가사업을 준비하고 있는데 전국 교육계를 대표해서 '광복 70년 기념사업 추진위원회' 위원으로 참여해 달라는 부탁이었다. 누구의 추천이 있었냐고 물었더니, 국무조정실에서 간담회 참석할 때 봐온 사람이라 했다. 흔쾌히 응했다. 동 위원회의 '광복 50년 기념 사업회'에서 광화문의 중앙청 건물을 일제 잔재라 하여 제거하고 옮겼으니 얼마나 위력이 대단한 위원회인가? '광복 70년 기념사업 추진위원회' 위원은 정부 위원과 민간인 위원으로 구분하여 구성되었다. 위원장은 정부위원장 국무총리 한 명, 민간위원 위원장 한 명 합해서 두 명의 공동위원장 체제로 운영되었다. 정부위원장은 국무총리가 바뀌는 바람에 세 번이나 교체되었다. 정 총리, 이 총리, 황 총리 순으로 바뀌었고 황 총리가 대부분의 임무를 수행했다. 정부 위원으로는 정부 각 부처 장관들이 모두 해당되었다. 문화부 장관, 국방부 장관, 기획재정부장관, 교육부장관, 국가보훈처장 등이 직접 참여하였고, 나머지 부처에서는 차관 등이 주로 참석하였다. 민간위원으로는 윤봉길 의사 손녀인 윤○○ 독립기념관 관장을 비롯한 각계의 대표들이 참여하였다. 이름만 언급하면 모든 국민들이 알 수 있는 사람들이 모두 모였다. 위원 수는 모두 일흔여 명에 이르렀다. 민간 위원들은 민족긍지분과, 국운융성분과,

미래희망분과 등 세 개 분과로 분류·배속되었다. 광복 70년 기념사업으로 사용 가능한 예산은 200억~400억 정도 됐던 것으로 기억한다. 민간위원들은 더 늘리고자 노력했지만 기획 예산처 담당자가 나와서 가능한 늘리지 않으려고 했다.

필자는 미래희망분과에 배속되어 교육과 관련된 모든 부분을 직접 챙겼다. 정부에서 미리 전 국민을 대상으로 설문 조사해 받아 놓은 사업 중 교육과 관련해 추진해야 할 사업을 선별하고 새로운 사업도 제안하였다. 필자가 추천한 사업들은 초·중·고생들이 참여하는 국내·외의 사업으로 크고 작은 다양한 사업들이 있었다. 위원회는 서울 광화문 동화 면세점에 임시로 사무실을 차려 사용하였고, 필자는 여러 차례 열린 회의에 한 번도 빠지지 않고 참석하였다. '광복 70년 기념사업 추진위원회' 엠블럼 발표일 날에 참석하여 행사의 출발을 알리고, 전국에 생방송된 서울시청에서의 전야제 행사에 참석하였고, 광복절날 밤 광화문에서 개최된 '전국민 화합 한마당' 행사에 참석하였다. 그 외 수많은 광복 70년 사업 관련 행사에 초청되어 참석하였다. 아쉬운 점은 세종문화회관에서 개최된 제70회 광복절 기념행사에는 참석을 하지 못한 점이다. 필자는 여름방학 중에 순천 집에 있었는데 초청장이 시골 근무 학교로 가버려서 받지를 못한 것이다. 역사적인 날 핵심 행사에 참석하지 못했던 것이 지금도 아쉽다.

필자가 '광복 70년 기념사업 추진위원회' 전체 회의에서 제안한 사항이 하나 있다. 광복 50년 기념 사업회에서 일제 잔재를 제거하기 위해 중앙청 건물을 없앴다. 일제 잔재로써 우리 민족의 정기를 가로막는 건물을 제거 한 점에 대해 매우 높게 평가한다. 그런데 최근 중앙청을 옮긴 자리에 경복궁 부속 건물들을 복원하고 과거 조선왕조의 궁궐 모습을 되찾고 있다. 그리고 광화문광장에는 이순신 장군과 세종대왕 동상이 놓여 있다. 가만히 생각해 보면 대한민국의 가장 핵심적인 장소인 경복궁과 광화문광장에 대한민국의 기가 살아 흐르는 것이 아니라 조선의 기가 넘쳐흐른다. 이것을 광복 70년 기념사업에서 바꿀 것을 제안한다. 즉, 현재 대한민국은 이념 갈등이 극심한 상황이다. 따라서 광화문 광장에 이념적으로 대립되는 상징적 인물들인 이○○ 대통령과 김○ 선생이 손잡고 있는 동상을 하나 세우고, 그 뒤에 박○○ 대통령과 김○○ 대통령이 손잡고 화합하고 있는 동상을 이어 세우자. 디자인은 예술전문가에게 맡기면 될 것이다. 그래서 광화문 광장에 대한민국의 화합과 희망의 기가 철철 넘치는 장소로 만들자. 필자는 쉽게 채택될 것이라 생각하고 제안한 것은 아니지만, 참석자들은 눈치를 보며 아무 말도 꺼내지 못했다. 그냥 그렇게 지나갔다.

대통령과 인연

"학교현장에서 교권침해가 매우 빈번하게 이루어지고 있습니다. 후보자께서 대통령으로 당선된다면 교권 보호를 어떻게 하실 것이지? 대안이 있으면 말씀해 주시기 바랍니다." "네, 전적으로 동의하고 교권 보호는 반드시 이루어 내도록 하겠습니다." 한국교총 초청 제1차 대통령 후보자와의 토론회에서 당시 이○○ 후보자와 필자가 나눈 토론 내용이다. 제1차 토론회에서는 이 후보, 제2차 토론회에서는 정○○ 후보를 초청하였다. 필자는 제1차 토론회에 참가하였는데 각 분야별로 대표자들을 선정하여 패널을 구성하였고 필자는 교권 부분의 질문을 담당하였다. 이 후보자의 존재감은 TV 드라마를 통해 맨 처음 알게 되었다. 당시 전국에 방영된 TV 드라마 「성공시대」는 현대건설 사장 이 후보자의 젊은 시절의 삶을 모델로 하였다. 정○○ 현대그룹 회장이 30대 젊은 나이의 이 후보자를 발탁하여 현대건설 사장을 맡기면서 국내는 물론 해외에서 크게 활약을 하였다. 70~80년대 중동의 건설 붐을 일으켰던 주인공으로 뜨거운 모래밭에서 한국의 기술과 건설 능력을 마음껏 발휘하였고, 많은 노동자들에게 일자리를 제공하였으며, 대한민국을 선진국으로 이끄는 데 커다란 역할을 한 사람이다. 정 회장에게 인정받았다는 사실, 건설업계에 남긴 전설적 업적, 이름에서 풍겨 나오는 왠지 모를 모범적인 느낌, 필자는 정말로 이명박을 멋있는 외모의 소유자로 남자 중의 상남자일 것이라고 생각했다. 그런데 서울시장 후보자로 처음 얼굴이 공개되었을 때 실망을 하지 않을 수 없었다. 상상했던 얼굴이 영 아니었다. 그러나 서울시장 시절 청계천 복원이라는 사업을 통해 자신의 능력을 마음껏 발휘했고, 한강과 낙동강을 잇는 대운하 프로젝트를 발표하여 대통령에 당선되었다. 물론 당선 후 야당들의 반대에 부딪혀 대운하 프로젝트는 4대강 정비 사업으로 축소되었지만, 한국을 대표하는 건설 영웅임에는 틀림이 없다. 그런 사람이 대통령 후보자가 되었고 필자와 토론을 하게 된 것이다. 당시 이명박 후보는 정말로 성실하고 격의 없는 사람으로 느껴졌다. 누가 말을 하든지 자리에 앉아 메모를 하였다. 말에 진실성이 느껴졌고 소박하기 그지없었다. 그리고 이명박 대통령은 고려대학교 출신이어서 선거 과정에서 고려대학교 광주·전남 동문회에서 필자에게도 연락이 왔다. 선거 기간 중에 고려대 동문회가 열리고 핵심 참모들이 와서 인사를 하고 도움을 청했다. 당시 참모들이 'MB, MB.' 해서 무슨 뜻인지 몰랐는데 알아보니 이○○ 후보자의 이니셜이었다.

"비정상의 정상화를 이루겠습니다. 모든 교육문제는 한국교총과 파트너십을 형성해 가면서 해결하겠습니다." 박○○ 대통령이 한국교총과의 관계를 설정하며 약속한 말이다. 정말로 그랬다. 박 대통령은 약속한 대로 한국교총과 모든 교육문제를 함께 해결하고자 노력하였다. 박 대통령은 박○○ 대통령의 딸이었다. 육○○ 여사가 적의 흉탄에 맞아 죽은 후 20대 젊은 나이에 영부인 역할을 했던 사람이다. 그리고 박○○ 대통령마저 부하의 흉탄에 맞아 죽으니 청와대가 자기 안방인 양 살았던 공주에서 하루아침에 고아 신세가 됐다. 정치와 거리를 두고 혼자 살면서 방송 관계자들이 방문하였을 때 요가 동작을 거리낌 없이 보여주던 순수한 모습이 선하다. 그러던 그녀가 정치에 입문하여 대통령까지 올랐다. 사실 필자의 어린 시절 박정희 대통령에 대한 감정은 좋지 않았다. 호남을 소외시키고 독재자였기 때문이었다. 그러나 잊을 수 없는 고마움이 있다. 쌀밥을 먹을 수 있게 해준 것이다. 그 시절 많은 시골 사람들은 보리밥을 먹고 살아야 했다. 보리밥도 없으면 고구마 한두 개로 끼니를 때우는 집들도 많았다. 필자는 그래도 쌀밥의 냄새라도 맡고 살 수 있었다. 보리밥을 하려면 먼저 보리쌀을 삶아 대바구니에 넣어 쉬지 않게 보관해야 한다. 대바구니에서 삶은 보리쌀을 꺼내서 다시 밥을 하면 부드러운 보리밥이 된다. 필자의 어머니께서도 매끼 대바구니에서 보리쌀을 내서 밥을 안치고 가운데만 쌀을 조금 올렸다. 밥이 완성되면 가운데 쌀밥은 할아버지, 할머니, 아버지 몫이고 조금 남은 쌀밥은 전체 보리밥과 섞어 나머지 가족들에게 배분되었다. 보리밥에 비해 쌀밥이 훨씬 맛이 있었다.

    당시에는 쌀이 무척 귀했다. 쌀이 귀한 이유는 벼를 심으면 병충해가 극심해 수확량이 저조했기 때문이다. 벼 종자 자체가 병충해에 약했고 효과적인 농약도 없었다. 그런데 어느 해부터 그 맛있던 쌀밥을 날마다 먹을 수 있게 되었다. 통일벼 쌀밥이다. 박 대통령이 그토록 심혈을 기울였던 병충해에 강한 종자를 개발한 것이다. 남들은 통일벼 밥맛의 약점으로 버슬버슬하여 좋지 않다고 하였으나, 필자와 가족들은 꼬들꼬들한 밥을 좋아했기 때문에 정말로 맛있었다. 지금도 그 윤기 흐르는 통일벼 쌀밥이 기억에 생생하다. 그 대통령의 딸이 대를 이어 대통령이 되어 필자와 연이 된 것이다. 필자가 연을 맺은 교육부 장관들은 이○○ 장관, 서○○ 장관, 황○○ 장관, 이○○ 장관 등이 있다. 이 장관은 이 대통령 시절의 장관이고 나머지는 모두 박 대통령 시절의 장관들이다. 한국교총과 정부가 밀월 관계를 즐기던 시절이니 한국교총 행사에 장관들이 항상 참석해 축하해 주었고, 상호 신뢰감을 가졌으며, 친근하게 사진도 함께 찍었다. 박 대통령과는 세종문화회관 세종홀에서 개최된 한국교총 주최 신년 교례회에 두 번을 참석하였을 때 간단한 인사와 더불어 기념촬영을 함께 하였다. 그리고 The-K 호텔에서 한국교총이 주최한 스승의 날 행사에 2년 연속 참석하여 교총과의 끈끈한 관계를 유지하고 직접 선물도 챙겨주었다. 스승의 날에는 참석자들에게 금거북이 숟가락과 젓가락 세트를 선물로 주었다.

한국교원단체총연합회

"최○○! 고흥군교총 부회장 한번 안 할란가?" "아이고! 관심 없습니다." "한번 하라니까!" "아이고! 아닙니다." "자네가 해야겠네." "아이고, 싫은데요……? 제가 해볼까요?" 필자가 한국교총 맨으로 이름을 날리게 만든 단초를 제공한 유○○ 당시 교감 선생님과 필자 의 대화 내용이다. 필자는 1986년 9월 1일 자로 교직에 발을 디디면 서 한국교원단체총연합회(한국교총)에 가입했다. 당시에는 교직에 들 어온 사람은 의무적인 가입이었다. 그런데 그 교총이 필자의 인생을 바꾼 기적을 만들 줄이야!

전남 고흥군 소재 금산중학교에서 교무기획으로 근무하던 시 절이었다. 시·군 교총 대의원회에는 교장 아니면 교감이 참석하는 것이 관례였다. 그런데 교장·교감 선생님이 교무부장에게 참석하도 록 부탁하였다. 그때 교무부장이 조○○ 선생님이었다. 그는 회의에 참석하는 것을 좋아하지 않는 성격이었다. 그는 다시 교무기획인 필 자에게 다녀오라고 요청을 했다. 그러나 필자가 갈 필요가 없었다.

당시 교총 회의에는 교장이나 교감 또는 나이 든 선배들이나 참석하는 곳이지 필자처럼 젊은 교사들이 참석한 곳이 아니었다. 그런데 평소 친분 관계가 너무 좋은 교무부장이 간곡히 부탁을 했다. 차에 기름까지 넣어줄 테니 자기 차를 타고 다녀오라 한다. 승낙을 했다. 금산중학교는 섬이기 때문에 배를 타고 육지로 나와야 했다. 금산종합고등학교 원로선생님, 금산동중학교 유 교감 선생님을 배에서 만났다. 유 교감 선생님께서 전남교총 도대의원을 하고 싶으니 도와달라고 하였다. 세 명이서 작전을 짰다. 추천은 필자가 하기로 했고, 군교총 대의원 포섭 작전까지 짰다. 회의장인 고흥군 포두초등학교에 도착하니 많은 대의원들이 이미 도착해 있었다. 회의가 시작되었다. 회장 말씀 등 한참 동안의 회의가 끝이 나고 임원 선거가 시작되었다. 임원 선거는 초등과 중등으로 구분되어 실시되었다. 먼저 중등 전남교총 도대의원 선거가 있었다. 어떤 교감 선생님이 선거 없이 자기가 하겠다면서 소리치고 다녔다. 필자가 말했다. 원칙대로 선거를 하자. 훌륭한 분을 제가 추천을 해드리겠다. 그 교감 선생님은 마음이 상했겠지만, 원칙인데 어쩔 것인가? 선거를 실시하였다. 작전대로 진행하여 유 교감 선생님이 전남교총 도대의원으로 선출되었다. 필자는 오늘 임무가 끝났다고 생각하고 회의장 뒤쪽 의자에서 눈을 감고 회의가 끝나기를 기다리고 있었다. 그런데 한참 지난 후에도 앞에서는 또 다른 선거를 치르느라 지도부들이 시끄러웠다. 그러던 중에 유 교감 선생님이 와서 "최○○! 고흥군교총 부회장 한번 안 할란가?" "아이고 관심 없습니다. 나이 드신 선배들이 하신 것이지 제가 무얼요?" 거부를 했다. 그런데 조금 있다가 또 오셨다. "최○○! 한 번 하라니까!" "아이고, 아닙니다. 참! 아까 전남교총 도대의원 떨어지신 분이 하시면 좋겠습니다. 그분에게 권해보시죠?" 또 가셨다. 한참 후에 또 왔다. "최○○! 자네가 해야겠네. 이번에 고흥군교총 부회장은 중등 몫인데 할 사람이 없네." "음~~~??, 그럼 제가 해보겠습니다." 그렇게 하여 고흥군교총 부회장이 되었다. 인사말을 멋지게 하고 부회장으로서의 임무를 수행하였다. 당시 고흥군교총 회장은 포두초등학교 교장 선생님이었는데 그해 8월에 정년 퇴임이었다. 따라서 필자는 2학기부터 회장 대행으로 임무를 수행할 수밖에 없었다. 그리고 다음 해 새 학년이 시작되었다.

"고흥군교총 회장으로 최○○ 선생님이 당선되었습니다. 축하의 박수 보내주십시오." 고흥군교총 정○○ 사무국장이 필자의 당선을 발표하였다. 필자가 본격적으로 교총 활동을 시작한 순간이었다. 새 학년도에는 지난 1년간의 부회장 및 회장 직무대행 임무를 마치고 차기 회장을 선출해야 했다. 이번에는 중등에서 회장을 맡을 차례이다. 원래 계획은 고흥군에서 존경받는 선배 교장 선생님을 회장으로 모시고 필자는 일상 학교생활로 돌아갈 생각이었다. 그런데 회장 선거 공고문을 모든 학교에 발송했는데 지원자가 아무도 없었다. 교장 선생님 한 분이 뜻이 있다고 간접적으로 알려와서 그분이 출마하실 것으로 생각하고 기다렸다. 그런데 출마를 포기하였다. 사실 그 무렵 김대중 정권이 들어서면서 전교조가 합법화되고 교원노조 교사 때문에 일선 교장 선생님들이 곤혹을 치르던 시절이었다. 직원 조회시간에 교장 선생님이 말을 하면 이른바 전교조 ○○교사들이 뿔딱뿔딱 일어나서 교장 선생님 말에 딴지를 걸고넘어지는 일이 다반사인 시절이었다. 그래서 교장 선생님들 사이에서도 고흥군교총 회장을 전교조 교사들과 비슷한 나이에서 하는 것이 좋겠다는 의견이 많았다. 그 교장 선생님도 고민하다 출마를 포기하신 것 같았다. 회장 선거가 있는 날 필자는 그 교장 선생님께 연락을 하여 지원서를 제출하지 않았어도 오늘 오시면 지원서를 제출하신 것으로 하고 회장으로 모시는 데 최선을 다하겠다고 했다. 고흥고등학교 류○○ 교장 선생님이시다.

고흥군 교육청 대회의실에서 교총 회의가 시작되었다. 그러나 류 교장 선생님이 나타나지 않았다. 결국, 지원자가 없는 선거를 치를 수밖에 없었다. 정 국장께서 사회를 맡고 필자가 회장 직무대행으로서 인사말을 했다. 그리고 간단한 업무 보고 후, 회장 선거에 들어갔다. 그런데 사회를 보고 있던 사무국장이 이번에 회장 입후보 등록을 한 사람이 한 명 있었다고 발표해 버렸다. 바로 필자라는 것이다. 사실 필자는 훌륭한 선배를 회장으로 모시고 조용히 물러나고 싶어 입후보 권고를 받고도 등록을 하지는 않는 상태였다. 그런데 필자의 동의도 없이 회장 후보로 등록했다고 발표해 버렸으니, 많은 대의원들이 보는 앞에서 '아닙니다, 나 등록하지 않았습니다.' 할 수 없는 상황이었다. 본의 아니게 회장 후보로 등록한 유일한 사람이 되었다. 그래서 필자는 제안을 했다. "후보로 등록한 사람이 나 혼자인데 여기에 계신 분들 중에서 중등 출신으로 누구든지 출마를 원하시면 입후보자로 받아주고 투표를 하고자 합니다." 분위기가 그쪽으로 흘러갔다. 그런데 한 초등학교 교장 선생님이 발언권을 얻고 "안 됩니다." 하였다. 고흥군교총 규정에 사전 입후보를 하게 되어있고 그 후보자 중에서 선출하게 되어있는데 규정에 어긋나게 회장을 뽑아서는 안 된다는 것이었다. 맞는 말이었다. 분위기가 그러한 방향으로 급격하게 변화돼 흘러갔다. 모두 찬동을 하였다. 그래서 필자는 본의 아니게 유일한 입후보자가 되어 고흥군교총 회장에 당선되었다.

이후 임기 3년 동안 고흥군교총 회장으로서 정말로 열심히 임무를 수행했다. 당시 정보화 시대를 맞이하여 학교에 컴퓨터가 배치되고 이메일도 도입된 지 얼마 되지 않은 시점이었다. 회장으로서 이메일을 이용하여 전 회원들을 관리하고, 소식을 전달하고, 소통하였다. 교장 선생님들 회의가 있으면 찾아가 교총 홍보도 빼놓지 않으면서 회원 가입을 부탁드렸다. 모든 교장 선생님들이 너무 좋아하였다. 당시 10여 년 선배이신 이○○ 부회장을 비롯한 초등 및 중등의 열~열다섯 명의 선배들께서 많은 도움을 주었다. 이사회나 대의원회가 있을 때면 1차 저녁 식사는 교총 회비로 하고, 2차 노래방은 반드시 필자가 샀다. 그렇게 함으로써 선배들에 대한 고마움을 표시하였던 것이다. 고흥에서 12년 동안 교총 활동을 적극적으로 하면서 훌륭하신 선·후배들과 친밀관계를 유지하였다. 차기 회장직은 이 부회장께

넘겨드렸다. 그렇게 하여 고흥은 필자에게 제2의 고향이 되었다.

"오늘 본인 홀로 남는다 해도 원래 계획했던 시간까지 회의를 마치고 가겠습니다!" "최○○ 회장님 파이팅!" 필자가 발언권을 얻어 단상에 올라가 발언을 하자 한국교총 사무총장을 비롯한 사무국 직원들이 파이팅을 외치며 환호하였다. 필자가 고흥군교총 회장 시절 천안 상록수 호텔에서 전국 시·군·구 교총 회장단 회의가 1박 2일에 걸쳐 진행되었다. 필자는 처음으로 참석한 회의였는데, 첫날 오후에 구름처럼 사람들이 회의장으로 몰려들었다. 그런데 저녁이 되자 많은 사람들이 빠져나갔고, 다음 날 아침에 또 빠져나갔다. 아침에 회의장에 들어가 보니 좌석이 많이 비어있었다. 일부 시·군·구 회장들이 사람들이 많이 가버렸으니 회의를 그냥 끝내고 헤어지자고 주장했다. 당시 김대중 정권에 의해 전교조가 합법화되고 이어 노무현 정권이 들어서면서 한국교총이 힘을 쓰지 못하는 정치적 상황이었다. 어떻든 필자의 이 발언을 계기로 분위기를 반전시켜 남아있는 사람들끼리 끝나는 시간까지 회의를 진행하였다. 그리고 이 발언으로 필자가 중앙교총에 진출할 수 있는 기회를 얻게 되었다.

중앙 무대에서 첫 번째로 주어진 임무가 한국교총 발전연구회 중앙 부회장이었다. 한국교총 발전연구회는 당시 각 시·도에서 젊고 유능한 진성회원을 중심으로 구성된 전국 단위 조직이었다. 당시 두○○이 회장을 맡고 있었다. 필자와 동갑이다. 아이디가 황소인 그는 추진력이 정말로 황소처럼 강했고, 또 회원들에게 권한을 최대한 부여하면서 협치의 리더십을 발휘하고 있었다. 조직의 임무는 전국의 신입 선생님들과 1정 교사들에게 교총 홍보자료를 만들고 홍보활동을 하는 것이었다. 교총의 역사상 가장 젊고 열정적인 조직으로 평가받았던 한국교총 발전연구회는 하부조직으로 각 시·도 교총 발전연구회를 거느리고 있었다. 워크숍이 있는 날이면 홍보자료를 만들기 위해 1박 2일 동안 자정이 넘도록 한 명의 열외자도 없이 다양한 의견을 제시하며 최고의 홍보방안을 도출하고 또 강연 방법까지 시연하면서 열정을 쏟았던 모습들은 지금까지도 선하다. 필자가 전남 교육연수원에서 수년에 걸쳐 전남의 신규 교사들을 대상으로 한국교총 홍보 요원의 활동한 시기이기도 하다.

"최○○, 이리 와서 술 한 잔 따라라!" "너 오늘 내가 발언권을 세 번이나 줬다." 한국교총 윤○○ 회장이 이사회를 마치고 식당에서 저녁을 먹으며 필자에게 한 말이다. 윤 회장은 특별히 필자를 아끼고 좋아하셨다. 이사들 중에서 유일하게 말을 내릴 정도로 필자를 사랑했던 것이다. 필자는 한국교총 발전연구회 부회장의 역할에 이어 한국교총 이사로 선임되었다. 당시 한국교총 회장은 윤○○ 교수, 부회장은 이○○ 선생님, 하○○ 교수 등이 있었다. 전남교총 소속으로 한국교총 이사로 선임된 사람은 초등대표 당연직인 회장 김○○, 중등대표 필자, 대학대표 순천청암대 김○○ 교수였다. 한국교총 정관상 초등, 중등, 대학의 대표자가 각각 한 명이어야 하고, 그 세

명 중에서 한 명이 반드시 여성이어야 한다. 이렇게 하여 필자는 한국교총 이사회에 참석하여 많은 활동을 하였다. 한국교총 이사는 법원 등기 이사인 집행부로서 책임감이 막중하다. 필자는 이사회가 진행될 때마다 발언권을 얻어 다양한 의견을 제시했다. 무조건 비판이 아니라 꼭 대안이 있는 비판과 건설적인 발언을 했다. 그래서 윤 회장을 비롯한 다른 부회장들의 신뢰를 많이 받았고, 한국교총 직원들도 필자를 모두 좋아하게 되었다.

전남의 세 명 이사들은 이사회 때마다 나란히 앉았는데 당시 전남 고흥에서 서울까지 먼 길 올라갔으니 한마디씩은 꼭 하고 내려와야 직성이 풀렸다. 발언의 강도와 횟수가 강해지면 옆에서 김 회장이 필자의 허벅지를 꼬집으며 발언을 저지하곤 하셨지만 크게 상관하지 않았다. 그리고 윤 회장이 진행하였던 회의에 일부 이사들이 발언으로 소란스러워지면 이 부회장이나 하 부회장이 필자에게 살며시 와서 "최 이사님! 회의 끝낼 수 있도록 쐐기를 박아주십시오!"라고 귓속말로 부탁하곤 했다. 하여튼 한국교총 이사직을 수행하면서 교총의 집행부로서 회원의 권익을 보호하기 위해 열정적으로 활동했음에 자부심을 느끼고 있다. 일본 교직단체와 동경과 서울에서 각각 개최되었던 교류 행사에 한국 대표로 참석하여 국가 간 교육문제의 진단 및 해결방안 모색을 하기도 하였다. 이○○ 대통령 후보와 토론회를 할 때도 이 시기이다.

"제○○○차 한국교총 대의원회 모든 대의원들의 강력한 의지를 모은 결의문을 최○○ 정책결의분과 위원장님이 낭독하겠습니다." 한국교총 대의원회의가 열릴 때마다 사회자가 외쳤던 멘트이다. 결의문은 대의원회의의 결정체이다. 필자는 한국교총 이사 3년에 이어 대의원회 정책결의분과 위원장을 3년 맡으면서 정책결의문 작성부터 검토와 낭독까지 도맡아 했다. 어느 조직이든 대의원회의는 최고의결기관이다. 그 의결기관에서 최종 결의하고 언론에 배포한 내용이 결의문이다. 대의원회의가 끝나면 한국교총 신문에는 물론 전국의 일간지에 필자의 얼굴이 결의문 내용과 함께 실렸다. 결의문 내용은 한국교총이 전국의 회원들의 권익과 전문성을 신장시키기 위한 시급한 정책 내용들을 담아 정부 당국에 요구하는 것들이 주를 이루었다. 전국에서 모인 대의원들의 추인을 받아야 하고, 언론에 배포되기 때문에 내용은 물론 자구 하나하나를 손보면서 열정을 불살랐다. 이 기간에 단체교섭위원으로서 교육부-한국교총 협약에 참여하기도 했다.

"한국교총 회장 임기 3년을 마치면 다시 한번 연임하겠다. 그때는 반드시 최○○ 이사와 함께 가겠다.""약속 꼭 지켜주시기 바랍니다.""약속한다. 그럼 최 이사를 광주·전남·북 선거대책위원장으로 임명하겠다.""네, 알겠습니다." 필자가 한국교총 이사의 임기를 마칠 무렵 한국교총 제34대 회장 선거가 있었다. 당시 서울교총 회장으로 한국교총 이사회에 함께 참여하고 있었던 안○○ 회장이 출마를 준비하고 있었다. 한국교총 회장 선거에 러닝메이트로 출마하기로 한 약속을 지키지 못하게 된 상황에서 필자의 거친 항의를 받은 안 회장이 필자와 최종적으로 합의를 본 내용이다. 안 회장은 한국교총 이사회에서 만났다. 남자다운 외모와 어투, 논리 정연한 말솜씨가 필자가 판단할 때 차기 한국교총 회장감이었다. 경력을 살펴보니 서울교대 체육과 교수이다. 핸드볼을 한 선수 출신이다. 한국교총 이사회가 개최될 때마다 마지막까지 토론을 이끌었던 사람들이 한국교총 회장과 필자와 안 회장이었다. 선수가 선수를 알아보는 법인가? 상대를 인정하고 상호 친근한 정을 나누었다. 당시 한국교총 이사회를 구례에서 개최했던 적이 있었다. 회의를 마치고 저녁 시간에 술도 한잔하고 노래방에서 노래도 재미있게 불렀다. 이곳에서 안 회장님과 더욱 가까워졌다. 그런데 고향이 보성읍 우산리 택촌 마을이란다. 필자의 고향이 보성군 미력면 용정리 살내 마을이다. 고향 사람을 만났다. 더욱 친밀한 관계를 유지했다.

한참 후 제34대 회장 선거를 앞두고 둘이서 차기 회장 선거에 러닝메이트로 함께 나가자고 약속을 하고 미리 준비를 시작했다. 한국교총 회장 선거에는 회장 한 명, 부회장 다섯 명(초등 교사 대표 한 명, 초등 관리자 대표 한 명, 중등 교사 대표 한 명, 중등 관리자 대표 한 명, 대학교수 대표 한 명, 이 중에서 여성이 반드시 한 명 이상 포함되어야 함)의 러닝메이트로 선출한다. 그동안 안 회장과 매우 친밀한 관계를 유지해왔고 선거에 출마를 함께 하기로 굳게 약속을 했지만, 필자에게는 의구심이 없지 않았다. 전국 단위의 선거를 치러야 하는데 같은 고향 사람이 회장, 부회장으로 동시에 나온다는 것은 선거 전략상 큰 마이너스 요인이었기 때문이다. 그런데 안 회장은 내가 같은 고향이란 것을 깜박했다 한다. 초등학교 때 서울로 올라가 살았기 때문에 필자를 그냥 서울에서 만난 사람이라고만 생각했다 한다. 안 회장이 이 사실을 안 후 전화가 왔다. "최 이사! 정말 미안해서 전화를 할 수 없을 정도였어. 겨우 용기를 내서 전화한다. 함께 출마하기로 한 약속을 지키지 못할 것 같다." "안 회장님! 무슨 소리 하시죠? 긴 얘기할 것 없이 내일 모래 한국교총 행사에 올라가니, 그때 만나서 얘기합시다." 그렇게 약속을 하고 전화를 끊었다. 배신감을 느꼈다. 며칠 후 서울에 갔다. 미리 그런 얘기를 했으면 내가 다른 조치를 취했을 수도 있었다. 그런데 갑자기 약속을 지키지 못하겠다니! 그날 행사를 마치고 한국교총 야외 벤치에서 둘이 마주 앉았다.

안 회장은 한 명을 더 데리고 앉았다. 나도 잘 아는 사람이었다. 결국, 2:1로 앉아 대화가 시작되었다. "왜 약속을 지키지 못하시는 것입니까?" 대답은 내가 예상하는 것이었다. "전국 구도의 선거에서 출신 지역이 중복되어 득표에 막대한 지장이 있을 것 같다." "그 생각을 이제야 하신 겁니까? 나는 진즉 예상했지만, 함께 가자고 해서 같이 가기로 마음먹고 있었는데요." "미안하다. 정말로 고향이 같다는 것을 깜박 잊었다." "그렇다면 내가 수용하면 무엇을 주시겠습니까?" 안 회장은 다양한 직책을 제공하겠다고 제안을 했다. 그러나 필자는 이미 한국교총에서 할 것을 다 했기 때문에 부회장을 제외하고는 하고 싶은 것이 없었다. "그런 제안은 받아들일 수 없습니다." 이후 이야기는 계속되었지만, 합의점을 찾지 못했다. 안 회장은 반드시 나를 설득해야 할 입장이고, 나는 약속을 지키지 못한 것에 대한 보상을 반드시 얻어내고자 했다. 그러나 나보다 다급한 쪽은 안 회장이었다. 당시 필자는 선거를 하면 호남의 많은 표를 조절할 수 있는 능력이 있었다. 나를 놓치면 안 회장은 당선이 불가능하였다. 이 사실은 둘 다 알고 있었다. 이야기는 계속 겉돌았다.

한참 후에 안 회장이 꺼낸 한마디가 대화의 실마리를 풀어냈다. "한국교총 회장 임기 3년을 마치면 다시 한번 연임하겠다." 그때까지 이런 얘기를 한 적이 없었다. 안 회장 자신도 이 한 마디로 문제가 해결될 것이라고는 생각하지 못했다. 그런데 필자가 말을 받았다. "좋습니다. 그럼 회장님 다시 연임하신다면 그때는 나와 꼭 함께 하실 수 있겠습니까?" "그렇다. 그때는 회장을 하면서 조직을 완비해 놓으면 당선이 쉬울 것이다. 반드시 함께하겠다. 지금은 약속도 중요하지만, 먼저 당선이 우선이어서 미안하다. 그때는 반드시 최 이사와 함께 가겠다." "약속 꼭 지켜주시기 바랍니다." "약속한다. 그럼 최 이사를 광주·전남·북 선거대책위원장으로 임명하겠다." "네, 알겠습니다." 이날 안 회장이 필자에게 약속을 지키지 못함을 사과할 때 그가 태어나서 가장 미안한 마음을 갖지 않았을까 할 정도의 태도와 대화의 진솔함을 느낄 수 있었다.

제34대 한국교총 회장 선거에서 아쉽게 부회장으로 출마를 하지 못하고 안 회장 팀의 광주·전남·북 선거대책 본부장으로서 선거운동을 열심히 하였다. 부회장 후보로는 초등 교사 대표 전북 김○○, 초등 관리자 대표 경기 이○○, 중등 교사 대표 충남 윤○○, 대학대표 부산대 문○○였다. 필자는 그동안 교총 활동을 하면서 알게 된 전국의 교총 임원 및 회원들은 물론 광주·전남·북의 교장·교감단의 핸드폰 번호를 입수·정리하여 문자를 이용한 선거운동을 전개하였다. 먼 거리를 이동하기 위한 여력이 없어 최적의 선거 방법이었다. 필자는 핵심적인 한방이 무엇일까 고민을 했다. 그러다 한국교총 60년 역사상 호남 출신 회장이 한 번도 없었다는 점에 착안했다. 정말로 그랬다. 한국교총은 초대 회장부터 33대 회장까지 단 한 명의 호남 출신이 없었다. 필자가 준비한 멘트는 "한국교총 60년 역사상 최초의 호남 출신 회장을 만들어 주십시오!"였다. 광주·전남·북의 전 교장·교감 선생님 그리고 회원들의 핸드폰에 이 멘트가 뿌려졌다. 결국, 이 멘트가 안 회장을 한국교총 회장으로 만드는 데 결정적이었다. 호남의 몰표를 받을 수 있었기 때문이다. 결국, 안 회장은 한국교총 제34대 회장으로 당선되었고, 필자는 한국교총 대의원회 정책결의분과 위원장으로 활동하면서 다음 기회를 기다리고 있었다. 제34대 한국교총 안 회장에게 임기가 끝나가던 무렵, 당시 집권 여당인 한나라당에서 출마만 하면 당선이 보장된 '서초 갑' 국회의원 후보자로 영입 제의가 들어왔다. 그러나 회원들과의 약속이라며 임기를 다 마칠 것을 천명하고 정치권으로 가지 않았다. 필자는 안 회장이 필자와의 약속을 지키지 못하더라도 국회의원을 길을 가기를 바랐다. 그러나 안 회장님은 국회의원 대신 회원들과의 약속, 그리고 필자와의 약속을 지켰다.

한국교총 제35대 회장 선거가 돌아왔다. 재선을 노린 안 회장은 필자를 맨 먼저 부회장 러닝메이트로 선임하였다. 그리고 다른 러닝메이트를 구성해 나갔다. 회장 서울교대 안○○ 교수, 중등 교사 대표 전남 최○○, 중등 관리자 대표 대구 박○○, 초등 교사 대표 대전 박○○, 초등 관리자 대표 인천 이○○, 대학대표 부산대 주○○. 이 멤버가 제35대 한국교총 회장단이다. 러닝메이트를 구성하고 서울교대에 선거 사무실이 차려졌다. 안 회장을 도울 핵심 참모들도 함께 모였다. 전반적인 선거 전략과 홍보안에 대한 의견을 공유하고, 홍보안에 넣을 사진도 촬영하였다. 중요 임무가 부회장단 및 참모들에게 주어졌다. 선거공고가 났고, 입후보자 등록까지 이상 없이 마치고 동시에 홍보안도 완성이 되어갔다. 전국적인 조직을 가동할 만반의 준비를 마쳤다. 그런데 반가운 소식이 들려왔다. 경쟁 후보들이 두 팀 등록을 하였는데 두 팀 모두 일부 부회장 후보들의 자격에 결격 사유가 발견되었다 한다. 선관위에서 확인해 보니 결국 두 팀 모두 자격 미달로 탈락이었다. 무투표 당선이었다. 선관위로부터 당선증을 수여받았다. 선거 사무실을 철수하고 회장단 취임식을 기다렸다. 직전 회장이 재출마한 선거였기에 상대방들의 등록이 유효하고 투표를 진행했다 하더라도 결과는 다르지 않았을 것으로 판단했다.

제35대 한국교총 회장단의 취임식이 개최되었다. 필자도 한국 교총 부회장으로 입성하여 임기 3년 동안 18만 회원을 대표하여 임무를 수행하게 되었다. 취임식 날 전국의 유명 정치계, 학계, 시민단체 등에서 보내온 축하의 화환과 난과 화분 등이 한국교총 회관의 현관부터 전·후·좌·우로 빈 공간이 없을 정도로 채워졌다. 필자는 부회장의 임기 동안 나이도 가장 어리고 안 회장의 신임을 두텁게 받아 최측근으로 활동했다. 한국교총에서는 매년 수많은 행사들을 치른다. 한국교총 정기 이사회와 임시 이사회, 정기 대의원회와 임시 대의원회, 전국현장연구대회, 전국교육자료전, 교육계 신년교례회, 스승의 날 행사, 전국 배드민턴대회, 전국중등교장협의회와 전국초등교장협의회 하계 및 동계 연수, 전국여교장협의회 연수, 한·일 교원 단체 교류 행사, 한·중·일 평화 역사 교류, 전세 비행기를 이용한 하계 및 동계 회원가족 해외연수 등의 행사가 치러진다. 물론 이와 같은 정기적인 행사 외에 전국 인성 교육 실천 연합회(인실련)을 구성하여 행사를 하는 등 기타 수많은 행사들을 실시하였다.

교육계 신년 교례회 행사는 세종문화회관 세종홀에서 매년 개최했는데 당시 박○○ 대통령이 2년 연속 참석하여 한국교총 회장단 및 열일곱 개 시·도회장단 등과 기념사진도 찍으면서 교총에 힘을 실어주었다. 박 대통령과 정부에서 전교조를 배척하고 한국교총을 유일한 교육 동반자로 여겼던 시절로 한국교총의 전성기였다. 대통령이 참석하는 날이면 아침부터 경호 경찰들이 세종회관 주변을 둘러싸 삼엄한 경비가 이루어졌고, 초대받은 사람에 한해 등록을 한 후 비표를 받고 공항에서나 사용하는 이동식 레이저 검열대를 거쳐 회의장에 입실할 수 있었다. 교육계 신년 교례회의 호스트로서 우리 한국교총 회장단은 손님들을 일일이 악수로 맞이하며 환영했다. 교육계 신년 교례회에는 전국 교육계의 주요 기관장들은 모두 초청되었다. 교육부 장관은 물론 교육부 차관, 교육부 정책실장 등 열일곱 개 시·도 교육감, 전국의 대학 총장, 전국의 교육 관련 단체의 장, 그리고 정치계에서 여야 국회의원 등이 참석했다. 대통령이 참석할 때는 전국의 교육장급은 제외되었지만, 대통령이 참석하지 않을 때는 일부 초대하기도 하였다. 신년 교례회 때는 점심으로 항상 안심 스테이크가 제공되었는데 너무 맛있게 먹은 추억이 있어 집에서도 자주 준비해 먹곤 하였다. 스승의 날 기념식은 서울 'The K 호텔'에서 교육부주관 한국교총 주최로 2회 개최하였다. 정부에서 소요경비 전액을, 교총에서는 인력을 제공하는 형식이었다.

한국교총 부회장으로서 필자는 한국교육신문사 운영위원회 부위원장을 겸임하게 되었다. 위원장은 안 회장이시다. 한국교육신문사 운영위원은 한국교육신문사 법인의 이사와 같은 것이다. 한국교육신문사 사장, 한국교총 사무총장 등도 모두 운영위원으로 참여하여 회의에 참여한다. 매 주간으로 발행되는 한국교육신문은 한국교육의 방향성을 제시하고 회원들의 권익을 보호하며 한국교총을 홍보하는 기관지로서 신문법에 등록되어 운영되는 언론 기관이다.

한국교총 부회장 시절 필자는 부당한 공무원 연금 개혁에 대해 앞장서 적극적으로 저지하였다. 공무원 연금제도는 박○○ 정권 시절 시작되었는데, 당시 가난했던 국가재정 때문에 공무원들에게 월급을 정당하게 줄 수 없어 연금 기금의 절반은 공무원이 월급에서 떼서 내고 절반은 국가에서 지원하여 퇴직하면 일괄 지급하는 제도이다. 물론 일시금으로 받을 수도 있다. 다시 말해서 당시에는 재원이 부족해 월급을 적정수준에서 줄 수 없으니 미래에 보전해 주는 방법을 택한 것이다. 그러나 국민들의 수명이 늘어나고 젊은 사람들의 수가 줄어들어 지속 가능한 연금지급이 어려울 상황에 처했다. 결국, 공무원 연금 기금이 적자로 치닫고 국가의 엄청난 재정적 부담이 되자 연금 개혁을 들고 나온 것이다. 정부에서는 더 걷고 덜 지급하는 형태로 개혁하고자 한 것이다. 당시 박○○ 정부와 한국교총은 교육문제에 대해서 밀월 관계를 유지했지만, 연금 문제만큼은 양보할 수 없었다. 한국교총은 긴급 이사회 및 대의원회를 통해 대책을 논의했고 투쟁 기금을 모금하기도 했다. 모금액이 16억여 원이 되었다. 한국교총에서는 '공무원 연금투쟁 기금 관리위원회'를 조직하고 위원장에 필자가 선임되어 성금 관리의 총책을 맡았다.

전국 공무원 연금투쟁 연합회가 구성되고 한국교총, 공무원 노조, 우정노조, 전교조 등이 참여하였다. 한국교총은 회관에서 출정식을 갖고 여의도 문화공원에서 개최된 공무원 연금 개혁 반대 투쟁에 참석하였다. 무대 바로 앞 정중앙에 위치한 한국교총 회원들의 모임 맨 앞에서 우리 회장단들은 투쟁을 견인하였다. 전체 십이만 명 정도의 공무원들이 집회에 참석하였다. 당시 연금 개혁에 대해 여당인 새누리당에서는 시뮬레이션까지 거치는 등의 철저한 준비를 거쳐 연금 개혁을 시도하였다. 그러나 야당인 민주당 의원들은 연금에 관한 전문가가 없어 대안도 없이 소극적 반대만 하고 있었다. 그러다 십이만 명이 넘는 공무원들이 몰려나와 함께 외치니 여당은 한 발짝 뒤로 물러나고, 야당은 이때다 싶어 공무원 편을 들면서 숟가락을 얹었다. 이후 한 차례 더 여의도 문화공원에서 합동 연금투쟁이 있었고 정부 여당은 적극적이던 자세에서 물러나 연금 개혁을 하되, 과도기를 10여 년 이상 두고 실질적으로 현재 공무원들 및 퇴직 공무원들은 거의 손해를 보지 않는 개혁안을 제시하였다. 이 안을 승낙하여 현재에 공무원 연금법이 실시되고 있는 것이다.

연금에 관한 연구도 많이 하고 고생도 많이 했지만, 우리 회원들의 적극적인 참여 덕분에 좋은 결과를 이끌어 냈음을 지금도 뿌듯하게 생각하고 있다. 당시 연금투쟁 기금은 약 10억여 원을 사용하고 5억여 원이 남았는데 이를 어떻게 처리할 것인가의 문제로 토론을 벌였다. 일부는 남은 금액을 되돌려 줌으로써 한국교총의 높은 도덕성을 보여주자는 의견도 있었지만, 투쟁 기금을 낸 모든 사람들의 정확한 인적사항 파악이 어렵고, 연금 개혁 사태가 또 일어날 것인데, 그때를 위해 대비해 두자는 의견이 많아 결국 예치해 두기로 결정하였다. 이후 한국교총 예·결산서에는 연금투쟁 기금이 매년 별도로 올라온다.

필자는 한국교총 활동 시절, 정말로 재미있고 신나게 봉사했다. 학교 바로 옆에 있는 교육지원청에 출장을 갈 때도 끌려가는 기분이었는데, 한국교총까지 장장 네 시간을 버스 타고 가면서도 재미가 있었고, 임무를 마치고 나면 회장과 함께 저녁을 먹으면서 마지막까지 자리했다. 이렇듯 즐겁고 보람된 한국교총 부회장을 마치면서 한국교총 회장을 도전하고 싶은 마음이 생겼다. 그러나 전남교총 회장 선거에 먼저 출마하기로 하였다. 전국의 시·도 회장단들과 친밀한 관계를 유지한 후 한국교총 회장에 출마하고자 한 작전이었다. 전남교총 회장 선거결과는 40.8% 득표로 석패하여 계획했던 바를 실현할 수 없게 되었다. 서울에서 주로 활동을 했기 때문에 전남에서는 인지도가 떨어졌고, 아직 교장으로 승진을 하지 않았기 때문에 회원들의 인식을 바꾸는 데 성공하지 못했다. 추가하자면 전남교총에서 전임 회장들의 횡령 사건, 맞고소에 의한 형사 사건, 위계에 의한 공무 집행 방해죄에 의한 벌금형 등 너무나 비도덕적인 사건들이 연달아 터져 필자의 의욕을 떨어뜨렸다.

한국교총 부회장을 역임하면서 공적으로 일본을 2회 방문하였다. 한국교총 이사 시절에는 도쿄와 서울에서 개최된 한·일 교원 단체 교류 대회에 참석한 적이 있기도 하다. 부회장으로서 첫 번째 방문은 도쿄에서 개최되는 '한·중·일 삼국 평화를 위한 역사 교류' 세미나를 위해서였다. 삼국의 역사학자 및 역사 교사들로 구성된 교류 단들이 역사를 되새기며 평화를 논하는 자리였다. 필자는 역사 전공은 아니지만, 단장으로 참여하였다. 한국 단원에는 서울교대 역사 교수 한 명과 중등학교 역사 교사 세 명 그리고 한국교총 직원 한 명 합해서 총 여섯 명이 참석하였다. 중국에서도 여자 단장과 역사 관계자들이 참석하였고, 일본에서는 주최국으로서 많은 사람들이 참석하였다. 필자는 한국의 단장으로서 인사말에서 한·중·일 삼국 간의 과거 역사를 간단히 언급하면서 오늘 이 자리가 삼국의 상호 평화를 논하는 의미 있는 자리가 되었으면 좋겠다고 했다. 세미나 진행 과정에서 한국과 중국 대표단들은 과거 일본의 침략 행위에 대한 반성과 사과를 염두에 두고 모든 논리를 전개하였다. 그런데 일본은 평화에 대해 얘기하면서 한국과 중국의 입장과는 큰 차이를 보였다. 일본 대표단에는 일본 본토 역사학자 및 역사 교사들과는 약간 다른 의견을 제시하는 오키나와 대학교수가 있었다. 다음에 알고 보니 한국에도 많이 다녀갔고 한국말도 유창하게 하는 한국통이었다. 오키나와 역사의 설움 때문인지 아니면 정의의 편에 서서인지 그 교수는 일본의 역사관에 대해 무척 불만이 많았다. 오히려 부끄럽다고까지 했다. 그 이유는 다음 날 평화박물관을 방문하면서 분명해졌다.

일본에서도 평화를 매우 강조하는데 그들이 말하는 평화는 한국과 중국에 대한 반성이나 사과를 통한 평화가 아니었다. 그들의 평화는 태평양 전쟁 당시 미국에 당했던 역사를 반복하지 말자는 것이었다. 히로시마 원폭 투하 장면 등의 사진을 전시한 박물관을 건립하고 평화를 외치고 있었다. 필자가 박물관장의 설명을 듣고 한국·중국과 일본의 평화가 다른 것 같다고 오키나와 대학교수에게 말했더니 "정말 이런 곳에 모시고 와서 평화를 얘기한다는 것 자체가 부끄럽기 짝이 없다."고 하면서 한·중·일 삼국의 평화는 일본이 한국과 중국에 사죄하는 것이 먼저라고 흥분을 감추지 못했다. 그러나 그 교수도 필자에게만 속마음을 전할 뿐, 주위의 눈치를 살피고 공개적인 표현을 하지 못하였다. 저녁 시간에 다시 세미나가 진행되어 절제된 언어로 내가 느낀 사실을 얘기했더니 일본 측에서 부담이 되어서였을까? 3국가 간 세미나를 1년에 한 번씩 했던 것을 2년에 한 번씩 하자고 제안을 했다. 삼국 중 한 곳이 원하니 그렇게 결정할 수밖에 없었다. 중국 대표단의 특이한 점은 단장이 여성 공산당원이었다. 중국 단원들이 발표를 할 때는 단장의 사인을 받아야 할 수 있는듯했다. 특히 역사와 관련된 문제여서 그런지 아니면 매사 그런지는 모르겠지만, 공산당의 통제가 세미나 진행 과정에서 느껴졌다. 일본 대표단들은 비교적 친절하였지만 소심한 것처럼 느껴졌다. 우리나라 대표단은 가장 활발하게 자기가 하고 싶은 얘기를 자유스럽게 하였다.

한국교총 부회장으로서 공식적인 두 번째 일본 방문은 오키나와였다. 한국교총에서 오키나와 연수를 가는데 단장으로 참여해 달라고 연락이 왔다. 승낙을 했다. 지도상에서 보면 오키나와는 일본의 맨 아래쪽 끄트머리 망망대해 한가운데 섬들이 몇 개의 점으로 이어져 있다. 따라서 깊은 바다와 함께 아름다운 풍경을 간직하고 있을 것 같은 느낌이 들었던 곳이다. 한국교총에서는 여름방학과 겨울방학을 통해 회원 및 회원가족을 대상으로 하나~세 개의 연수단을 모집하여 비행기를 전세 내 연수를 실시한다. 이번 오키나와가 그 중 한 곳으로 선정되었는데, 필자에게 80여 단원들의 인솔 책임이 부여된 것이다. 오키나와에 도착하니 오키나와의 전통 복장을 한 몇 여성들이 '한국교총 연수단을 환영합니다.'라는 플래카드를 펼쳐 들고 있었다. 누구인가 물었더니 '미스 오키나와 진.'이란다. 참으로 영광스러운 환대였다. 전 단원들과 함께 기념촬영을 하자고 제안을 했는데, 벌써 많은 단원들이 한국 가이드의 인솔하에 버스가 있는 저 멀리까지 가버린 상태였다. 한국 가이드가 미처 이 사실을 몰랐나 보다. 단장인 필자가 대표로 환영의 꽃다발을 한 아름 전달한 '미스 오키나와'와 기념촬영을 하였다. 당시에는 미스 오키나와 진이 한국의 미의 기준과 달라 별로 예쁘다고 생각하지 않았는데 한국에 와서 사진을 함께 보던 동료들이 미인이라고 인정을 하였다. 자세히 사진을 보니 이목구비가 잘 갖춰진 미인임에 틀림이 없었다.

오키나와는 정말 아름다운 낭만의 섬일 것이라고 생각했는데 기대를 충족시키지는 못했다. 역사적으로는 일본이면서 일본이 아닌 섬, 힘이 없어 비참히 무너진 왕조, 일본 본토의 전쟁 책임을 홀로 진 슬픔, 승전국의 군사기지로 점령당한 곳. 조선의 징용병들이 무참히 죽어갔던 곳이었다. 환희와 미래보다는 슬픔과 과거가 많이 떠올랐던 곳이었다. 자연환경도 필자가 상상했던 것에 미치지 못했다. 태평양 언저리에서 끝없이 펼쳐진 푸른 망망대해를 상상했는데 일본과 대만 사이의 열도를 잇는 얕은 바다에 산호초들이 방파제 역할을 하고 있었다. 물론 아름다운 에메랄드빛 바다 빛깔이 일품이었지만 필자가 생각하는 바다 색깔은 아니었다. 대부분의 가로수나 수목들은 무수한 태풍의 영향으로 잎끝에 난 상처들이 말라비틀어져 있었다. 매년 많은 태풍들이 지나가니 온 초목들이 몸살을 앓을 수밖에 없을 것이었다. 그리고 오키나와 시내에는 태풍 때문에 건물 벽에 간판을 붙이지 못했다. 바람에 떨어져 나갈 가능성이 커 위험하기 때문이다. 대신 평면의 벽에 써놓은 글씨 형태의 간판이 대부분이었다. 오키나와에서 도쿄보다 대만까지의 거리가 훨씬 가까웠고, 건물도 중국식과 일본식을 절충한 형태를 띠고 있었다. 오키나와 주민들은 지금도 일본 본토에 대해 일정 부분 반감을 느끼고 있으며, 지금은 관광 산업 부흥에 열중하고 있단다. 동행했던 한국교총 직원들은 단원들에게 고급스러운 일본식 식사를 매끼 제공하고, 사진까지 일일이 찍어 앨범을 만들어 제공하는 등, 적극적으로 서비스를 하였다. 오키나와 연수 간담회 시간에 단원들이 4열로 배열된 테이블에 줄을 맞춰 앉아있고, 깨끗이 정돈된 일본 특유의 음식들이 제공되고, 탕을 데우는 작은 양초 불꽃이 일제히 피어올라 매우 인상적이었다. 필자가 식당에서 전체 단원들에게 인사말을 했던 순간의 장관을 지금도 기억하고 있다.

해외여행

호주, 뉴질랜드, 미국(2회), 캐나다, 스위스(2회), 오스트리아(2회), 이태리(2회), 독일(3회), 프랑스, 영국, 일본(11회), 중국(3회), 덴마크, 노르웨이, 스웨덴, 핀란드, 러시아, 태국 등 열여덟 개 국가. 필자가 지금까지 다녀온 나라들이다. 어려서 동경하던 나라들이 모두 포함되었다. 가난했던 학창시절을 생각하면 꿈도 꿀 수 없는 일이지만, 어려운 환경 속에서도 열심히 공부하고, 평생 성실히 살아온 덕분으로 생각한다. 감사드린다. 모든 나라를 아내와 함께 다녀왔다. 미국 여행은 교장 자격 연수, 유럽 여행은 교직단체 연수로 국가의 지원을 받아 홀로 다녀왔다. 따라서 아내와 함께 다시 다녀오느라 2회가 되었다. 장거리 비행기를 타는 일은 늘 쉽지 않은 일이었다. 그런데 아내는 비행기에서 잠을 잘 잤다. 스스로를 해외여행 체질이라 하였다. 그나마 감사드린다. '바티칸 박물관, 베드로 성당, 밀라노 대성당, 루브르 박물관, 베르사유 궁전, 에르미타주 박물관.' 필자가 세계여행을 다니면서 정신 줄을 놓아버린 곳들이다. 바티칸 박물관에서 만난 천재 화가 미켈란젤로의 「천지 창조」와 「최후의 심판」, 베드로 성당의 고급스러운 대리석 기둥과 실내 건축 및 천장의 프레스코화, 루브르 박물관의 「나폴레옹 대관식」과 「모나리자」를 비롯한 수많은 유화, 베르사유 궁전 거울의 방과 황금으로 치장한 외관 등 화려함의 극치, 밀라노 대성당의 웅장하고 화려한 고딕 대리석 건축물과 첨탑에 장식된 수많은 인간 조각상, 에르미타주 박물관의 화려하고 다양한 방 그리고 바로크 미술품과 로코코 미술품 등은 지금도 기억이 생생하다. 필자는 미술을 특히 좋아한다. 세계 3대 박물관 겸 미술관인 바티칸, 루브르, 에르미타주의 세계 최고 미술작품들을 관람했으니 여한이 없다. 북유럽 국가하면 복지가 떠오른다. 궁금했다. 어쩌다 모두 복지국가가 되었을까? 이웃 나라인 러시아에서 공산주의 혁명이 성공한 후 그곳의 왕과 귀족들은 자국에 혁명이 전파되는 것을 방지하기 위해 노동자들의 요구를 미리 들어준 결과였다. 그럼 다녀온 나라에서 보고 듣고 경험하고 느낀 점을 순서에 상관없이 기술해 보겠다.

첫 번째 여행으로 호주를 다녀온다. 필자가 맨 처음 해외여행을 나간 나라이다. 당시는 대한민국 사람들이 세계여행을 많이 하던 시절이 아니었다. 아내가 무남 장녀이기 때문에 반의무적으로 장인과 장모님을 모시고 회갑 기념 여행을 떠났다. 비행기 안에서 열 시간 이상을 견딘다는 것이 쉽지 않았다. 호주 브리즈번 공항에 착륙하면서 창밖을 계속 바라보았다. 주택들이 1~2층 정도였고 지붕은 모두 빨강색이었다. 그리고 집집마다 잔디 마당이 있었다. 끝없이 펼쳐진 낮은 집들을 보고 놀랐다. 공항에 도착하니 파란 잔디밭이 넓게 펼쳐져 있었다. 한국은 추위가 맹위를 떨치고 있는 한겨울이었는데 날씨가 따뜻하다니 정말 기분이 좋았다. 추위를 많이 타는 필자의 입장에서는 왠지 이익을 보는 느낌이 들었다. 호주의 삼원색을 파랑, 초록, 빨강이라고 했다. 파랑은 강과 바다의 색, 초록은 정원과 숲의 색, 빨강은 지붕의 색이었다. 국토가 넓으니 고층 아파트를 해체해 대평원에 펼쳐놓은 듯하였다. 고층 건물은 시내 중심가에만 일부 집중되어 있었다. 골든 코스트로 이동을 하였다. 골든 코스트 해변은 일품이었는데 무려 44km에 이른 세계 최고의 해변이었다. 호텔에서 해변으로 나가고 싶은데 방향 감각을 잃어 카운터에 가서 물어봤다. "I want go to Golden Coast. How Can I get to there?" "Do you want to go to downtown?" "No, Golden Coast." "……???" 호텔의 젊은 직원과 대화를 나누는데 통하지 않았다. 답답했다. 계속 대화를 이어가다가 Beach라는 단어를 찾아내 쉽게 문제가 해결되었다. 필자의 영어 실력으로 Coast = Beach였다. 그런데 그게 아니었다. Beach는 바닷가 모래밭이고, Coast는 바닷가의 언덕 같은 지대였던 것이다. Coast 대신에 Beach를 썼더라면 쉽게 해결될 일이었다. 생애 최초로 원어민에게 영어 실력을 테스트 받고 아내와 함께 수영복을 차려입고 골든 코스트 Beach에 도착했다. 장인과 장모님도 모시고 함께 갔다. 세계 최고의 해변이라 할만했다. 끝없이 펼쳐진 모래사장은 적당한 폭으로 물 깊이도 바깥쪽은 깊지 않았다. 필자와 아내는 기념으로 남태평양 쪽빛 바다를 배경으로 세계 최고의 Beach에서 수영을 하면서 추억을 남겼다. 호주는 1년 내내 수영을 할 수 있는 기온이라니 참으로 부러운 나라였다. 그래서 인지 해양 문화가 매우 발달되어 있었다. 처음으로 해외여행을 나갔 으니 모든 게 새롭고 궁금했다. 그것도 세계적인 수준의 나라였다. 당시에는 흔치 않았던 비디오카메라를 빌려 장인과 장모님을 포함 한 우리 네 식구의 일거수일투족을 카메라에 담았다. 세계 3대 미항 중 하나라는 시드니 항에서 오페라하우스, 하버브리지 등을 구경하 였다. 오페라하우스의 실외 커피숍에 노인들이 가득 앉아 차를 마시 고 있었는데 모두 머리가 하얀색이어서 이색적이었다. 그리고 너무 고급스럽고 멋있어 보였다. 시드니 항에서 유람선을 타기로 했다. 유 람선을 기다리는 곳에 젊은 여성 두 명이 있었는데 우리 일행과 사 진도 찍어주고 친절히 대해주었다. 필자는 아쉽게도 함께 사진을 찍 지 못했다. 그런데 그 두 여성의 키가 190cm 정도에 쭉쭉 빵빵이어 서 대한민국 DNA와는 비교할 수 없을 정도로 멋있어 보였다. 유람 선을 탔다. 시드니 항에서의 유람선이라! 낭만적이지 않는가? 유람선 상에서 식사하면서 싱싱한 굴을 초장에 찍어 먹었는데 개운하고 맛 있었다. 호주 사람들은 어패류를 잘 안 먹는다고 했다. 바닷가에 들 어가면 자연산 전복이 널려있다고 하였다. 호주나 뉴질랜드는 모두 1 차 산업에서 3차 산업으로 바로 발전시켜 나간 나라들이었다. 2차 산업, 즉 굴뚝 산업이 없는 국가들이었다. 당시 그곳에서는 휘발유 값과 경유 값의 비율이 L당 200원 대 600원 정도였는데 한국에서는 정반대였다. 호주는 환경보호를 국가의 최우선 목표로 삼고 있었다. 그래서 환경을 오염시키는 경유 값이 더 비쌌던 것이다. 우리 인류가 추구해야 할 미래국가 모습이 아닐까? 하는 생각을 했다. 지금은 한국도 휘발유 값이 경유 값보다 싸졌지만 26년 전의 이야기다. 한국에서 녹용은 귀한 약제이다. 그러나 호주에서는 사슴뿔을 불필요한 것으로 폐기처분 하였었다. 그런데 한국에 비싼 가격에 수출을 하고 있었으니 이런 걸 꿩 먹고 알 먹는다고 한 것 같았다.

두 번째 여행은 뉴질랜드이다. 호주 시드니 공항에서 뉴질랜드 오클랜드행 비행기를 탔다. 비행기에서 아리따운 스튜어디스를 만났다. "어디서 왔느냐?" "일본?" "아니다, 한국에서 왔다." "휴가 중이냐?" "그렇다." "즐거운 휴가 보내라." "고맙다." 내가 알아먹을 수 있는 영어만 해서인지 더 친절하고 아름답게 보였다. 당시는 현지에서 만나는 사람들은 모두 일본인이냐고 물었다. 한국인들은 아직 해외여행을 다니지 않고 일본인들이 많이 다니던 시절이었다. 뉴질랜드에 도착하니 황인종과 흑인종 중간쯤으로 보이는 체구가 큰 남녀들이 많이 보였다. 호텔 엘리베이터를 같이 탔는데 불안했다. 백인들만 보였던 호주에서는 왠지 안전할 것 같았는데 여기서는 무서운 느낌이 들었다. 그들은 뉴질랜드 원주민 마오리족이었다. 당시 전혀 여행국에 관한 정보도 없이 출발했던 모양이다. 뉴질랜드는 세계에서 인권이 가장 잘 보장되는 나라 중 하나라고 하였다. 호주보다 뉴질랜드가 훨씬 더 안전하다고 하였다. 오히려 호주의 백호주의를 경계해야한다고 하였다. 뉴질랜드의 마오리 족은 세계에서 가장 용맹한 원주민이고, 호주 원주민 애버리지니는 그 반대라고 하였다. 영국이 침략했을 때 에버리지니는 맥없이 국토를 빼앗겼고, 마오리족은 끝까지 항전하여 휴전을 통해 얻을 것 다 얻고 전쟁을 끝냈다고 하였다. 당시 뉴질랜드에 문자가 없어 말로만 전해진 지명 등을 영어로 표기하게 되었다고 했다. 버스를 타고 뉴질랜드 북섬을 둘러보는데 대부분의 산 2/3까지 녹초지가 형성되어 있었고 소, 양, 사슴 같은 가축이 넓은 초원에서 풀을 뜯고 있었다. 한나절을 이동하는데 끝없이 농장이 이어졌다. 사람들의 모습을 찾아보기 어려웠다. 강에서 낚시꾼이 한 명 보였는데 낚시 면허증이 있어야 낚시를 할 수 있다고 하였다. 점심으로 사슴고기를 처음 먹었는데 소고기보다 맛이 떨어졌다. 버스 투어 중 멀리 바라보니 한 쌍의 연인들이 서로 보듬고 번지점프를 하고 있었다. 당시 한국에서는 번지점프라는 것이 도입되지 않았다. 번지점프란 말은 TV를 통해서 겨우 알고 있을 정도였다. 마오리족이 성인식을 치를 때 수십 미터의 언덕을 뛰어내려야 했는데 그것에서 유래하여 현재의 번지점프가 생겼다는 것이다. 이후 한국에도 도입되어 많은 곳에서 쉽게 접할 수 있는 놀이가 되었다. 가장 뉴질랜드다운 장소가 로토루아였다. 마오리족 동네인 로토루아에 들어가려면 원주민 대표와 입장객이 서로 코를 대고 비비는 인사를 해야 했다. '홍이'라는 뉴질랜드식 인사법이었다. 홍이를 하지 않은 사람은 동네에 들어갈 수 없었다. 로토루아는 화산지대로 지구의 열이 수증기와 함께 간헐천이 되어 솟아오르고 있었다. 덕분에 지표면의 물이 항상 뜨겁게 데워져 있어 여러 가지 용도로 활용하고 있었다. 온천도 있었는데 유황 성분이 많아 손가락의 반지가 자동으로 미끄러져 빠질 정도였다. 뉴질랜드에서 잊을 수 없는 것은 마오리족의 집단 춤 하카였다. 전쟁에 나가기 전 또는 전쟁을 하면서 적에게 공포감을 주기 위해 추었다는데 혀를 최대한 길게 늘어뜨리는 게 특징이었다. 하카 춤은 뉴질랜드의 중·고등학교에서 배우면서 단체로 힘을 모을 때 유용하게 사용하기도 한다고 하였다. 이후 뉴질랜드 국가대표선수들이 해외에 나가 경기하기 전에 퍼포먼스로 활용하는 모습을 자주 본 적이 있다. 호주와 뉴질랜드 여행을 마치고 한국에 돌아오니 서울 도심의 굴뚝에서 시커먼 연기가 솟아오르고 있었다. 선진국에서 다시 후진국으로 오는 느낌이었다. 날씨는 유난히 추웠고 일장춘몽 다시 원점으로 돌아오는 느낌이 들었다.

세 번째 여행으로 미국을 언급하고자 한다. 미국은 두 번에 걸쳐 다녀왔다. 한국에서 미국까지 비행시간은 열네 시간 정도 걸렸다. 세계지도를 보면 태평양 중앙을 횡으로 건너가면 가장 빠를 것 같았는데 인천공항에서 출발하여 서해, 중국, 러시아, 알래스카를 거쳐 미국 뉴욕의 케네디 공항으로 갔다. 지구본에서 확인해 보니 맞는 것 같았지만 여전히 고개가 갸웃거려졌다. 역시 지구는 둥근가 보다. 해외여행을 하면 장시간 비행기 타는 것이 제일 곤욕이었다. 70년대식 버스 좌석 공간쯤에서 옴짝달싹못하고 열네 시간을 넘게 앉아있어야 한다는 게 참 힘들었다. 1회째 여행 때 필자의 내외간만 다녀올 계획이었다. 장인과 장모님에게 함께 가자고 했더니 적극적으로 응낙하셨다. 더 연로하시면 가고 싶어도 갈 수 없으니 마지막으로 해외여행을 모시고 가자고 했다. 일행은 네 명이 되었다. 미국에 도착하여 먼저 필라델피아의 미국 독립기념관을 찾았다. 독립선언문이 낭독되었던 장소로 미국의 역사가 시작된 곳이었다. 이어서 워싱턴 D.C.를 찾았다. 거대한 열십자(十) 형태로 계획된 도시는 중앙에 워싱턴 기념탑(오벨리스크)이 있었고 중앙을 기점으로 동, 서, 남, 북 네 방향 끝에 각각 링컨 기념관, 국회의사당, 백악관, 토머스 제퍼슨 기념관이 배치되어 있었다. 초대 대통령 조지 워싱턴이 중앙에서 미국 역사의 중심을 잡아주고, 미국인으로부터 가장 존경을 받은 제16대 링컨 대통령이 국회의사당을 정면으로 바라보며 국회의원들을 감시하고 있었으며, 제3대 토머스 제퍼슨 대통령이 역시 백악관을 정면으로 바라보며 후대 대통령들이 잘하고 있나 감시하고 있는 배치도였다. 세계 정치의 중심인 워싱턴 D.C.는 넓고 광활한 공간의 배치에도 커다란 의미를 부여하고 있었다. 세계에서 가장 유명한 대학인 하버드대학을 들렀다. 대학내에 있는 하버드 동상의 구두는 반질반질 광이 나고 있었다. 이 구두에 손을 얹고 기념사진을 찍으면 후손들이 하버드에 들어온다나 어쩐다나……. 필자도 아내와 함께 구두에 손을 얹고 기념사진을 찍었다. 후손 중 누군가 여기 와서 공부하고 성공하길 기원하면서……. 허쉬 초콜릿 공장 있는 도시에 갔다. 초콜릿을 별로 좋아하지 않았지만 공장을 견학했다. 그런데 그곳에 사는 사람들 남녀 모두 다리 굵기가 대단하였다. 한국인의 허리만 한 사람들이 즐비하였다. 초콜릿을 많이 먹어서 그러나? 뉴욕의 맨해튼으로 향했다. 역시 세계 경제의 중심이었다. TV에 자주 나오는 뉴욕의 타임스퀘어에 있는 전광판을 지나 맨해튼 거리를 구경하였다. 대형 황소 동상을 지나 록펠러 빌딩에 올라가 뉴욕의 전경을 바라보았다. 초고층 빌딩들이 숲을 이루고 있었고, 쌍둥이 빌딩이 테러를 당해 사라진 이후라 그런지 엠파이어스테이트 빌딩이 더욱 높게 보였다. 어렸을 적 "세상에서 가장 높은 건물은 무엇일까요?" 수수께끼였다. 그때 처음 알게 된 엠파이어스테이트 빌딩이 눈앞에 보이고 있었다. 발아래에는 센트럴파크가 도심 속에서 시원한 녹지공간을 제공하며 한눈에 내려다보이고 있었다. 록펠러는 석유 왕, 카네기는 철강 왕, 포드는 자동차 왕이었다. 자유의 여신상을 구경하기 위해서 몇 시간을 기다렸다. 배를 타고 나아가니 맨해튼의 빌딩들이 더욱 많고 높게 보였다. 자유의 여신상은 맨해튼의 허드슨강 하구, 대서양 바닷길 입구에 있는 작은 섬에 위치해 있었다. 사진으로 그토록 많이 봐왔던 자유의 여신상이 횃불을 들고 거대한 모습으로 눈앞에 서있었다. 그러나 너무 익숙해서인지 감흥은 생각보다 크지 않았다. 자유의 여인상 바로 밑에 지금으로 치면 입국 허가소가 설치되어 있었다 한다. 과거 유럽에서 대서양을 건너 미국으로 건너온 사람들이 이곳을 거쳐야 했으니 자유의 여신상이 보이면 얼마나 반가웠을까? 자유 여신상은 미국 독립 100주년을 기념하여 프랑스에서 선물했다. 프랑스 세느강에서 이곳과 똑 같은 자유의 여신상을 구경한 적이 있었다. 프랑스에 있는 자유의 여신상은 프랑스 혁명 100주년을 기념하여 뉴욕 자유의 여신상을 1/4 크기로 미국이 제작하여 프랑스에 선물한 것이었다. 필자는 미국 동부 지역만 두 번에 걸쳐 다녀왔다. 교장연수를 받으며 무료로 제공된 해외연수에서 미국을 선택한 결과였다. 처음에 왔을 때 크게 감동되어 웅장하게만 보였던 뉴욕과 워싱턴 D.C. 그리고 자유의 여신상 등이 한눈 안에 들어왔다. 두 번 다니는 곳이면 모든 것을 기억한 필자의 특징상 흥미도 떨어졌다. 그러나 새로운 곳을 갈 때는 다시 눈빛이 빛나기 시작했다. 미국방성이 있는 펜타콘 시티에 들렀다. 모자를 샀다. 워싱턴 D.C.를 상징하는 모자였다. 그리고 조금 지나니 플랫캡 가게가 보였다. 필자에게 어울리는 것을 찾지 못해 한국에서 플랫캡 구입하기가 여간 어렵지 않았다. 그런데 이곳 펜타콘 시티에서 딱 맞는, 전라도 말로 낫낫한 가죽 플랫캡을 발견하여 구입하였다. 라벨의 글씨가 작아 집에 와서 안경을 쓰고 확인하니 'Made in China'였다. 지금도 보는 사람들로부터 품격있고 잘 어울린다는 평가를 받으며 필자가 즐겨 쓰고 있는 모자이다. 그런데 플랫캡 판매하는 사람이 30대 전후반쯤의 남자였는데 어디서 왔냐고 물어서 "South Korea."라고 했더니 자기와 미국의 많은 젊은이는 North Korea 김정은을 좋아한다고 했다. 순간 당황이 되었다. 대화를 더 해보니 당시 20대였던 김정은이 미국 대통령 트럼프와 맞짱을 뜨면서 싱가포르, 하노이 등에서 회담을 하는 모습을 보고 같은 젊은이로서 김정은을 좋아한다는 것이었다. 교장연수 기관으로 버지니아주에 있는 페어팩스 카운티 교육청에서 한국 교포인 문○○ 교육위원의원으로부터 해당 카운티의 교육에 관한 전반적인 내용을 소개을 받았다. 이어서 찰스 드 울프 스쿨과 챈틸리 하이스쿨을 들러 미국교육의 현장을 살펴보았다. 찰스 드 울프 스쿨의 교장과 필자는 대담시간에 질의와 응답을 하면서 급격히 친해져 함께 기념사진을 찍을 정도가 되었다. 챈틸리 하이스쿨에서는 학교 방문 기념으로 학교 모자를 하나씩 선물하였다. 집에서 가져간 모자를 합해 갑자기 네 개의 모자가 되었다. 연수 일정을 마치기 전날 밤 문○○ 교육의원이 주최하는 환영식에 참석하여 교민들과 유익한 시간을 보냈다. 비행기를 타고 갈 때는 거의 초죽음이 되어 되돌아올 일이 걱정되었다. 항공사 직원에게 부탁하였더니 조금 편한 자리를 구해주었다. 항공사의 배려로 다행히 큰일 없이 돌아올 수 있었다.

네 번째 여행으로 캐나다를 언급하고자 한다. 워싱턴 D.C.에서 버스를 타고 출발하여 북쪽으로 향한다. 도로 양옆의 무성한 가로수에 시야가 가려진 채 여덟 시간을 달렸다. 끝없이 이어진 가로수는 여행을 답답하게 만들었다. 함께 따라나선 장인과 장모님은 여행 시작인데 벌써 지치셨다. 하루 종일 달린 후 멀리 지평선에서 피어오르는 한 줄기 뭉게구름이 보였다. 오늘의 목적지라고 했다. 한참을 더 달려 그곳에 도착해 보니 그 유명한 나이아가라 폭포가 천둥소리를 내고 안개구름을 뿜으며 떨어져 내리고 있었다. 구름 위로 펼쳐진 무지개는 덤이었다. 나이아가라 폭포는 미국과 캐나다의 국경지대에 위치해 있었다. 양국에 각각 폭포가 있었는데 캐나다 폭포가 더 멋있었다. 미국과 캐나다를 잇는 다리가 있어 건너니 다리 중앙이 국경선이었다. 드디어 국경선을 넘어 캐나다에 도착했다. 캐나다에 도착하여 헬리콥터를 타고 관광을 하는 곳에 갔다. 그러나 우리 가족은 헬리콥터를 타지 않았다. 지금은 아쉬움이 남아있지만 헬리콥터의 위험성을 알고 있었기에 가족의 안전을 가장 먼저 생각했다. 호텔을 잡고 나이아가라 폭포 옆의 '스카이론 타워' 전망대 라운지에서 저녁을 먹게 되었다. 전망대에 올라가 보니 우리가 대평원지대를 달려왔다는 것을 알 수 있었다. 끝이 보이지 않는 평지를 달려온 것이었다. 드넓은 사방이 시야에 들어왔다. 헬리콥터를 타지 못한 아쉬움이 반감되었다. 저녁은 안심스테이크를 먹었는데 주문을 받지 않고 바로 'Rare'가 나왔다. 장모님은 고기가 제대로 안 익고 피가 뚝뚝 떨어진다고 불만이 많았다. 전체가 360도 회전하는 식당 라운지에서 최고의 전망을 보면서 최고로 멋있고 맛있는 저녁 식사를 했다. 다음 날 아침 나이아가라 폭포로 내려갔다. 끊임없이 쏟아져 내리는 방대한 양의 폭포수를 오랫동안 바라보고 있었다. 필자도 빨려 들어갈 것 같았다. 캐나다는 중북부의 드넓은 영토에서 발원돼 한꺼번에 모여든 5대 호수로 유명하다. 수퍼리어호에서 흘러내려 미시간호와 휴런호로 모인 강물이 다시 흘러 이리호에 모였다가 온타리오호로 또 흐른다. 온타리오 호수는 다시 대서양으로 빠져나간다. 나이아가라 폭포는 이리호와 온타리오호의 사이를 흐르는 나이아가라강의 중간에 형성되어 있다. 엄청난 수량일 수밖에 없었다. 아메리카 인디언들이 성인식을 치를 때 이 폭포로 뛰어내려 살아나야 했다는 이야기도 있었다. 유람선을 타고 폭포 아래로 접근하였다. 강물이 회오리를 치고 배 위에는 폭포수가 비처럼 흩날렸다. 관광객들은 모두 비옷에 구명조끼를 걸쳤고, 유람선은 폭포 근처를 반복적으로 왔다 갔다 하며 드나들었다. 짜릿하면서도 상쾌하였다. 나이아가라 폭포에서의 최고 추억이었다. 온타리오호에서 대서양으로 흘러가는 세인트루이스 강물은 여전히 깨끗하고 풍부하였다. 강을 따라 하류로 내려갔다. 중간에 갔더니 이번엔 쾌속 보트를 운행하고 있었다. 필자와 아내만 탔다. 이곳에서는 작은 보트를 타고 강을 거슬러 달리면서 배가 물속에 들어갔다 나왔다 하게 하여 관광객들에게 물을 먹이고 난리가 났다. 아내는 이곳에서의 경험이 가장 재미있었다고 하였다. 나이아가라에서 토론토, 오타와, 몬트리올을 거쳐 퀘벡으로 향했다. 이 도시들은 모두 호수 또는 세인트로렌스강을 따라가는 길목에 있었다. 몬트리올에 유명한 성요셉 성당이 있었는데 한쪽에 목발이 수두룩이 보관되어 있었다. 목발을 딛던 사람들이 기도를 드리고 나아 그 자리에서 목발을 버리고 간 것이라고 했다. 상당히 높은 언덕에 성당이 있었는데 아래에서부터 양 무릎을 꿇고 계단을 일일이 기어 올라가 기도를 한 곳이었다. 몬트리올 올림픽 경기장에는 대한민국 최초 세계올림픽 금메달리스트인 레슬링의 양정모 선수 이름이 새겨져 있었다. 어린 시절 라디오로 중계방송을 들었다. 금메달을 놓고 싸워 몽골의 오이도프를 이긴 그날의 감동은 지금도 생생하다. 오타와에 도착했다. 국회의사당은 너무 멋있는 건물이었다. 특히 차를 타고 뒤로 이동하여 오타와강 건너 언덕에 위치한 국회의사당의 모습을 보면 누구든 감탄을 자아내지 않을 수 없을 것이다. 필자는 아내와 함께 오타와강과 국회의사당을 배경으로 기념사진을 찍었다.

그런데 겨울이면 강이 모두 얼어붙어 스케이트를 타고 출근해야 한다고 하니 추위를 엄청나게 탄 필자로서는 별로 부럽지 않았다. 세인트로렌스강 중앙을 따라 미국과 캐나다의 국경을 이루며 끝없이 펼쳐지는 호수 위의 별장들은 너무 멋있었다. 퀘벡에 도착했다. 퀘벡에서는 특이하게도 프랑스어가 공식 언어였다. 과거 영국과 프랑스 사이의 식민지 전쟁에서 영국이 승리함으로써 캐나다는 영국령이 되었다. 그러나 퀘벡의 프랑스 이주민들에게 자치권을 주어 영어권인 캐나다 안에서도 프랑스어가 공식 언어로 자리 잡았다. 영국이 미국과 독립전쟁에서 맞서고 있을 때 프랑스가 미국과 연합할 것을 우려하여 퀘벡에 프랑스 자치구를 만들어 전쟁에 참여하지 않도록 유도한 것이었다. 세상에 공짜는 없었다. 거대한 5대호가 각각의 강으로 연결되어 대서양으로 흘러내리는 마지막에 지점에 위치한 퀘벡은 역으로 대서양을 건너온 유럽인들이 내륙으로 들어가는 입구에 위치해 있었다. 퀘벡은 중요한 군사적 요충지였기 때문에 언덕에 요새가 만들어져 있었다. 요새에는 지금도 대포들이 포문을 열고 세인트로렌스강 하구를 겨냥하고 있었다. 요새에는 퀘벡의 랜드마크라 할 수 있는 청동 지붕과 붉은 벽돌로 만들어진 '샤또 프롱트낙 호텔'이 그림처럼 아름답게 위치해 있었다. 언덕 아래로 내려가면 유명한 '쁘띠 샹플랭 거리'가 있었는데 아름다운 동화 같은 거리로 고급스러운 물건들이 많은 유명한 쇼핑거리였다. 입구에 있는 건물의 프레스코화가 인상적이었다. 필자가 생각할 때 고향땅에서 가장 멀리 떨어진 곳까지 온 것 같아서 기념으로 선물을 하나 사기로 마음먹었다. 비교적 값이 비싼 승마용 가죽 모자였다. 기념품이 마음에 들어 기분이 좋았다. 그런데 웬걸 집에 와서 확인해 보니 'Made in Australia'였다. 당연히 캐나다산일 것으로 생각했는데 구매 시 안경을 쓰지 않았던 것이 실수였다. 퀘벡에서는 모든 사람이 늘씬한 미인들이었다. 뚱뚱한 사람들이 보이지 않았다. 필자의 작은 취미인 거리의 작가에게 그림 구입하였다. '샤또 프롱트낙 호텔'을 그린 작은 그림이었다.

다섯 번째 스위스로 떠난다. 스위스는 두 번에 걸쳐 다녀왔다. 당시 김포공항에서 취리히 공항까지 열두 시간 정도 소요되었다. 취리히 공항에서 일정 관계상 기다릴 일이 있어 단체로 카페에 들어가 차를 한 잔씩 마셨다. 카페에서 처음 본 유럽 아가씨는 한마디로 우량아 몸매로 키도 크고 정말 멋있었다. 유럽에 처음 갔던지라 유럽 사람들은 모두 그렇게 생긴 줄 알았다. 그리고 미인들을 구경할 기대에 부풀었다. 그런데 웬걸 그 뒤부터는 실망만 끝없이 이어졌다. 취리히에서 페스탈로찌 동상을 구경하고 알프스 안으로 들어갔다. 산맥 정상에는 설원, 산으로부터 흘러내리는 초록빛 계곡물, 평지부터 중턱까지는 잘 관리된 초지, 초지에서 풀을 뜯고 있는 가축들, 가장 낮은 곳에는 아름다운 청록빛 호수, 호숫가에 터를 잡은 예쁜 집들, 가히 목가적인 풍경의 진수를 보여주고 있었다. 천국이 따로 없을듯 하였다. 그때만 해도 우리나라는 개발도상국에서 허덕이고 있던 시절이었다. 그러나 초록빛으로 아름답게 흐르고 있던 계곡물은 보기에는 좋아도 먹을 수 없다고 하였다. 석회석이 많이 함유되었기 때문이었다. 최고로 멋있다고 생각했던 초록빛 계곡의 이국적 모습이 실망으로 돌아왔다. 그때 물속에 석회나 산호초 같은 하얀색 물질이 섞이거나 비추면 에메랄드빛이나 초록빛 계열로 보인다는 사실을 스스로 깨달았다. 아름다움 속에는 독을 숨겨놓은 것이 자연의 이치인가? 스위스 여행의 백미는 융프라우요흐였다. 융프라우요흐는 알프스의 두 거봉 융프라우와 아이거 사이에 있는 유럽 최고 높이의 전망대였다. 산악 기차를 타고 그곳까지 올라갔다. 필자는 융프라우요흐 전망대에 붙은 'Top of Europe'이라는 간판을 배경으로 기념사진을 남겼다. 360도를 빙 둘러 끝없이 이어진 눈 덮인 알프스의 고봉들은 순백의 파노라마를 제공하고 있었다. 해발 3,454m인 고지에서 갑자기 쏟아진 진눈깨비는 한 치 앞을 분간하지 못하게 하였고, 우리 일행들은 오히려 재미있는 눈싸움을 하였다. 1912년에 아돌프 쿠에르 첼러가 산꼭대기 전망대까지 바위와 얼음을 뚫고 톱니바퀴형 산악열차를 만들었다고 하였다. 이때 알프스의 최고봉이 프랑스 몽블랑이라는 사실도 처음 알았다. 두 번째로 알프스를 갔을 때는 아쉽게도 융프라우요흐로 가지 못하고 뮈렌으로 갔다. 뮈렌에서 2,970m 고지에 있는 쉴트호른까지 올라가는 케이블카가 있었으니 거기에 올라가면 알프스의 정상들의 파노라마를 또 구경할 수 있을 것으로 생각했다. 필자로서는 가지 않는 곳을 가서 더 좋다고 생각했다. 그런데 여행 일정이 뮈렌에서 머무르다 그냥 내려오게 되어 있었다. 이해가 되지 않았지만 어쩔 수 없었다. 아쉬움이 컸고, 함께 간 아내에게 미안했다. 가이드에게 개인별로 올라 갔다 와도 되느냐고 물었더니 시간 관계상 안 된다고 하였다. 여기까지 와서 알프스 꼭대기 쪽의 파노라마를 보지 못하다니 아쉬움이 컸다. 아무튼 아내는 스위스에 다시 와 융프라우요흐에 꼭 들르겠다고 다짐하고 있었다. 필자는 처음에 갔을 때 스위스는 모두 알프스 안에만 있는 줄 알았다. 그런데 이외에도 공장지대 농경지대 등이 많이 있었다. 스위스 하면 떠오르는 알프스 안에는 조상 대대로 터를 잡고 살아온 사람도 있지만, 주로 도시인들의 별장이 많은 휴양지였다.

여섯 번째 여행은 오스트리아로 가고자 한다. 오스트리아도 두 번에 걸쳐 다녀왔다. 오스트리아는 유럽의 역사에서 빼놓을 수 없는 중요한 나라였다. 합스부르크 왕가의 본향으로 유럽의 중심이었던 나라에서 지금은 조그마한 나라가 되어 과거의 영광을 되살리고자 노력하고 있었다. 왠지 음악이 흘러나올 듯한 도시들을 들렀다. 그러나 필자에게 음악에 소질이 풍부하지 않은 이유 때문이었을까? 두 번을 다녀왔지만 기억에 남는 부분이 많지 않다. 처음으로 들렀을 때 간 도시는 부분적으로 기억은 나는데 어딘지 잘 모르겠다. 지도도 없이 그냥 놀기만 하는데 정신이 팔렸나 보다. 잘츠부르크임을 기억한 것은 최근의 일이다. 오스트리아 술을 한번 먹어보자고 룸메이트인 대학 선배 박○○과 둘이서 맥주집에 갔다. 한가로운 동네여서 다른 손님들은 보이지 않고 주인인 청년과 친구인 다른 청년과 아가씨 한 명이 함께 술잔을 가볍게 기울이고 있었다. 맥주를 달라고 하니까 맥주 딱 두 병을 주고 끝이었다. 잔도 없고 안주도 없었다. 잔을 달라고 하니까 잔을 갖다 줬다. 맥주를 마시니 엄청나게 썼다. "Please give me a side dish."를 몇 번을 말해도 통 무슨 말인지를 모른 것 같았다. 자세히 보니 그들도 안주 없이 병채 맥주를 마시고 있었다. 당시 우리나라에서는 병채 맥주를 마시는 일이 없던 시절이었다. 그들에게는 안주라는 개념이 없는 것 같다고 결론을 내렸다. 안주 없는 쓰디쓴 맥주로 오스트리아의 술맛을 기념하였다. 오스트리아 지도는 상당히 특이하였다. 왼쪽 조그맣고 길쭉한 지형이 알프스에 속해있었고 오른쪽 넓은 부분은 농업과 공업지대인 듯하였다. 두 번째 여행 때 독일의 남부 뮌헨 쪽에서 알프스를 넘어 오스트리아 인스부르크로 달렸다. 유명한 시인 겸 극작가 괴테가 이 길을 좋아해 마차를 타고 자주 달렸다고 하였다. 현재의 도로 환경에서 버스로 한나절이 걸렸는데 과거 마차로는 몇 달은 걸리지 않았을까? 하는 생각이 들었다. 인스부르크에서 알프스를 한참 올라가 스키장과 목장이 있는 호텔에서 하룻밤을 묵었다. 여름이었기 때문에 스키장은 휴업 중이었고, 지대가 높으니 노란 봄꽃이 많이 피어있었다. 아내가 멋있다고 산책 가자고 했다. 그런데 꽃이 피어있는 아름다운 목장 초지에 들어가 보니 소의 배설물들이 수두룩하였다. 멀리서 보기에만 아름다운 것이 목장임을 깨닫는 순간이었다. 인스부르크는 알프스를 따라 스위스와 붙어있는 오스트리아의 끝자락 도시였다. 다음 날 인스부르크를 출발하여 이태리의 베네치아로 향했다. 이곳 알프스 계곡의 길도 버스로 한나절 이상 걸려서야 겨우 빠져나갈 수 있었다. 유럽의 역사에서 빼놓을 수 없는 지긋지긋한 전쟁 과정에서 병사들이 수없이 이 길을 이동했을 것으로 생각하니 마음이 짠하기도 하였다.

일곱 번째 여행은 이태리이다. 이태리도 두 번에 걸쳐 다녀왔다. 이태리는 지형과 날씨가 우리나라와 비슷한 면이 많았다. 북부 알프스를 제외한 대부분이 구릉지대였고, 도시들은 약간 높은 구릉지대 정상부에 많이 들어서 있었다. 토양이 석회석이어서 대리석이 풍부하였고, 석회석이 자연적으로 물을 빨아올려 구릉지대에서도 우물이 마르지 않는다고 하였다. 고지대에서 물이 해결되니 전쟁이 잦은 국가에서 산 위에 방어적 도시를 만든 것은 당연한 일이었다. 한 번은 구릉 지역의 도시에 숙소를 잡고 머물렀는데 치안이 매우 안전한 곳이라 관광객들이 마음대로 밖에 나가도 되었다. 외국에서 관광객에게 자유스럽게 다니도록 하는 일은 극히 드물었다. 거리를 활보하며 음료수도 사 먹고 공원에서 시간을 보내기도 하였다. 이태리에서는 사람의 직접적인 노동력인 서비스를 받는 일이 가장 값이 비쌌다. 그리고 오후 7시가 되면 상점 문을 모두 닫았다. 사람이 쉬어야 한다는 것이었다. 이태리에서는 TV를 볼 일이 많지 않았고, 술집 등 유흥시설도 성행할 수 없었다. 그 대신 사람들이 저녁 시간이면 공원으로 몰려나와 서로 많은 대화를 주고받으며 저녁 시간을 보내고 있었다. 그리고 이태리 사람들은 말이 많아 되는 일도 없고 안 되는 일도 없다고 했는데 저녁마다 나누는 끝없는 대화가 그 근원이 아닌가 싶었다. 물의 도시 베네치아로 갔다. 베네치아는 중원의 훈족이 쳐들어왔을 때 침략자들을 피해 바다로 들어가 도시를 형성했다.

필자는 처음으로 훈족이라는 존재를 알게 되었는데 알고 보니 흉노족을 그렇게 불렀다. 바다에 썩지 않는 나무를 박아 기초공사를 하고 거대한 도시를 만들어 현재까지 가라앉지 않고 있다니 불가사의 할 정도였다. 베네치아로 들어가는 항구에 거대한 크루즈 유람선이 5대가 보였다. 저 사람들이 모두 오늘 베네치아에 함께 머물러 있을 것이라 생각하니 아찔했다. 베네치아에는 자동차가 없다. 물길이 도로의 역할을 담당하고 배가 유일한 교통수단이었다. 세계적인 상업 중심지에서 관광의 중심지가 되었다. 산마르코 성당과 그 앞에 'ㄷ'자 형태의 긴 3층 건물과 그 내부에 위치한 산마르코 광장이 베네치아의 중심이었다. 베네치아를 점령한 나폴레옹이 이 'ㄷ'자 건물에서 축하파티를 했다고 하였다. 베네치아에 밀물이 들어오면 1층의 건물들이 1/3이 잠겨버렸다. 산마로코 광장에서도 수영을 할 수 있을 정도였다. 밀물이 밀려오면 매번 임시 다리를 놓아야 했다. 현재 이 문제를 해결하고자 이태리 당국이 노력하고 있지만 인공물이 자연을 이길 수는 없지 않겠는가? 세계적 유명인들이 이곳에 값비싼 별장을 사두기도 했는데 침수 때문에 가격이 다운될 것 같았다. 건물들을 자세히 살펴보면 크로바 형태로 뚫린 문양이 많이 보인다. 이 문양이 많으면 많을수록 과거 고위직에 있었던 사람이 살았던 저택이었다. 이태리 남부로 향했다. 아름다운 항구로 유명한 나폴리, 화산재로 덮였다가 발굴된 폼페이, 낭만적인 휴양지 소렌토가 활처럼 휜 해안가를 따라 이어져 있었다. 고교시절 마도로스를 꿈꾸며 반드시 가보고 싶었던 세계 3대 미항 중 하나인 나폴리였다. 항구의 공통적인 특성인 자연 방파제 역할을 하는 섬이나 산이 앞에 없었다. 그냥 바다가 확 트인 거대한 해수욕장처럼 보였다. 그런데 나폴리의 경제가 좋지 않은 모양이었다. 거지와 쓰레기 천국이 되어버렸다고 했다. 필자가 마음속으로 동경했던 도시여서 그런지 하루빨리 경제가 좋아지길 바랐다. 인근의 폼페이로 향했다. 폼페이는 베수비오 화산의 폭발과 함께 화산재에 묻혀 사라진 로마형 도시였다. 현재 유적이 개발되어 많은 관광객이 찾아오고 있었다. 그러나 검은 화산재 색깔과 많은 사람이 묻혀 죽었을 것을 생각하면 썩 기분이 좋지는 않았다. 아내는 유적지에 들어서니 왠지 가슴이 답답하고 힘이 빠진다고 하였다. 도로 바닥의 바위를 조각하여 남자 성기 모양으로 몸 파는 여성의 업소로 가는 방향을 만들어 놓았다. 로마의 귀족들이 마차를 타고 여기까지 찾아왔다고 했다. 업소에는 프레스코화로 그려진 여성들의 벽화가 있었는데 지금도 색깔이 하나도 변하지 않고 있다는 점이 놀라웠다. 소렌토는 지중해 쪽으로 더 내려가 바닷가 바위 절벽 위에 집들이 멋들어지게 들어선 도시였다. 필자의 승용차명이 소렌토였으니 기억도 잘 되었고 반가웠으며 중학교 때 배운 「돌아오라 소렌토로」라는 노래가 흥얼거려졌다. 아내와 갔을 때는 소렌토에서 배를 타고 카프리섬까지 더 깊숙이 들어갔다. 이태리 최남단이면서 북지중해에 위치한 세계적인 휴양지였다. 산 중턱에 위치한 유명한 가문의 정원 전망대에서 지중해와 부호들의 하얀색 별장들을 바라보았다. 산 정상으로 올라가는 수백 미터 낭떠러지 코스를 버스로 지나갈 때는 정말로 아찔했다. 구경을 마치고 항구로 내려오는데 최고급 무개 승용차가 달려왔다. 운전자는 선글라스에 멋을 부린 신랑이었는데 완전히 검은색 흑인이었다. 뒷좌석에는 정말로 아름다운 하얀색 피부의 신부가 앉아있었다. 인종의 색 대비가 너무나 분명했다. 날씨가 무더웠다. 소렌토로 돌아갈 배를 기다리는데 작은 조약돌 해수욕장이 바로 옆에 있었다. 많은 사람이 수영복을 입고 해수욕을 하고 있었다. 특히 여성들이 많았다. 인물이나 몸매는 괜찮은 것 같은데 백인들이지만 피부가 거칠게 느껴져 별로 예쁘다는 생각을 하지 못했다. 필자는 날씨가 너무 무더워서 옷을 입은 채로 해수욕장에 뛰어들고 싶은 충동을 느꼈다. 그러나 뒷 일을 생각해서 간신히 참았다. 대신 신발을 벗고 바다에 들어가 세수를 하고 머리를 감고 물을 한 모금씩 머금었다가 뱉기를 반복했다. 평소 물가에 놀러 가면 한 행동이었다. 정말로 시원했다. 그런데 가이드가 참 민망했다고 하였다. 세계 최고급 휴양지에서 너무 했나? 필자는 시원해서 좋았고 추억을 담아 왔는데……. 이번 이태리 가이드와의 인연은 두 번째였다. 예전에 왔을 때도 만났던 가이드였다. 이태리에서 두 번을 만난 것이었다. 드디어 로마에 입성했다. 길거리 굴러다니는 돌멩이도 모두 2,000년 이상 된 유적이라고 하였다. 한국말을 제법 잘하는 길거리 기념품 가게의 장사들이 제일 먼저 말을 걸어오고, 익살스럽게 칼을 휘두르는 로마 병사들도 보였다. 지금은 벽돌과 돌기둥만 남아 폐허로 변한 로마의 황궁, 수도라는 영어 단어를 유래케 했다는 캐피탈 언덕, 사람이 최고 속력으로 달리면 끝에서 바로 죽는 거리로 만들었다는 경주장, 어릴 적 감상한 로마 배경 영화마다 단골로 나오던 불가사의한 건축물 콜로세움 등은 그리스 문화를 이어받아 서양 문화의 기반을 만들어 낸 위대한 로마제국 수도의 흔적들이었다. 손에 동전을 들고 반대편 어깨너머로 던지면 다시 로마에 온다는 전설이 있는 트레비 분수, 지붕이 원형으로 뚫어져 있는 신들의 안식처 판테온의 건축술 등 끝이 없는 관광 거리가 부러웠다. 로마 시내에 웅장하고 깨끗한 하얀색의 아름다운 대리석 건물이 눈에 띄었다. 필자 개인적으로 로마 시내에서 가장 아름다운 건물이라고 느껴졌다. 알고 보니 이태리 통일의 주역 비토리오 에마누엘 2세의 기념관이었다. 바티칸으로 이동했다. 바티칸은 로마 속의 작은 도시 국가로 카톨릭의 총본산이다. 세계에서 가장 작은 영토를 가졌지만 영향력 만큼은 영토 넓이에 반비례하다고나 할까? 처음 바티칸을 방문했을 때는 가을이었는데 두 시간 이상 줄을 서 기다려 입장해야 했고, 박물관 관람 통로에는 사람으로 넘쳐나 가만히 있어도 밀려 나갔다. 각 교황별로 방이 있어 재임 시절 최고의 작품들을 모아 전시해 놓았고, 각 방을 연결한 복도의 천정은 황금빛으로 찬란하게 장식해 놓았다. 그리스 시대부터 발견된 수많은 대리석 조각상들도 헤아릴 수 없이 많이 전시해 놓았다. 시스티나 성당의 앞 벽면에 그려진 「최후의 심판」, 천정에 그려진 「천지창조」를 보면서 필자는 세상에서 가장 아름다운 그림을 직접 보고 넋을 잃었다. 천재 예술가 미켈란젤로를 만났고 프레스코화의 화려함을 처음 알았으며, 명화가 무엇인지를 몸으로 느꼈다. 발 디딜 틈이 없을 정도로 많은 관광객 때문에 설명은 성당 밖에 나와서 들어야 했다. 시스티나 성당은 교황을 선출하는 곳으로도 유명하였다. 베드로 성당으로 갔다. 대리석으로 축조되었고 규모부터 웅장하였다. 전면의 대리석 열두 개의 기둥이 사진에서 볼 때는 작게 보였지만 실제 둥근 기둥 하나를 직접 재어보니 필자 양팔로 네 번 정도 돌아야 했다. 베드로 성당은 르네상스 양식 건축물로 외부 치장은 별로 하지 않고 내부를 화려하게 만든 건물이었다. 외부는 비교적 단순했지만 내부로 들어가니 잘 다듬어진 천연색 대리석들을 이용하여 기둥을 모두 세웠고, 바닥도 화려한 색깔의 대리석을 규칙적으로 배치해 한없이 아름다웠다. 천정의 돔은 프레스코화 내지 은은한 황금색으로 처리하였고, 대리석으로 만든 수많은 조각상이 적재적소에 배치되어 품격을 더하고 있었다. 바티칸 광장도 어마하게 넓었다. 과거 가난했던 스위스 사람들이 용병으로 교황청 경비를 맡았는데 교황에 대한 충성심을 증명하여 지금까지 전통을 이어가고 있었다. 필자는 바티칸 박물관과 베드로 성당은 사람이 죽기 전에 꼭 가봐야 할 곳이라고 많은 사람에게 추천하고 다녔다. 당연히 아내와 함께 다시 찾았다. 아내와 함께 두 번째로 갔을 때는 여름이어서 그런지 전보다는 한가로웠다. 입장을 기다리는 시간도 짧았고, 인파에 밀리지도 않았으며, 정신을 잃고 구경하던 처음과는 달리 정신이 붙어있었다. 피사로 향했다. 피사의 사탑은 피사 대성당에 있는 기울어진 종탑이었다. 실패작이어서 유명해진 건물이 아닌가 싶다. 갈릴레오가 쇠공을 던져 가속도 실험을 하여 더 유명해졌다. 높은 건축물이 기울어져 있으니 공을 던져 실험하기 편리했을 것이다. 피사의 사탑 주변에서 검은 흑인들이 아프리카로부터 민속품을 가지고 들어와 많이 팔고 있었다. 스님처럼 보이는 두 명이 짝을 이루어 한 명은 땅에 가부좌를 틀고 앉아 나무 봉을 한 손바닥에 들고 있고, 그 나무 위에 다른 한 명이 부양하여 가부좌를 틀고 앉아있는 모습이 보였다. 아무리 살펴보았지만 지금까지도 불가사의한 일이다. 피렌체로 갔다. 피렌체 언덕에 올라 시내를 바라보면서 관광을 시작하였다. 르네상스를 일으켰던 지역으로 천재 예술가들의 고향이기도 하였다. 피렌체 대성당 역시 컬러 대리석을 활용하여 건축하였으며 거대하고 아름답기 이루 말할 수 없었다. 성당 꼭대기까지 계단으로 올라갈 수 있는데 두 번을 갔어도 올라가지 못했다. 올라갈 수 있다는 사실은 집에서 TV를 보고서야 알았다. 올라갔다 해도 웬만한 산을 하나 등산한 느낌이 아니었을까? 피렌체의 영광은 메디치 가문의 후원으로 이루어졌음을 알게되었다. 밀라노로 향했다. 밀라노 대성당은 고딕 건물이었다. 고딕 건물은 북부 유럽의 미개인들의 건축양식이라 초기에는 인정을 받지 못했다고 하였다. 당시 영국, 프랑스, 독일 등을 포함한 북부 유럽인들은 미개인 취급을 받았다. 세상의 중심은 지중해 지역의 로마였다. 밀라노 대성당의 특징은 외벽을 하얀 대리석으로 화려하게 치장한 점이다. 거대한 성당을 모두 대리석으로 지어 올렸고, 벽에 무수히 많은 대리석 인간 조각상과 다양한 조각 무늬를 붙여 화려함의 극치를 보여주었다. 또 수많은 첨탑을 만들고 첨탑 끝마다 인간 조각상을 얹어놓았다. 필자가 지금까지 보아온 건축물 중에서 가장 아름다웠다. 인간이 과연 이런 건축물을 만들 수 있었단 말인가! 하는 감탄이 절로 솟아났다. 밀라노 성당 건물은 너무나 커서 사진으로 담기에 한계가 있었다. 멀리서 찍어야 하니 성당이 적게 나와 직접 가보지 않고는 그 웅장함과 화려함의 극치를 느끼기 어려웠다. 이태리의 주식은 스파게티였다. 처음 여행 갔을 때 스파게티를 하도 많이 먹어 한국에 돌아와 10여 년간을 입에도 대지 못했다. 당시에는 한국 사람들이 유럽 여행을 많이 가지 않던 시절이라 오리지널 이태리 스파게티를 먹었던 것이다. 두 번째 갔을 때는 한국 관광객 수의 증가와 더불어 이미 스파게티도 한국화가 되어 맛있었다. 다시 스파게티를 먹게 되었다. 이태리는 세계에서 가장 볼 것이 많은 관광의 보고였다.

여덟 번째 여행으로 독일을 다녀온다. 독일은 세 번을 다녀왔다. 처음 여행에서 오스트리아를 출발하여 뮌헨에 도착했다. 뮌헨은 바이에른주의 주도였다. 알프스를 배경으로 한 남부 독일의 중심 도시였고 축구팀 덕분에 이름이 익숙했다. 시청 건물 시계탑에서 인형을 나와 돌았다. 많은 사람이 그 광경을 보고자 모여들었다. 필자는 왠지 크게 관심이 가지 않았다. 독일의 건물들은 세계 대전을 두 번을 치르면서 많이 파괴되었나? 고풍스런 건물보다 비교적 현대식 건물들이 많은듯했다. 마침 뮌헨에서 세계적으로 유명한 맥주 축제가 열리고 있었다. 뮌헨 축제에서 맥주 한 잔씩은 해야 하지 않겠는가? 맥주집으로 갔다. 대형 맥주집에 들어갔는데 난리가 났다. 빈자리가 하나도 없었다. 누군가 나가야 자리가 생길 수 있었다. 그런데 손님들이 나가려고 생각을 하지 않았다. 맥주 한 잔씩 시켜놓고 두 시간을 버티는 것은 기본이었다. 한참을 기다리다 겨우 자리가 생겼다. 앉아서 뮌헨의 기념 맥주를 마셨다. 역시 맥주 안주는 없었다. 축제에 동참한 기분으로 맥주를 마셨지만 맥주 자체가 맛있는 줄은 몰랐다. 노이슈반슈타인 성에 들렀다. 남부 독일 바이에른주의 알프스를 배경으로 멀리 산 위에 하얀색 성이 아름답게 보였다. 디즈니 인기 만화영화 「잠자는 숲속의 공주」에 나오는 성의 모토가 되었고, 세계에서 가장 아름다운 성이라고도 했다. 성에 오르기 위해 한참 동안 등산을 하였는데 커다란 협곡이 앞을 가로막았다. 아슬한 다리가 놓여있어 협곡을 건너니 성이 한참 가까워졌다. 가느다란 길을 따라 한참을 걸어가니 성에 도착하였다. 과거에는 다리도 없었을 터 어떻게 올라왔을까? 난공불락의 성이었음에 틀림이 없었다. 성에서 바라본 전방의 풍경은 끝없이 펼쳐진 평야지대였고, 후방에는 커다란 호수와 멀리 알프스의 고봉에서 산맥들이 흘러내리고 있었다. 노이슈반슈타인 성은 바이에른 왕이 프로이센과의 전쟁에서 패하고 허울뿐인 왕으로 남자 억울함을 참지 못하고 성을 짓고 살면서 서서히 미쳐간 곳이라고 하였다. 아름다운 성의 외양과는 달리 얽힌 사연이 기분을 울적하게 만들었다. 하이델베르크로 갔다. 라인강 상류인 네카어강 변의 대학도시 하이델베르크는 깨끗하고 아름답기 그지없었다. 독일의 전형적인 풍경을 제공하고 있는 도시가 아닌가 싶었다. 또한 하이델베르크 대학이 있으니 도시가 곧 대학이요 대학이 곧 도시였다. 하이델베르크 여행 기념으로 유명하다는 맥주집에 가서 간단히 맥주를 마셨다. 독일은 날씨가 평소 우중충하여 햇볕만 나오면 사람들이 일광욕을 하려고 옷을 벗어젖힌다고 하였다. 그 광경을 보고 놀라지 말라고 주의를 주었다. 하이델베르크 성까지는 높지 않았는데 등산 열차가 있었다. 하이델베르크 성은 사암으로 이루어져 붉은색을 띠고 있었고 질감이 거칠게 느껴졌다. 정면 벽에 조각상들이 많이 붙어있었는데 당시 성을 소유했던 왕들이었다. 특이한 광경은 성 내부에 현대식 3~4층 건물 정도 높이와 크기의 거대한 나무 와인통이 있었다. 산상에 어렵게 성을 쌓아 이토록 많은 와인을 보관해 놓았다는 게 얼른 이해가 되지 않았다. 전쟁에 나갈 때 왕은 병사들에게 이 와인 통에서 술을 한 잔씩 꺼내주었다고 하였다. 와인을 한 잔씩 얻어 마신 병사들에게 왕을 위해 목숨을 바쳐 충성하도록 유도했을 것이라는 생각이 들었다. 길거리 화가 Pablo에게 다가갔다. 하이델베르크 성 그림을 직접 그리고 있었다. 한 점을 샀다. 정성껏 싸인을 해주었다. 유명화가가 되어 오늘 사간 작품이 훗날 높은 가격을 받을 수 있도록 해달라고 했더니 노력하겠다면서 매우 좋아하였다. 프랑크푸르트에 도착하였다. 프랑크푸르트 공항과는 세 번의 인연을 맺었다. 첫 번째 여행에서 유럽을 떠날 때, 두 번째 여행에서 유럽으로 들어갈 때, 세 번째 여행에서 북유럽으로 갈 때 프랑크푸르트 공항을 이용했다. 프랑크푸르트 하면 떠오르는 것은 프랑크푸르트 학파, 그리고 축구 선수 차범근이었다. 한국의 축구 영웅 차범근은 해외여행도 마음대로 나갈 수 없었던 시절에 세계 최고의 축구 클럽인 독일 분데스리가의 프랑크푸르트팀에 입단하여 독

일과 프랑크푸르트의 영웅이 되었다. 당시 한국의 국력은 물론 축구
선수들의 실력도 현재와 비교할 수 없을 정도로 열악하고 형편없을
때였다. 로렐라이 언덕으로 행했다. 라인강 변을 따라 쭉 내려갔다.
라인강 위에는 화물을 실은 많은 배가 오르내리고 있었다. 댐으로
막힌 곳에서는 제일 옆쪽에 통로를 내 배가 위아래로 통과할 수 있
었다. 라인강 운하였다. 어려서 그토록 부러워했던 라인강 기적의 현
지였다. 한강의 기적! 이것은 라인강 기적의 벤치마킹이었다. 알프스
에서 풍부한 물을 받아 발원하여 드넓은 독일을 지나 네덜란드를 거
쳐 북해로 흘러 들어가기 때문에 라인강은 수량도 많고 넓었으며 어
마어마한 길이를 자랑했다. 라인강은 운하가 발달되어 강변에 공업
지대가 형성되어 있었고, 물류 운반은 배를 통해 하고 있었다. 이명
박 대통령이 청계천을 성공적으로 복원한 후 라인강의 운하를 보고
대한민국에 운하를 건설하겠다는 공약을 내걸어 대통령에 당선되
기도 하였다. 비록 야당의 반대에 부딪혀 4대강 사업으로 축소되긴
하였지만 말이다. 라인강 한가운데 성을 쌓고 통행료를 받은 흔적
도 보였다. 강을 따라 이어진 도로변의 산에는 수많은 고성이 허물
진 채 흔적만 남기고 있었다. 로렐라이 언덕에 도착했다. 언덕에 올
라 라인강의 비경을 바라보며 하얀 소녀상에서 기념사진을 남겼다.
지금은 가물가물한 「로렐라이 언덕」이라는 노래를 흥얼거렸다. 강변
도로 옆에는 포도밭이 끝없이 펼쳐져 있었다. 이 사람들은 포도주만
먹고 사나? 라는 생각이 들었다. 평야지대에 산이 없으니 평지산을
조성해 녹지대를 만들어 놓은 것도 특징적이었다. 독일 고속도로 휴

게실에서 화장실을 가려면 사용료를 내야 했다. 잔돈이 없으면 미리 바꿔 가는 게 좋다. 처음 갔을 때 화장실 대기소에서 잔돈이 없어 난감해하고 있는데 젊은 독일인이 잔돈을 주고 갔다. 어디 가나 고마운 사람은 있는 법이었다. 그래서 살맛 나는 세상 아니겠는가? 화장실 공간도 적어 남자들도 줄을 서서 기다려야 할 정도였다. 선진국으로 평생을 부러워했던 독일보다 한국 고속도로의 휴게실, 화장실 등이 더욱 발전되어 있었다. 한국의 발전이 유럽을 능가해 가고 있는 모습 중의 하나라고 생각했다.

아홉 번째 여행으로 프랑스를 언급한다. 프랑스와 영국은 처음이다. 예전에 국가 지원으로 유럽 연수를 갔을 때 처음에 두 나라도 포함시켰는데 연수이지 놀러 가는 것이 아니라면서 당국에서 제외시켜 버렸다. 이태리 밀라노에서 프랑스 리옹까지 버스로 이동했다. 리옹에서 파리까지 프랑스의 드넓은 농촌의 모습을 보면서 초고속열차 테제베를 타고 이동했다. 사실 프랑스에 대해서는 기대를 크게 하지 않았다. 영국과 독일에 대해서는 많은 이야기를 듣고 자랐지만 프랑스에 대해서는 나폴레옹, 시민혁명, 에펠탑, 세느강 정도만 알고 있었고, 미술을 하는 사람들은 파리로 가야 한다는 정도의 말을 들었다. 그런데 프랑스인들이 자국의 문화에 대해 자부심이 엄청나게 강하다는 얘기를 듣고 의아했었다. 루브르 박물관으로 갔다. 루브르 박물관의 방 하나하나에 전시된 화려한 그림들은 파리에 눌러앉아 살고 싶을 정도였다. 필자는 천정의 프레스코화와 인물 유화에 대해 애착이 많은듯하였다. 그림을 하나하나 감상하고 나아가다 나폴레옹의 대관식 앞에 섰다. 유화로 그려낸 커다란 그림은 정말 대단했다. 어떻게 저 많은 사람의 얼굴과 표정, 화려한 의상과 장식품까지 고급스럽게 그려낼 수 있었을까? 궁금하면서 한없는 감탄사가 나왔다. 그런데 막상 그림을 보고 누가 나폴레옹인지 알 수가 없었다. 처음에는 좌우대칭의 한 가운데 관을 쓰고 긴 십자가 지팡이를 짚고 있는 사람이 나폴레옹인 줄 알았다. 아니었다. 오른쪽에 중요 인물들이 배치되어 있었다. 빵떡 모자에 작은 지팡이를 짚고 있는 성직자가 교황이었고, 서서 왕관을 들고 있는 사람이 나폴레옹이었으며, 무릎 꿇고 앉아있는 여인이 부인 조세핀이었다. 나폴레옹 대관식 그림에 넋을 잃고 한없이 보고 또 보다가 아쉬움을 담아 그림 앞에서 기념사진을 남겼다. 발걸음을 옮기니 작은 그림 앞에 많은 사람이 몰려있었다. 먼저 온 사람들이 많아 뒤에서 앞으로 한 발짝도 들어갈 수 없었다. 모나리자였다. 교과서에서 너무나 많이 봐왔던 그림이라 진품을 본다는 것 외에는 특별한 감흥이 오지는 않았다. 관람객들 뒤에서 먼발치로 기념사진만 남겼다. 베르사유 궁전으로 향했다. 교과서에서 본 적이 있는 것 같다. 왕이 살았던 궁전의 외부만 구경하고 오겠지 하는 마음으로 별 기대를 하지 않았다. 그런데 아니었다 반전이 일어났다. 궁전 내부로 입장하여 거대한 정원은 말할 것도 없거니와 방 하나하나를 모두 관람할 수 있었다. 전쟁의 방에 커다란 유화로 그려진 유명 전투 장면들은 프랑스의 위대한 정복의 역사는 물론이거니와 예술적으로도 커다란 획을 그었다고 생각되었다. 여기까지만 해도 놀라움과 감탄의 연속이었는데 거울의 방에 들어가 혼을 빼앗겨 버렸다. 프레스코화로 장식한 성화의 천정과 화려하고 고급스러운 샹들리에와 장식품 등은 할 말을 잃고 정신마저 혼미하게 만들었다. 세상에서 가장 아름다운 방일거라 생각하며 기념사진으로 아쉬움을 달래며 구경을 마쳤다. 아! 인정했다. 프랑스인들이 자국의 문화에 대해 커다란 자부심을 가질 수밖에 없다는 것을, 그리고 파리가 예술의 도시임을……. 파리에 남아 살고 싶어졌다. 몽마르트 언덕으로 향했다. 어려서부터 수없이 들어왔던 그 유명한 언덕이었다. 몽마르트 언덕 화가에게 필자와 아내를 모델로 하는 기념그림도 의뢰하고, 마음에 드는 그림도 사고 싶었다. 몽마르트 언덕에 도착하니 화가들의 언덕이라는 예상을 깨고 중앙에 육중한 대리석 성당이 있었다. 유명한 사크레쾨르 대성당임은 다음에야 알았다. 한참 계단을 올라가 보니 화가들의 작업 장소는 언덕 너머에 자리하고 있었다. 그런데 문제가 생겼다. 배탈이 났다. 프랑스 최고급 요리는 달팽이라고 어릴 적 들은 적이 있었다. 한마디로 어이없는 소리로 생각되었다. 그 달팽이 요리가 점심 때 나왔다. 기념으로 먹었다. 아내 몫까지 먹었다. 그런데 이상이 생긴 것이었다. 몽마르트에서 갑자기 대변이 마려웠다. 공중화장실을 찾았지만 보이지 않았다. 가게 주인에게 물어보니 커피숍에 가서 해결하라고 하였다. 커피숍을 찾아 들어갔더니 화장실에 남·여가 함께 줄을 길게 서있었다. 다른 곳을 찾을까 하다가 기다리는 것이 좋을 것 같아 기다렸다. 그런데 시간이 너무 오래 걸렸다. 아랫배에 압박을 가해왔다. 참기 힘들 정도였다.

겨우 참아내고 있으니 차례가 되었다. 변기에 앉기도 전 바지를 내리자마자 실례를 했다. 아래 내의가 적셔버렸다. 벗어 쓰레기통에 넣었다. 겨우 대변을 해결하고 나왔다. 겉옷에도 실례가 되지 않았을까? 몇 번을 확인했지만 다행이었다. 휴……. 할 말이 없었다. 관광 시간은 다 지나가고 겨우 그림 한 장 살 시간 여유밖에 없었다. 그림을 좋아하는 필자로서는 가장 기대했던 장소였다. 그런데 필자에게 몽마르트 언덕은 똥마르트 언덕의 추억이 되어버렸다. 필자가 어린 시절 파리 사진을 보며 도심 속의 강이 어떻게 그렇게 깨끗할 수 있을까? 궁금했던 세느강의 유람선 관람, 세계 역사를 뒤바꾸었던 프랑스 혁명의 현장인 콩코르드 광장, 파리 시내의 흉물을 보지 않기 위해서는 흉물인 탑 밑으로 가야만 했다는 에펠탑, 유럽의 영웅 나폴레옹에 관한 흔적, 개선문을 중심으로 한 샹젤리제 거리와 계획도시 파리의 구경은 필자에게는 루브르 박물관과 베르사유 궁전에 가려진 덤에 불과했다.

열 번째 여행은 영국으로 떠난다. 영국은 미국과 더불어 필자에게 선망의 대상이었다. 영어를 평생 공부하였으니 당연한 현상일 것이다. 파리에서 테제베를 타고 해저터널로 도버해협을 건너 런던에 도착했다. 테임즈강이 보였다. 잿빛 뻘 물이었다. 테임즈강도 어려서 사진을 보면서 세느강과 같이 깨끗하고 푸른 강인 줄로 알았는데 실망이었다. 테임즈라는 말이 원래 '재미없는' 또는 '잿빛'이라는 뜻이라 했다. 드디어 사진 속에서 그렇게 많이 봐왔던 런던 시계탑,

런던 타워브리지, 런던 아이, 국회의사당 등이 보였다. 런던에 왔으니 상징적으로 직접 타워브리지 위를 걸어보고 싶었다. 그런데 가이드가 무척 바빴다. 타워브리지를 그냥 지나쳐 가더니 위쪽 다리에 차를 세웠다. 여기가 뷰-포인트라며 런던 타워브리지를 배경으로 사진을 찍으라고 했다. 사진이 문제가 아니라 직접 건너보고 싶었다니까요! 실망이었다. 국회의사당에 도착하여 외부만 구경하라고 하였다. 조금 걸으면 도달할 수 있을 것 같아 시계탑까지 가보겠다고 했더니 시간이 없다면서 말렸다. 버스로 런던 시내를 이동하면서 다양한 곳을 눈으로만 구경하고 지나갔다. 웨스트민스터 사원이 왜 성당이 아니고 사원인가 했더니 왕들의 무덤임과 동시에 성당의 역할을 해서 그렇다고 했다. 버킹엄궁에 도착했다. 엘리자베스 여왕을 만날 수 있을까? 여왕이 궁에 있으면 영국 국기와 함께 여왕기가 게양되고, 출타 중이면 국기만 올라가고 여왕기는 내려진다고 하였다. 오늘은 여왕기가 없었다. 근위병 교대식을 볼 수 있었다. 많은 사람이 서로 좋은 자리를 잡으려고 애를 썼다. 검은색 곰털 모자를 쓰고 근위대가 교대식을 하였다. 멋있었지만 생각만큼 대단하다고 느껴지지는 않았다. 그런데 지휘관과 뒤를 따르는 대원들과 손발을 반대로 움직였다. 맞는 것인지 모르겠다. 버킹엄궁을 배경으로 잔디밭에서 기념사진을 남겼다. 대영박물관으로 이동했다. 대영박물관은 구경하기 전 기대가 무척 컸다. 세계 3대 박물관 중 하나로 해가 지지 않는 나라의 영광이 모두 전시되어 있을 것으로 생각하였다. 바티칸과 파리의 감동에 이어 또 한 번 놀랄 준비를 하였다. 그런데 예술작품은 보이지 않고 이집트 미라들만 실컷 구경하고, 쪼개진 그리스 대리석 조각상들만 보았다. 미술작품을 보지 못해서인지 만족스럽지 못하였다. 대영박물관은 후문을 통해 들어갔다 후문으로 나왔다. 바쁜 일정 때문이었다. 정문 쪽에서는 전체적인 건물 형태도 볼 수 있어 멋있을 것 같은데 아쉬움이 남았다. 귀국하여 검색해 보니 대영박물관 정면은 커다란 대리석 기둥이 받치고 있는 로마 시대의 건물처럼 멋있게 보였다. 영국 일정은 사실 너무 짧았다. 아침에 파리에서 건너와 저녁 비행기를 타고 떠나야 했으니 차분히 구경한다는 것이 오히려 이상했다. 최소한 이틀 정도의 일정을 잡아야 할 것 같았다. 가이드에게 하루 동안 안내를 한 대가가 여행사로부터 별도로 없다고 하였다. 따라서 쇼핑 시간을 비교적 많이 주어 수고비를 건져갔다. 쇼핑센터에서 만년필을 선물로 몇 개 구입하면서 한국인 아르바이트 아가씨에게 몇 마디 물었더니 "싼 것이 그렇죠, 뭐."라고 불친절하게 대답하였다. 런던에서 아르바이트한다고 자기가 마치 런던 부자라도 된 것처럼 말해서 한마디 해주었다. 런던은 뉴욕과 더불어 세계 경제의 중심지임에 틀림이 없었다. 그러나 규모 면에서는 뉴욕을 따라가기 어려워 보였다. 오래된 도시여서 그런지 도로 사정도 좋지 않았고 도시도 복잡하였다. 영국의 고위직 인사들조차 런던에서는 출퇴근 때 대중교통이나 자전거를 이용한다고 하였다. 복잡한 시내이기에 주차비가 어마어마하여 감당할 수 없다고 하였다. 영국은 내세울 만한 먹거리가 없는 나라라고도 하였다. 토양이 좋지 않아 감자 이외에는 농작물이 잘 재배되지 않는다고 했다. 과거 신대륙 미국으로 이민

간 사람 중에 아일랜드 사람들이 많았는데 감자 흉년이 들어서 그랬
단 얘기를 들은 적이 있다. 영국도 아일랜드와 비슷한 토양인 것 같
았다. 좌우지간 영국 여행은 너무 짧은 시간 때문에 많은 것을 훑어
보았지만 정신도 없었고 만족스럽지 못했고 아쉬움이 많이 남았다.

　　열한 번째로 일본 여행이다. 일본은 열한 번 정도 다녀왔다. 한
국교총 일을 하면서 몇 번을 다녀왔고, 동생이 동경에서 사업을 하
고 있어 여러 차례 다녀올 수 있었다. 일본을 여행하면서 두 번 비행
기를 이용했고 나머지는 모두 배를 타고 왕복하였다. 부산항에서 시
모노세키항까지 운항하는 부관페리호를 타면 저녁에 출발하여 아침
에 입항한다. 배에서 1박을 할 수 있으니 여행하기 좋은 여건이었다.
먼 나라로 느껴졌던 일본이 바로 이웃에 있었다. 부산항에서 배표를
끊을 때 'JR패스'를 추가하여 발매하니 좋았다. 일주일 동안 일본 철
도를 마음껏 이용할 수 있을 뿐만 아니라 현지에서 끊은 시모노세
키-동경 왕복 열차비와 별 차이가 없었다. 신간센의 최고급 열차인
'노조미'만 제외되었다. 시모노세키에서 동경까지 신칸센을 타고 가
면 일본의 본모습을 볼 수 있다. 경상도 지역 대학생들이 방학을 이
용하여 일본 자유여행을 하는 모습을 쉽게 볼 수 있었다. 전라도 지
역에서는 꿈도 꾸지 못하고 있던 시절이었다. 어머니를 모시고 동경
동생한테 간 적이 있다. 동경은 서울이나 별반 차이가 없어 일본 구
경을 확실히 시켜드리기로 마음먹었다. 갈 때는 비행기였지만 올 때
는 시모노세키까지는 신칸센, 부산까지는 배로 모시기로 했다. 신칸

센을 타고 내려오면서 어머니께서 진짜 일본의 모습을 보면서 좋아하셨다. 시모노세키항터미널 2층에서 연결통로를 통해 배에 탔다. 배에 자리를 정하고 밖으로 구경을 나갔다. 한참을 구경하시던 어머니께서 "여기가 배냐?"하며 놀라셨다. "언제 배를 타버렸다?" "배가 우리 아파트만큼 크다."라고 하면서 좋아하셨다. 날씨가 안 좋으면 어쩌나 조마조마했는데 날씨가 좋아 다행이었다. 배를 타고 오면서도 소녀처럼 좋아하셨다. 집에 오셔서는 다른 할머니들에게 비행기를 타니까 집이 꼬막조개 엎어놓은 것같이 작더라고 자랑하기도 하셨다. 어머니께 비행기 한 번, 배 한 번 태워드리는 것으로 해외여행을 끝냈다. 그래도 아쉬움이 크지만 그나마 다행이었다. 연세가 많으셔서 그때가 아니었다면 영원히 못 시켜드릴 뻔했다. 아내와 일본을 갔다. 동경을 구경하다 내려와 벳부로 가기로 했다. 밤은 어두워 컴컴한데 기차는 계속 남으로 달렸다. 벳부에 도착해 숙소를 정해야 했다. 사람들에게 물었더니 비즈니스호텔을 소개해 주었다. 그런데 너무 좁아 다른 곳을 알아보기로 했다. 한참을 걸어가 제법 큰 호텔을 발견하였다. 카운터에 가서 숙박료를 물었더니 영어를 할 수 있는 직원이 자리를 비웠다고 잠시 기다리라고 하였다. 한참 후 기다리던 직원이 돌아와 대화를 했다. 자기 호텔의 숙박료를 말하더니 비싸고 다다미로 되어있어 한국 사람에게 맞지 않는다고 하면서 다른 좋은 호텔을 안내해 주겠다고 하였다. 차를 가지고 와 타라고 했다. 차를 타야 하나 말아야 하나 망설여졌다. 그냥 탔다. 그런데 그 직원은 조금 전에 우리가 들렀던 비즈니스호텔로 데려다주었다. 이곳이 좋을 것이라며 자신도 서울에 자주 간다고 했다. 과연 한국에 이런 사람이 있을 수 있을까? 참으로 감동을 받았다. 필자가 서울에 살았으면 한국에 올 때 도움을 주고 싶었지만 지방에 살고 있어 아쉬움을 달래야 했다. 아들과 조카를 데리고 일본으로 갔다. 역시 부산항에서 배를 탔다. 배가 출발한 후 조금 있으니 모두 객실로 들어가라는 방송이 흘러나왔다. 배 상부 갑판에서 바다를 보고 즐거워하던 사람들이 모두 객실로 들어갔다. 필자는 혼자 남아 저녁 바다를 행복하게 즐기고 있었다. 그런데 부산해양대학 쪽 방파제를 넘자 배가 요동을 쳤다. 바람이 많이 불지도 않았는 데 무서울 정도였다. 배와 연결된 쇠파이프를 붙잡고 조심스럽게 움직여 겨우 아래층 객실로 돌아왔다. 모든 것이 정상이 아니었다. 다 무너졌다. 아들과 조카는 벌써 멀미를 하여 얼굴이 하얗게 변해있었다. 나는 방바닥에 덜썩 주저앉았다. 그러나 중심을 잡을 수 없었다. 바로 누웠다. 겨우 몸이 가누어졌다. 가는 내내 배의 왼쪽과 오른쪽 창문에 바닷물과 불빛이 번갈아 가며 나타났다 사라질 정도로 커다란 파도를 타야했다. 이렇게 우리 세 명은 일본까지 갔다. 일본의 배 여행 중 유일한 파도였다. 아들과 조카는 힘들었겠지만 필자는 그래도 재미있었다. 일본은 생각보다 긴 나라였다. 시모노세키에서 아침에 출발하여 히로시마, 오사카, 교토 등을 거쳐 동경에 저녁에서야 도착했다. 동경에서는 동생의 마중과 안내로 쉽게 여행을 할 수 있었다. 필자의 전자제품은 동생이 대부분 선물해 준 것이다. 초창기 여행할 때 동경의 신주쿠, 아키아바라 가게에는 전자상품들이 산처럼 쌓여있었고, 발 디딜 틈이 없을 정도로 많은 손님이 들끓었다. 그러나 소니와 파나소 닉을 비롯한 일본의 전자제품이 한국의 삼성과 LG에게 밀렸을 때 다시 방문하니 정말 파리 날리는 가게로 변해 있었다. 경제라는 약 육강식의 세계가 얼마나 무서운가를 느낄 수 있었다. 지하철을 타고 이동을 하는데 조용했다. 사람들이 전화벨 소리를 작은 소리로 설정 해 놓고 전화가 오면 바로 객실 밖으로 나갔다. 거기서 조용히 통화 한 후 돌아왔다. 이런 모습이 일상이었다. 신간센 열차에는 흡연석과 금연석이 따로 있어 골라서 탈 수 있었다. 쓰레기는 본인이 처리하 여 하차하면서 승무원에게 반납하였다. 타인에게 피해를 주지 않은 태도와 쓰레기마저 스스로 처리하는 국민의식이 참 부러웠다. JR패 스를 최대한 활용해 보고자 홋카이도를 다녀오기도 했다. 동경에서 혼슈 끝 아오모리까지 신칸센을 타고 갔다. 거기서부터 홋카이도의 삿포로까지 특급열차로 갔다. 당시 홋카이도에 신칸센 건설작업이 한창이었으니 지금은 완성된 지 오래되었을 것이다. 혼슈와 홋카이 도를 잇는 해저터널로 열차가 달렸다. 세계 최초로 뚫은 해저터널이 라고 하였다. 그런데 공사를 한 사람들이 일제 강점기에 징용 간 한 국 사람들이었다고 했다. 북해도 바다를 따라 끝없이 이어진 철길을 달리면서 내내 끌려온 노동자들이 이 바다를 보면서 얼마나 고향 과 가족을 떠올렸을까 하는 생각이 들었다. 마음이 짠했다. 동경에 서 홋카이도 삿포로까지는 총 열 시간이 소요되었다. 홋카이도는 눈 이 많은 지역이라 산악지대일 것으로 생각했는데 의외였다. 산은 저 멀리 보일 듯 말 듯 하고 드넓은 평지였다. 홋카이도 대학을 들렀을 때 많은 학생이 자전거를 이용하여 이동하고 있었다. 자전거의 이용률이 높다는 것은 평지라는 의미이기도 했다. 삿포로에 왔으니 기념품을 하나 사야지? 일본식 모자를 하나 샀다. 되돌아오는 길에 일본 여행용 지도도 하나 구했다. 지도를 보면서 삿포로에서 아오모리까지 왔고, 아오모리에서 신칸센으로 바꿔 타고 동경 방향으로 되돌아오면서 통과역을 지도에 체크했다. 다음 역을 추측하며 지도에 표시할 자리를 찾고 있었다. 이번에는 기차가 조금 오래 달렸다. 그런데 상상도 할 수 없는 일이 일어났다. 그토록 먼 거리에 있던 동경에 벌써 도착한 것이다. 신칸센이 얼마나 빠른가를 새삼 느꼈다. 부산에서 크루즈선을 타고 후쿠오카, 벳부, 오사카, 나라, 교토를 다녀온 적이 있다. 조선일보에서 주관한 한민족 역사 탐방이었다. 한국교총 안 ○○ 회장이 추천하여 대상자가 되었다. 배를 타는 것을 좋아하였으나 당시 박사학위 논문 제출 시기여서 시간이 없었는데 추천자의 성의를 생각해서 가지 않을 수 없었다. 배에서 여행보다 논문을 더 썼다. 출발 때 정신없이 바빠서 엔화를 한 푼도 준비하지 못하고 갔다. 배를 탄 일행에게 원화를 주고 바꾸면 되겠지 생각했다. 그런데 룸메이트도 나와 같은 생각을 하고 왔다. 낭패였다. 모든 것을 주체측에서 해결해 주었지만 문제가 생겼다. 관람하면서 갈증이 나면 물을 사서 먹어야 했는데 그것이 어려웠다. 쓰레기통 주변에서 빈 플라스틱 물통을 찾기로 했다. 그러나 일본 사람들은 얼마나 깨끗하게 뒤처리를 하는지 패트병 하나가 없었다. 룸메이트와 그 얘기를 나누며 함께 웃었다. 옆에서 듣고 있던 일반인 자격으로 온 사람이 자기네

방에는 패트병으로 물이 공급된다며 자기가 줄 테니 따라오라고 했다. 룸메이트가 가서 내 것까지 구해 왔다. 드디어 갈증이 해결될 수 있었다. 원 없이 배를 탔다. 오사카에서 부산까지는 정말로 멀었다. 발동선으로도 끝없이 가야 하는데 과거 일본이 한국을 침략했을 때 어떻게 부산까지 왔을까? 바람, 조류 등을 이용했겠지만 인간에게 불가능이란 없나 보다 하는 생각이 들었다. 한국교총 부회장 시절 한·중·일 평화교재실천교류회 대표단 단장, 오키나와 해외연수단 단장으로 다녀온 이야기는 한국교총 부분에서 언급했으니 생략하겠다. 일본을 자주 가면서 일본의 장편 역사 드라마 「대망」을 모두 보았다. 대망을 보고 일본 전국 시대와 사무라이 문화에 대해 자세히 알게 되었다. 오다 노부나가, 도요토미 히데요시, 도쿠가와 이에야스, 우에스키 겐신, 다케다 신겐, 씨마즈 가문, 모리 가문 등의 이야기도 접했다. 칼로 지배한 나라, 인류의 역사가 대부분 그러할 진데 일본은 더 심했던 것 같았다. 그 때문에 우리와 구원이 있지만 흥미로운 나라이기도 했다.

열두 번째는 중국으로 여행을 떠난다. 중국 여행은 3회에 걸쳐 3곳을 다녀왔다. 한 곳은 홍콩, 마카오, 심천, 다른 곳은 상해, 소주, 항주, 또 다른 곳은 북경이었다. 홍콩 쪽은 장인어른이 부담하여 처갓집 식구 열다섯 명을 데리고 다녀왔고, 상해 쪽은 전남교총 연수단의 일원으로 다녀왔으며, 북경은 아내와 딸과 함께 갔다 왔다. 먼저 홍콩에 도착했다. 당시 홍콩은 영국령으로 중국에 반환되기 직전이었다. 산꼭대기에 전망대와 더불어 거대한 수족관이 있었다. 전망대와 수족관까지는 케이블카를 타고 올라가야 했다. 일행이 모두 타고 있는데 중간에서 갑자기 멈춰 섰다. 조금 걱정이 되었지만 곧바로 복구되었다. 수족관은 거대한 원기둥 형의 통유리로 지상에서 지하까지 3층 정도의 계단으로 둘러싸여 이루어져 있었다. 지금까지 보아온 수족관 중에서 가장 크고 인상적이었다. 시내로 내려오는 길은 에스컬레이터를 이용했다. 당시 한국의 에스컬레이터는 건물 내부에만 설치되어 있었는데 이곳은 외부에 설치되어 있어 놀라웠다. 지금은 부산 용두산 공원 등에도 설치되어 있는 것을 보았다. 홍콩 거리는 비좁아 혼잡하기 이루 말할 수 없었다. 도심 건물들은 높았고, 아파트에서는 밖으로 긴 막대기를 걸어놓고 빨래를 말리고 있었다. 습도가 높아 방안에 빨래를 널 수 없다고 하였다. 성룡과 같은 유명인 및 부호들은 모두 습도 때문에 산꼭대기에 집을 짓고 살고 있었다. 즉, 홍콩에서는 산꼭대기 집일수록 고급주택이었다. 야간에 그동안 말로만 듣던 '홍콩에 갔다 왔다.' 정말로 휘황찬란했다. 지금도 눈에 선하다. 전력을 싸게 공급하여 일부러 빛을 밝힌다고 했다. 수많은 건물에서 경쟁적으로 빛을 품어냈고, 최고층 건물에서는 하늘 끝까지 닿을 듯 빛을 쏘아 올리고 있었다. 바다로 나가 배에서 보는 야경 또한 감탄하지 않을 수 없었다. 홍콩을 세계 최고의 빛의 도시로 인정하였다. 마카오로 향했다. 마카오는 포르투갈령으로 중국 반환이 몇 년 더 남은 시점이었다. 마카오에서는 벽만 남은 건물이 유명하다 하여 기념사진을 남긴 것 외에는 기억이 별로 없다. 물론 카지

노 때문에 수입이 많은 도시였겠지만 필자에게는 별로 취미에 맞지 않는 도시였다. 배를 타고 심천으로 향했다. 당시는 한국과 중국 사이에 국교가 수립된 지 얼마 되지 않아 교류가 많지 않던 시절이었다. 심천항에서 중국 오성기와 인민복을 입은 군인들을 직접 보았을 때는 긴장되었다. 그만큼 공산 국가라면 무서웠던 시절이었다. 심천항의 배들은 모두 심하게 녹이 슬어 후진성을 면하지 못하고 있었다. 심천에 도착하니 그날이 등소평의 사망 날이었다. 유명한 '심천의 쇼'를 관람해야 하는데 주악이 금지되어 볼 수 없었다. 심천은 등소평이 개방정책을 펴면서 자본주의를 시범적으로 받아들여 부자가 된 지역이었다. 등소평에 대한 존경심이 남다른 지역이었다. 따라서 등소평의 사망을 철저히 추모하고 있었다. 당시 중국 사람들은 한국을 정말로 동경하였다. 중국은 몇몇 시범 경제특구에서 자본주의가 도입되었던 시기이니 경제적으로 한국과 격차가 심할 수밖에 없었다. 한국 관광객만 보면 장사들은 부자의 나라에서 온 사람이라 생각하고 물건을 팔기 위해 안달을 하였다. 촌티 나는 양복에 넥타이를 매고 버스까지 와서 "천원! 천원!"를 외치던 청년의 간절한 상술은 지금도 생생하다. 마음씨 좋은 장인께서 청년이 안쓰러운 듯 작은 맷돌 하나를 기념으로 사셨다. 처제는 작지만 무거운 돌을 한국까지 짊어지고 오는 수고를 해야 했다. 중국 동양화 가게를 들렀다. 버스가 떠날 시간이 가까워질수록 그림값이 점점 떨어졌다. 처음 불렀던 값과는 상상할 수 없이 싼 가격에 몇 점을 샀다. 연변 출신의 조선족 아가씨가 가이드를 맡았는데 밤늦게까지 자기 방으로 가지 않고 일행에게 붙어 한국에 대해 물어보고 또 물어보았다. 우리와 친해져 한국에서 초청해 주었으면 하는 바람을 숨기지 않았다. 당시 중국 사람들은 한국에 가면 엄청난 돈을 벌 수 있었는데 한국인이 초청하는 경우 외에는 비자 발급이 어려웠다. 장인 어른께서 약 2,000여만 원을 희사하여 모든 가족을 데리고 여행을 왔다고 하니까 한국의 대표적인 갑부 정도로 생각하였다. 아니라고 해도 믿지 않았다. 그때는 정말로 중국이 경제적으로 한국을 동경하던 시절이었다. 중국의 역사상 한국에게 경제적으로 뒤지는 시기는 당시 10여 년뿐이 아니었나 싶다.

상해로 여행을 떠났다. 심천 등을 다녀온 지 10여 년이 지나서였다. 상해는 어려서부터 임시정부와 독립투사의 이름과 더불어 무수히 들어온 도시였다. 남북분단 이전까지는 조상들이 가고 싶으면 갈 수 있는 곳 아니었겠는가? 그러나 필자의 세대는 멀게만 느끼며 살아온 도시였다. 등소평의 개방개혁 이후 유명한 '상하이 방'들의 주도하에 상해는 엄청나게 발전되었다. 상해의 이름에서 암시하듯 바다 위의 도시였다. 즉 지하에 무엇을 건설할 수 없었다. 지하철이 없는 대신 지상철이 있었다. 도시 전체로 쭉쭉 뻗은 지상철을 보고 뉴욕 못지않게 발전한 것처럼 보였다. 당시 붉은 녹이 심하게 슬어있는 광대한 제철소가 보였는데 개방개혁 전 중국의 모습이었다. 몇 년 후 깨끗하게 정비된 것으로 알고 있다. 상해의 랜드마크는 동방명주탑이다. 황포강 변의 영국, 미국, 프랑스 등 서구 열강들의 조차지가 있던 쪽에서 강을 건너 바라보면 환상적인 야경을 제공하고 있다. 상해를 여행하면서 과거 심천에 들렀을 때 한국을 우러러보던 중국이 더이상 아님을 알 수 있었다. 한국과 비슷하거나 이미 넘어서고 있었다. 소주로 향했다. 고속도로 양옆으로는 농토와 농가 주택들이 끝없이 펼쳐져 있었다. 농가 주택은 주로 2층으로 구성되어 있었는데 1층은 가축을 기르고, 2층에서 사람들이 거주하였다. 도로가 높은 위치를 통과하고, 나무가 많지 않아서 넓은 들과 농촌을 훤히 바라볼 수 있었다. 과거 통신이 발달 되지 않았던 시절에 전쟁에 동원할 사람들에게 어떻게 연락을 취했을까 궁금했다. 그만큼 넓고 끝이 없었다. 물이 시원스럽게 흐르지는 않았던 것으로 기억되지만 소주는 운하의 도시였다. 소주 지역 갑부의 정원이라는 '유원'을 들러 구경하였다. 많은 나무와 수석들이 있었다. 수석이 질이 별로 좋지 않게 보였는데 중국에서 매우 귀한 것이라고 하였다. 다시 본다면 수석에 관한 필자의 안목이 쌓였으니 어떠할지 궁금하다. 이 지역 최고봉으로 200~300m 높이의 '호구'라는 산이 있었다. 드넓은 평지로만 되어있는 지역이기에 높지 않는 산이라도 유용성이 매우 클듯하다. 필자 일행은 걸어서 산을 넘기도 하였다. 항저우로 갔다. 항저우의 대표 관광지는 서호였다. 중국 10대 명승지에 드는 인공호수였고 중국 4대 미녀 중 한 명인 서시처럼 아름답다고 해서 붙여진 이름이었다. 서호에서 조개에 진주를 끼워 양식하여 진주 보석을 채취·가공해 판매하는 가게에 들렀다. 진주목걸이 등 기념이 될 만한 것 몇 개를 샀다. 주인은 우리에게 설명을 해주면서 작은 진주는 모두 버렸다. 필자는 버린 진주들을 달라고 해서 기념으로 가져왔다.

북경에 갔다. 북경은 세계의 중심 중 하나가 아니겠는가? 북경

여행은 오래 전부터 소원이었는데 늦었다. 젊어서는 멀리 떨어져 있는 국가들을 구경하고 가까운 주변국들은 나이 들어 다닐 계획이었다. 그러나 북경만은 늦추기 싫었다. 인천공항에서 출발 준비를 마치고 기다렸는데 북경에 미세먼지가 많아 비행기 착륙이 불가능하다고 했다. 무작정 기다렸다. 몇 시간을 기다리고 있는데 북경대신 천진 공항으로 간다고 했다. 천진 공항에 무사히 도착했다. 미세먼지가 심했다. 그때까지만 해도 필자가 사는 동네에서는 미세먼지가 무엇인지도 모르고 살았다. 말로만 듣던 미세먼지를 직접 마시게 된 것이다. 천진발 북경행 고속도로도 미세먼지 농도가 높아 통제되었다고 했다. 열차를 타고 가야 한다고 했다. 열차를 타고 북경까지 갔다. 북경역 내려서 버스 운전사와 가이드 사이에 소통이 잘 안 되어 올라갔다 내려갔다 헤매다 겨우 고물 버스를 탔다. 북경 시내를 버스로 돌아다니는데 현대식 건물들이 즐비했다. 근거리 고층 건물은 보였지만 조금 떨어져 있는 건물은 희미해졌다. 징그러울 정도로 극심한 미세먼지였다. 천안문 광장에 왔다. 자금성 전방에 위치한 드넓은 광장으로 마오쩌둥 기념관, 인민대회당, 국가박물관 등으로 둘러싸여 있었다. 미세먼지 탓도 있었지만 끝이 보이지 않을 정도로 넓었다. 천안문의 모택동 초상화도 보였다. 중국 인민군 일부가 열과 각을 맞춰 멋지게 행진하고 있었다. 천안문 사태 때 가방을 든 민간인 한 명이 일렬로 밀려온 육중한 탱크를 막아섰던 천안문의 대로도 보였다. 대로를 넘어서니 천안문이었다. 드디어 천안문을 지나 자금성에 입성하였다. 현존하는 궁궐로는 세계 최대 규모라고 하였다. 명나라와 청나라 두 왕조가 이곳에서 중국을 통치했다. 우주의 중심인 자미원(紫微垣)에서 따와 황제가 거주하는 곳의 상징으로 '자(紫)' 자를, 황제 외에는 아무도 범접할 수 없다는 의미로 '금(禁)' 자를 사용해 '자금성(紫禁城)'이라 명명했다. 오문에 도착했다. 오문을 중심으로 둘러싸여 있는 성벽들이 엄청 높았다. 건축의 예술미는 없었지만 높고 큰 규모에 기가 살짝 죽었다. 재료는 석회를 이용해 만든 시멘트처럼 보였다. 태화전에 이르니 동양의 중심에 서있는 느낌이 들었다. 가슴이 쫙 펴지고 황제가 된 느낌이 들었다. 사진에서는 태화전이 엄청나게 큰 건물처럼 보였는데 막상 와서 보니 2층 목조 건물에 불과했다. 자세히 살펴보니 태화전을 받치고 있는 석조물들이 화려하고 멋있게 층층이 단을 이루고 있었다. 황제가 앉았을 용상이 보였다. 최고의 명당이겠지? 하는 생각이 들었다. 당연히 기념 사진을 남겼다. 태화전 뒤로 가니 수많은 건물이 보였다. 황제라도 저 많은 건물 속의 사람들을 통제하기 어려웠을 것이라는 생각이 들었다. 동선을 일직선으로 하여 계속 걸어 마지막 신무문으로 빠져나왔다. 신무문에서 조금 올라가면 낮은 산에 경산공원이 있었고, 높은 탑이 전망대처럼 보였다. 이곳을 올라갔어야 했다. 그러지 못하고 평지에서만 북경과 자금성을 보고 왔더니 무언가 답답함이 남았다. 이화원에 들렀다. 서태후의 별장이라고 하였디. 평지에 커다란 인공호수를 만들고 거기에서 퍼낸 흙으로 산을 만들었으니 대단했다. 한 노인이 긴 붓으로 길바닥에 먹물 대신 맹물을 이용하여 한자를 쓰고 있었다. 잠시 후 바로 지워지는 글씨였다. 천단으로 향했다. 천자가 하늘에 제를 올렸다는 곳으로 하늘을 본떠서 원형으로 만들었다고 하였다. 천단에 가는 길목의 공원에 수많은 노인이 하나같이 마작이나 포카를 하고 있었다. 옛 공산주의 시절을 살아온 사람들의 행태처럼 느껴졌다. 열심히 일하기보다는 이런 행위에 더 익숙해 있지 않나 하는 생각이 들었다. 만리장성을 찾았다. 달에서 유일하게 볼 수 있다는 인간이 만든 불가사의한 구조물이다. 인간의 힘으로 거대한 장성을 쌓았다는 점에 대해서는 대단함을 인정하지만 국방을 위해서는 효율적인 방법이 아니었을 것이라는 생각이 들었다. 만리장성도 역시 미세먼지 때문에 흐릿흐릿하게만 보였다. 내려오는 길목에서 거리의 서예가에게 빨간 종이에 쓴 붓글씨 '호(虎)'자를 사왔다. 무슨 체를 원하느냐고 묻길래 가장 자신 있는 글씨체로 써달라 했다. 비행기는 올 때도 북경에서 뜨지 않고 천진에서 떴다. 중국 여행은 나이 들어 쉬엄쉬엄 다니고 싶었는데 미세먼지 때문에 완전히 망쳤다. 상해를 다녀 온 지 10여 년이 지나 다시 북경을 갔다. 그런데 10여 년 전의 중국이 아니었다. 20여 년 전에 다녀온 심천의 중국은 더욱 아니었다. 중국은 한국을 추월하여 무시하는 단계에 이르러 있었다. 물론 불평등, 환경 등의 문제는 아직 개발도상국의 단계였지만 시간이 해결해 줄 문제라는 생각이 들었다.

열세 번째 여행은 태국으로 간다. 태국까지 비행기로 네 시간가량 걸렸던 것 같다. 장인 어르신 칠순 잔치를 기념하여 동남아로 가족 여행을 갔다. 일행은 장인과 장모님, 두 딸, 그리고 두 사위였다.

장인 어르신이 조금 경제적인 여유가 있는 분이었다. 그래서 명목은 자녀와 사위들이 두 분을 모시고 갔지만 실제 물주는 장인 어르신이었다. 태국은 불교의 나라로 '사우디캅.' '코쿤캅.'을 외치며 두 손을 합장하여 인사를 주고받았다. 그런데 합장하고 인사하는 모습만으로도 불교의 무소유를 연상시켜 모든 국민이 선량할 것으로 생각되었다. 방콕에 들러 먼저 왕궁을 구경하였다. 황금으로 만들어 놓은 왕궁의 지붕들은 화려하기 그지없었다. 그러나 값은 비싸게 보였지만 예술성 면에서 크게 점수를 주고 싶지 않았다. 당시 태국 왕은 국민의 신임이 두터워 존경을 한몸에 받고 있었다. 그만큼 말과 처신을 신중히 하고 백성들을 사랑하는 마음이 컸다고 했다. 그러나 사후 그 아들이 왕위를 물려받았는데 아버지의 수준을 따라가지 못하였다. 국민으로부터 인기도 낮았거니와 스캔들로 언론에 많이 노출되었다. 왕궁 구경을 마치고 정원에 들렀다. 수형이 잘 잡힌 나무들과 예쁜 수석들이 잘 전시되어 있었다. 일행들은 여유 있게 구경하며 사진도 많이 찍었다. 시간이 남았는지 자유시간을 많이 주었다. 휴양지 파타야로 갔다. 거리에는 수많은 관광객이 모여 난장판을 이루고 있었다. 처음으로 킥복싱을 하는 것을 직접 보았다. 다음 날 배를 타고 섬에 있는 해수욕장으로 더 들어갔다. 해수욕장에 도착하자마자 장인 어르신이 나무로 만들어진 선텐용 의자에 덜썩 주저앉으셨다. 그런데 의자가 힘없이 무너졌다. 손을 다치셨다. 다행히 큰 상처는 아니었다. 해수욕장에서 해수욕을 즐겼다. 한참 후 바다 안으로 들어가 놀이기구를 탔다. 배가 큰 풍선이 달린 긴 줄을 매고 달리면 풍선이 하늘 높이 솟아오르고, 사람은 큰 풍선에 안전하게 묶여 하늘을 나는 놀이기구였다. 떨어져도 바다로 떨어지고 구명조끼를 입었으니 위험하지는 않았다. 필자를 비롯해 젊은 사람들은 모두 탔다. 제일 맨몸으로 하늘을 날아보았던 것 같다. 문제는 장모님도 타겠다고 했다. 걱정이 되었다. 그런데 비행에 멋지게 성공하셨다. 파타야의 멋있는 해변에서 가족들이 함께 모여 즐거운 한때를 보내고 돌아왔다.

열네 번째는 덴마크로 여행을 떠난다. 프랑크푸르트 공항에 착륙한 후 버스로 국경을 넘어 덴마크 코펜하겐에 도착했다. 어릴 적 덴마크는 낙농업이 발달한 나라라고 배워 맛있는 우유를 많이 먹을 수 있을 것이라 생각했다. 당시 우리나라 학교에서 비교적 부유한 가정의 자녀들만 신청하여 우유를 먹던 시절이었다. 필자는 먹어보지 않았지만 하얗고 깨끗한 우유가 너무 맛있어 보였다. 코펜하겐에서 첫눈에 띄는 것은 수많은 자전거와 잘 뻗은 자전거 도로였다. 자전거 도로에서는 사람보다 자전거가 우선이었고, 자전거와 사람이 충돌하면 사람이 책임을 졌다. 그처럼 친환경적인 자전거를 도입하여 차 없는 거리를 만드는 데 심혈을 기울이고 있었다. 코펜하겐에서 유람선을 타고 바다로 나갔다. 여기저기 바닷가에 최신식 건물들이 아름답게 줄지어 있었다. 건물들이 높다는 생각은 들지 않았지만 정말로 깨끗하고 세련되어 보였다. 물과 어우러진 현대식 건물들이 낙원처럼 느껴졌다. 모든 의료비가 무료였고, 주치의 제도가 운영되고 있었다. 개인의 건강을 관리해 줄 의사까지 있다니 부러울 일이었다.

그러나 의료 서비스를 쉽게 받을 수 없고, 응급 시 주치의의 소견서가 있어야 대형 병원으로 갈 수 있다니 단점도 있었다. 돈 많은 사람은 세금 많이 내는 것을 명예로 생각한다고 하였다. 젊은 사람들은 힘든 일을 하지 않고 실업수당을 받고 있어 청년실업이 늘어나는 고민도 있었다. 저녁 7~8시가 되면 업무를 완료하고 있었다. 6·25 전쟁 때 우리나라에 의료진을 파견하였고, 휴전 후에도 한국에 남아 국립의료원 설립을 도왔다고 했다. 국회의원은 명예직이고, 보좌관도 없으며, 45세 이하 젊은 사람들이 50% 이상을 차지하고 있다. 우리나라도 지방자치가 도입될 당시에 지방의회 의원들은 무보수 명예직이었다. 그런데 정치인들이 모두 자기 이익을 위해 유료화해서 오늘이 이르고 있다. 우리나라도 지방의회 의원뿐 아니라 국회의원도 덴마크처럼 되었으면 좋겠다는 생각이 들었다.

열다섯 번째는 노르웨이를 여행하도록 한다. 덴마크 코펜하겐에서 크루즈선 'DFDC'를 타고 1박을 하며 열일곱 시간에 걸쳐 노르웨이 오슬로로 이동했다. 긴 시간이 걸렸다. 그러나 크루즈선을 타는 것 자체가 또한 여행이었다. 오슬로에 도착했다. 육중한 바위와 풍부한 물이 필자의 취향과 맞아떨어진 덕분이었을까? 노르웨이는 세계를 돌아다니며 지금껏 보아온 자연환경 중 가장 아름다웠다. 전 국토를 덮은 거대한 산들은 하나의 단단한 화강암 덩어리로 이루어져 있었으며, 피요르드가 발달되어 바닷물이 내륙 깊숙이 파고들어 있었다. 덕분에 전국토가 국립공원이다시피 하였다. 암석으로 이루어진 지질적 특성상 고속도로를 건설하기도 힘들었다. 예로부터 단단한 암석을 뚫어 길을 냈고, 때로는 거대한 암석 속에서 로터리를 만들어 두 갈래 터널길로 이어가고 있었다. 터널의 천정과 양 벽은 무너질 염려가 없으므로 파인 돌을 그대로 두었다. 오히려 관광 상품으로서 가치가 있는듯했다. 라르달 터널은 그동안 세계에서 가장 긴 터널 타이틀을 보유하고 있다가 몇 년 전에 스위스에 넘겨주었다고 했다. 거대한 암석산 여기저기에 많은 빙하가 덮여있고, 그 사이로 어렵게 나 있는 고갯길을 넘어 툰두라지대를 구경하며 지나가는 순간은 인생 최대의 행복 중 하나였다. 오따에서 게이랑게르로 넘어가는 가파른 고갯길, 베르겐에서 게일로로 넘어오는 1,180m 높이의 고갯길은 툰두라지대였다. 다행히 여름이라 고갯길 정상의 드넓은 평원에 녹색 이끼들이 아름다운 빛을 발하고 있었고, 빙하에서 흘러 모인 맑은 호수가 끝없이 펼쳐지니 황홀경이 따로 없었다. 여름 3개월만 제외하고 눈이 내려 20m까지도 쌓여 통제된다고 하니 우리 일행은 행운이었다. 고개로 오르는 길에 유럽에서 가장 높다는 뵈링 폭포를 구경하면서 차를 한잔 마셨다. 노르웨이는 과거 이웃 나라인 덴마크와 스웨덴의 지배를 받은 가난하고 힘없는 나라였다. 온 국토가 암석과 툰드라지대로 경작지가 3%에 불과하다니 당연한 결과였다. 그런데 현재 1인당 GDP 세계 3위로 부상하였다. 부자 나라가 된 결정적 계기가 궁금했다. 대구를 비롯한 수산자원, 풍부한 수력전기, 낙농업 등도 있지만 결정적인 것은 북해도에서 쏟아진 원유였다. 우리나라보다 소득이 높은 대신 물가가 3~4배 비쌌고, 인건비는 높았으나 생필품값은

쌌다. 시급 25,000원의 나라로 노동자의 권한이 경영자와 1:1로 대등하였다. 주치의의 월급은 800만 원~1,000만 원 정도 되었는데 인도나 아프리카 등 영어권 의사들이 많이 채용되고 있었다. 돈을 벌어도 세금을 많이 내니까 남는 게 별로 없었기 때문에 선호도가 떨어진 것이었다. 국민은 힘든 일을 하지 않으려 하고, 어려운 문제를 스스로 해결해 본 적이 없다. 국가에서 다 해주기 때문이었다. 북유럽 국가들은 사회주의 국가임에 틀림이 없었다. 러시아 혁명 후 공산주의 사상이 전파될 것이 두려워 왕과 지배계층의 자본가들이 미리 노동자들의 요구를 들어준 결과였다. 북유럽에는 백야와 흑야(극야)가 있었다. 백야에는 두꺼운 커튼을 치고 자면 문제가 없었지만, 흑야에는 갈 곳이 없으니 직장 일과 공부를 더 많이 한다고 했다. 국민은 흑야가 되면 독서를 많이 하여 최소한 한 분야에 전문가 수준이 된다는 것이었다. 노벨 평화상이 수여되는 오슬로 시청, 뭉크의 박물관, 북극을 정복한 난센과 남극을 정복한 아문센의 출신국, 그리그의 '솔베이지의 노래'가 유명한 나라였다. 원래 수도는 베르겐이었는데 1년 중 260일 정도 비가 와서 왕이 비 때문에 못 살겠다고 오슬로로 옮겼다고 하였다. 아름다운 툰드라지대의 황홀한 고개를 넘으며 「솔베이지의 노래」와 「넬라판타지아」 등의 노래를 틀어주며 해설까지 곁들여 준 음악 전공 가이드 아가씨가 여행의 품격을 더욱 높여주었다.

열여섯 번째 여행으로 스웨덴을 언급하고자 한다. 오슬로에서 버스를 타고 스웨덴 수도 스톡홀름으로 이동했다. 스톡(통나무)+홀름

(섬)이었다. 스웨덴 하면 노벨상의 나라이다. 스톡홀름 시청에서는 매년 12월 10일 노벨상이 시상되고 있다. 시청 1층에서 시상식을 하고, 2층에 황금의 방에서 만찬회가 열린다. 황금의 방으로 올라가는 대리석 계단은 귀빈들이 드레스, 바지, 치마 등을 입고 가장 우아하게 오르내릴 수 있도록 수십 번의 테스트를 거쳐 높이와 너비를 정했다고 하였다. 노벨상은 모두 이곳 스톡홀름 시청에서 시상되는데 평화상만큼은 이미 다녀온 노르웨이 시청에서 시상되고 있었다. 노르웨이 침략에 동참한 적이 있는 스웨덴 출신의 노벨이 평화상은 노르웨이에서 수여해 달라는 뜻을 남겼다고 했다. 시청사 2층 황금의 방 옆에 있는 의회 회의실의 책상과 의자 등은 100년을 사용하고 있었다. 새것보다 오히려 윤기가 났고 품격이 느껴졌다. 새것만 추구하는 우리에게 일침을 가하는 느낌이 들었다. 달라호스는 이곳에서 유명한 기념품이었다. 달라나 지방에서 만든 나무 조각 말이었는데 과거 전쟁터로 나갔던 남자들이 가슴에 안고 출전했다고 하였다. 현재는 사랑, 결혼, 집들이 등에 선물한다고 하였다. 스웨덴은 노벨의 후손들로서 세계 최초 발명품이 많은 나라였다. 한림원 건물 앞에서 Timothy Atkins라는 거리의 화가가 그린 스톡홀름 전경 그림을 구입하고 기념사진을 함께 찍었다. 바사 박물관에서 과거 왕실의 전함을 구경하였는데 화려함의 극치를 이루고 있었다. 그러나 귀족 등 백여 명을 태우고 기념으로 출항했다가 침몰하여 쉰여 명이 죽었다 한다. 330여 년간 바닷속에 있는 것을 인양하여 18년 동안 기름칠을 하여 부식을 방지시키고 현재 전시하고 있었다.

열일곱 번째로 핀란드를 여행한다. 스웨덴 스톡홀름에서 크루즈선 '실리야 라인'을 타고 발트해를 건너 핀란드의 수도 헬싱키에 도착했다. 실리야 라인은 고급스러운 크루즈선으로 아웃사이드에 방이 잡혀 바다를 구경하면서 이동하였다. 아내는 방에서도 바다가 보이니 멋있다고 좋아하였다. 배에 쇼핑센터는 물론 많은 유흥시설과 편의시설이 갖추어져 있었다. 배에서 1박을 하면서 헬싱키에 도착했다. 핀란드는 650년간 스웨덴의 지배를 받아오다 다시 108년 동안 러시아의 지배를 받으며 핀란드 공국으로 지내왔다. 가난하기 그지없던 핀란드가 부국이 된 계기가 궁금했다. 핀란드는 러시아 공국으로 지배당할 때 두 번의 전쟁을 일으켜 패배하였다. 패전 책임으로 국토의 10%를 러시아에 이양하고, 러시아에서 사용된 금속기계 물자를 만들어 전쟁 배상금으로 갚아나가야 했다. 전쟁 배상금을 모두 갚은 나라는 핀란드 외에 세계 역사상 없다고 하였다. 러시아는 크게 만족하며 핀란드를 믿게 되었고, 공장을 더 짓도록 도와주며 다른 많은 물자도 생산해 공급하도록 요청했다. 이를 기초로 공업 기반 시설을 갖추게 되어 경제를 크게 일으킬 수 있었다 하였다. 1917년 러시아 혁명 이후 좌·우 대립의 내전이 있었지만 공산주의를 막고 자본주의 길을 가게 되었다. 당시 공산주의의 길을 택했던 발트 3국과는 대조적이었다. 핀란드는 엄청나게 평등한 나라였다. 그러나 잘 사는 사람은 대대손손 잘살고 있었고, 자신들의 부를 감추며 살아가고 있었다. 부자나 자기 자랑을 하는 사람에 대한 왕따가 무서운 나라였기 때문이었다. 복지정책의 단점일까? 일해도 세금 내면 실업수당 타고 노는 것과 차이 없다고 하였다. 여성들이 의원과 장관의 각각 50% 넘고 현재는 젊은 여성이 총리를 맡고 있다. 헬싱키의 중심거리는 원로원이었고, 헬싱키 대성당, 수상 집무실, 헬싱키 대학 등으로 둘러싸여 있었다.

열여덟 번째 여행은 러시아로 다녀온다. 헬싱키에서 러시아 상트페테르부르크로 고속열차 '알레그로'를 타고 이동한다. 이동하는 내내 곧게 뻗은 적송 같은 소나무와 자작나무가 차창을 스쳐 지나갔다. 숲속에는 집들이 많았다. 국토가 넓은 러시아 사람들은 대부분 산림에 별장을 가지고 있다고 했다. 상트페테르부르크에 도착했다. 러시아 수도는 원래 모스크바였다가 상트페테르부르크로 되었다가 다시 모스크바로 바뀌었다. 상트(聖)+페테르(피터, 표도르)+부르크(城)는 성스러운 피터 대제가 살았던 성이라는 뜻이었다. 러시아에는 한 명의 대제와 한 명의 여제가 있었는데 피터 대제이고, 에카테리나 여제였다. 피터 대제는 스웨덴 땅이었던 네바강 유역을 빼앗아 암스테르담과 닮은 계획도시를 만들어 모스크바에 있던 수도를 옮겨왔다. 계획도시의 도로는 삼지창 모양으로 만들고 운하를 건설하여 뱃길을 연결하였다. 바로 상트페테르부르크였다. 도로와 뱃길의 양쪽 옆 건물들은 300년이 지난 지금까지도 감탄을 자아내게 하였다. 구 시가지의 80% 이상이 UNESCO 세계유산으로 등록되어 있다고 하였다. 건물의 외양은 주인도 고칠 수 없고, 대신 실내 장식을 화려하게 해놓고 살아간다고 했다. 러시아 혁명 이후 귀족들을 위한 도시라는 이유로 파괴당하고 수도를 다시 모스크바에 빼앗겼다. 이름도 레닌그라드로 바뀌었다가 소련 해체 후 다시 원상으로 복원되었다. 상트페테르부르크의 여름 궁전은 황금빛 조각품이 가득한 분수대가 일품이었고, 베르사유 궁전을 본떠 만들었다는 정원은 보기에도 시원하였으며, 비록 일부만 돌고 왔지만 베르사유 정원의 답사를 대신하는 만족감을 얻을 수 있었다. 여름 궁전은 여름 3개월 동안에 사용하는 궁전이었다. 상트페테르부르크 운하의 유람선 관람도 시원한 수로를 따라 도시의 상징적 장소들을 구경할 수 있어 재미있었다. 출발 시 다리 위에서 손을 흔들던 어린 학생이 다음 다리에서 또 나타났다. 출발지부터 도착지까지 유람선을 따라 계속 달리면서 다리마다 서서 손을 흔들어 주었다. 아르바이트 중이라 하였다. 도착지에서 1달러씩 모두 주고 내렸다. 참 재미있는 아르바이트 같았다. 성이삭 성당. 피의 사원. 카잔 성당 등을 들렀다. 가장 러시아다운 건물이라는 피의 사원에는 러시아의 몽마르트가 자리하고 있었다. 수많은 거리의 화가들이 직접 그림을 그리고 또 판매하고 있었다. 그림 한 점을 사고 싶었는데 지갑을 버스에 두고 왔다. 소매치기가 많으니 소지품을 모두 차에 두고 내리라는 가이드의 조언에 따라 지갑을 놔두고 왔던 것이다. 관람을 마치고 가이드는 소매치기를 당하지 않는 자기만의 비법인 양 자랑스러워했다. 필자는 그림을 구입하지 못한 아쉬움을 달래야 했다. 아내는 야간에 마린스키 극장에 가서 러시아 발레를 구경하고 왔다. 필자는 숙소에서 쉬고 있었는데 지금은 조금 후회를 하고 있다. 다음은 기대하는 겨울 궁전(에르미타주 박물관)

이었다. 에르미타주는 비밀스러운 장소라는 뜻이었다. 에카테리나 여제가 사재를 털어 구입한 모든 소장품을 혼자 비밀스럽게 감상한 것에서 유래한 박물관 겸 미술관이었다. 영국이나 프랑스 박물관의 소장품이 침략전쟁에서 빼앗아 온 것들임과 대조가 되었다. 지금도 에카테리나 여제가 가장 좋아했다고 하는 황금 공작새 시계는 태엽을 감으면 시간을 알리는 종소리를 내고 있었다. 화이트 룸, 황금의 방, 프랑스 방, 스페인 방, 표토로 대제 집무실, 바로크 미술품, 로코코 미술품 등 다양한 소장품들을 일일이 살펴보고, 기념사진까지 빠지지 않고 찍었다. 아! 행복감이 밀려왔다. 이로써 세계에서 가장 아름답다는 미술품들을 모두 관람하게 되었다. 누군지 모르지만 한없는 감사의 마음이 들었다. 러시아에는 아직도 공산당 세력이 10% 정도 존재한다고 했다. 그들은 공산주의 시대를 그리워한다고 했다. 경쟁하지 않아도 되는 삶. 매일 여덟 시간만 노동하는 삶, 순번만 되면 무엇이든 주어지는 배급, 마지막 물건까지 주인이 있어 나눠 주던 시절이었기 때문이었다. 모스크바에 도착했다. 어릴 적 말만 들어도 무시무시했던 소련(소비에트연합)의 수도였다. 그중에서도 핵심인 크레믈린 궁전을 들렀다. 성벽으로 높게 둘러싸인 크레믈린 궁전은 현재도 대통령이 집무를 보고 있었다. 입장 후 대통령 집무실 근처까지 지나다니며 구경할 수 있었다. 이곳도 사람이 사는 곳이었다. 아니 소련이 해체되어 자본주의 국가로 변해있었다. 크레믈린 궁전 내에 커다란 성당이 네 개나 있는 것이 이색적이었다. 종교를 탄압했던 공산주의 종주국의 핵심 공간에 성당이라? 얼른 이해가 가지 않았다. 현재 러시아 국교인 정교회 신도의 비율이 약 70%라고 하였다. 종교를 탄압했던 시기에도 국민은 종교를 끊임없이 믿었던 것 같았다. 크레믈린 궁전에서 문 하나를 빠져나오니 바로 붉은 광장이었다. 붉은 광장은 크레믈린 궁전의 성벽, 바실리 성당, 굼 국립백화점, 전쟁기념관 등으로 둘러싸여 있었다. 광장 바닥은 작은 사각형 돌로 포장되어 있어 고풍스러웠지만 고르지 않아 불편한 점이 있었다. TV에서 자주 보았던 낯익은 공간이었다. 주위의 건물들이 커서 그런가? TV를 보면서 생각했던 것보다 훨씬 좁게 느껴졌다. 한때 세계를 주름잡았던 양대 축중의 하나였으니 꼭 한번 가보고 싶은 곳이었다. 감회가 새로웠다. 러시아는 공산주의에서 자유주의와 자본주의로 전환된 지 얼마 되지 않아 경제적으로 느리게 굴러가는 나라였다. 아직 수동 변속기, 손으로 돌려서 작동하는 창문의 승용차가 많았다. A/S 및 가성비의 개념이 확고하지 못하였다. 학비는 물론 의료비가 무료였다. 그런데 의료 서비스는 우리나라 시골 보건소 수준이라 하였다. 사립병원 수는 20% 정도였고 유료인데 이곳을 이용해야 서비스를 잘 받을 수 있다고 하였다. 빈부격차가 매우 심한 편이었고, 세계적인 부호들도 많은 나라였다. 취업난이 없고 대졸 취업자 임금이 원화 70만 원 정도 되었다. 수많은 전쟁을 겪었기 때문에 다산을 상징하는 마트료시카가 기념품으로 유명하였다. 모스크바강 건너에서 붉은 광장쪽을 바라보며 구도를 잡고 크레믈린 궁전, 바실리 성당, 전쟁기념관 등이 그려진 그림을 하나 구입하고 러시아를 떠나 귀국행 비행기에 올랐다.

교직 생활 I (수학 선생님 29년 6개월)

1986년 9월 1일 필자의 평생직장인 교직 발령을 받는다. "구례 군교육청 교육장이 지정하는 학교의 근무를 명함"이 발령장의 내용이었다. 필자는 동년 군대 제대 후 고향 마을의 한 제각에서 군 복무 시절에 이어 밤을 새우며 법학 공부를 하던 중이었다. 발령을 받고 기쁨보다 진로에 대한 고민이 생겼다. 6개월만 늦게 발령이 났으면 좋았을 텐데 하는 생각도 들었다. 교직으로 갈 것인가? 법조계로 갈 것인가? 밤을 새워 공부해도 재미있었으니 법학 공부가 적성에 맞은듯했다. 몇 년 공부하면 원하는 시험에 충분히 합격할 자신도 있었다. 그러나 필자의 선택을 어렵게 한 것이 있었으니 경제적인 문제였다. 아버님 돌아가신 후 10여 년 동안 어머님 홀로 농사를 지어 자식들 뒷바라지를 하셨으니 가정 형편이 이루 말할 수 없었다. 하루라도 빨리 돈을 벌어야만 했다. 선택을 고민하는 것마저도 필자에게는 과분한 사치일 수 있었다. 결론을 내렸다. 학교에 근무하면서 시간 나는 대로 법학 공부를 하자. 드디어 구례로 가기로 결정을 했다. 큰형님 내외분이 기념으로 선물해 준 필자 소유의 첫 양복을 입고 구례로 출발했다. 보성에서 순천까지는 낯설지 않은 길이었고, 순천에서 구례로 가는 데 험한 고갯길을 넘었다. 소련재(송치)임은 나중에야 알았다. 구례가 지리산 아래 산골짜기라더니 정말 이렇게 산과 골짜기만 있는 곳인가? 걱정이 앞섰다. 험하고 구불구불한 고개를 넘어 한참을 지나니 야산 중턱에 학교 하나가 보였다. 북향의 누릿한 한일(一) 자 형태의 건물에서 멋이라고는 찾아볼 수 없다. 저 학교에서 근무하라고 하면 어쩌지? 월전중학교임은 나중에 알았다. 버스기사님이 정차하더니 "괴목에서 내릴 손님 내리세요." 하였다. 다행히 구례가 아닌 것 같다. 괴목? 동네 이름치곤 참 괴상스럽다고 생각했다. 버스로 한참 달리니 전방에 제법 깨끗한 동네가 보였다. 여기가 구례일까? 오른쪽을 보니 또 초라한 학교가 보였다. 한숨만 나왔다. 황전면 비룡초등학교임을 나중에 알았다. 조금 더 달리니 좌측에 커다란 기와집이 보였다. 정면에 '구례구역'이라는 간판이 보였다. 여기가 분명히 구례구나 생각하고 답답한 마음으로 내릴 준비를 하려는데 버스가 쉬지 않고 지나가 버렸다. 안도의 한숨이 나왔다. 구례구가 구례와 다름은 나중에야 알았다. 구례구는 승주(순천)에 소재한 지역으로 구례 입구라는 뜻의 명칭이었다. 버스가 구례구역 앞에서 방향을 틀어 섬진강 다리를 건너고 5분 여를 더 달리니 시야가 확 트였다. 멀리 보이는 산이 지리산 노고단이요, 지리산 자락과 섬진강 지류들이 넓은 들판을 만들고 있었다. 차창 밖 왼쪽을 보니 하얀색 학교 건물과 넓은 운동장이 보이고 또 붉은 벽돌을 사용한 최신식 학교 건물도 보였다. 넓은 정원과 실내체육관도 보였다. 저곳에서 근무하라면 할 수 있을 것 같다는 생각이 들었다. 하얀색 건물은 구례농업고등학교, 붉은 벽돌 건물은 구례중학교임은 잠시 후에 알았다. 버스가 구례 시외버스터미널에 도착했다.

구례교육청으로 향했다. 구례교육청에 도착하여 직원들이 안내한 교육과장실로 가서 대기하고 있었다. 대학 동기 한 명이 바로 뒤따라 들어왔다. 구례로 함께 신규 발령을 받은 친구였다. 우리는 교육과장 앞에서 '공무원 선서'를 마치고 학교를 지명받았다. 교육과장은 필자를 구례중학교로, 친구를 구례동중학교로 발령을 냈다. 방금 전에 버스를 타고 오면서 본 붉은 벽돌 건물의 학교가 구례중학교라고 하였다. 정말 다행이었다. 중학교 2학년 때 수학여행을 구례 화엄사로 온 적이 있지만 읍내쪽은 전혀 기억이 없었다. 지리산쪽에서만 움직였다. 화엄사를 관람하고 다음 날은 전 학생들이 화엄사에서 노고단까지 등반하였다. 하산길은 천은사로 내려오는 비포장 군사도로를 택했다. 구불구불한 황토길의 목마른 하산은 멀고도 힘들었다. 지금은 포장이 된 천은사-성삼재의 '노고단로'를 따라 하산한 것이다. 곰곰이 기억을 되살리니 퍼즐이 연결되어 갔다. 순천에서 열차를 타고 갔을 때 기차는 굴로 들어가는데 산 위로 도로가 보였는데 그것이 소련재였던 것이다. 전교생이 기차를 기다리며 구례구의 섬진강에서 목욕을 했으며, 버스를 타고 플라타너스 가로수를 보면서 화엄사로 들어가고 나왔던 것이다. 그러나 당시 버스 안에서 시야가 막혀서인지 구례가 넓었다는 기억은 전혀 없다. 구례중학교에 도착했다. 맨 먼저 행정실 직원이 나와서 반갑게 맞이해 주었다. 교무실로 갔더니 많은 선생님이 반겨주었고 교감 선생님과 교장 선생님에게 인사를 마치고 기나긴 교직 인생을 시작하였다.

첫 번째 근무지는 구례중학교이다. 구례중학교에서 시작한 교직 생활은 전공인 수학을 가르치는 일과 생활지도 그리고 행정업무를 배우는 것이 주였다. 중학생들 수준에 맞춰 가르치기 위한 'Teaching Method'를 터득하는 것이 중요한 것 같았다. 새로운 것에 대한 지적 호기심이 유난히 강했던 필자는 과거로 회귀하여 중학교 수학을 다시 가르친다는 것이 흥미로운 일은 아니었다. 대부분의 직장생활이 그런 것이라는 것을 알기까지는 한참이 걸렸다. 행정업무는 많은 선배님이 도움을 주었고, 특히 봉○○ 선생님을 멘토로 모시고 모든 것을 배우다시피 했다. 평생 감사드리며 살고 있다. 다음에는 봉○○ 선생님 부부가 필자의 아들과 딸의 천주교 대부님과 대모님을 서주기도 하였다. 발령받은 첫날 밤 하숙집에서 책상을 정리한 채 법학 공부를 하고 있었다. 선배 안○○ 선생님이 찾아와 문을 살짝 열더니 깜짝 놀랐다. "무슨 공부를 그렇게 열심히 하는가?" 물었다. 그냥 머뭇거렸다. "오늘은 첫날인데 환영식 해줄 테니 함께 나가자."고 하였다. 맥주를 조금 먹었는데 모두 반납(?)을 한 기억이 있다. 당시 학교 선생님들은 30대 전후반이 주를 이루었고 승용차가 보급되기 전이라 대부분 읍내에서 살았다. 선생님들은 밤마다 모여 즐거운 시간을 보냈다. 필자는 공부를 계속하려고 마음을 먹었지만 함께 어울리지 않을 수 없었다. 법학 공부는 시간 나는 대로 틈틈이 하였는데 문제는 진도가 문자 그대로 슬로우였다. 그러다 결혼을 하게 되었고 법조계에 계시는 처숙부님께 교직을 그만두고 본격적으로 법학 공부를 계속하면 어떨까하고 의논을 드렸다. 처숙부님은 "선생님이란 직업이 얼마나 깨끗하고 좋으냐? 법조계는 안에서 보면 좋지 않은 점이 많단다." 당시 법조계는 그랬나 보다. 아니 그럴 가능성이 높은 시대임에는 틀림이 없었다. "네가 법대를 나왔으면 한번 도전을 해보라고 하겠는데 사대 나왔으니 선생님 하는 걸 권하고 싶다." 하셨다. 필자도 결혼을 했으니 가정을 책임져야 할 것 아닌가? 순순히 받아들일 수밖에 없었다. 이후 6법전서 중 조금 남은 부분을 독파한 후 교육학으로 관심을 돌려 공부를 계속하였다. 순천에서 통근하면서부터는 방송통신대 교육학 테이프를 구입하여 날마다 듣고 다녔다. 교육학을 심도있게 공부함으로써 교직 생활을 풍요롭게 할 수 있을 것이고, 특히 직장생활을 하면서도 편하게 공부가 가능할 것으로 보았기 때문이었다. 그러나 무엇보다 중단할 수 없는 공부에 대한 열정을 교육학으로 대체했는지도 모르겠다.

구례중학교에서 근무한 초임시절은 필자 인생의 황금기였다. 인생 최초로 제자들을 두게 되었으니 무엇에 빗댈 수 있으랴! 한 명도 빠짐없이 모두 노래를 불러 수업을 한 시간 쉬었던 학급 학생들, 소풍 때 학부형들이 준비해 온 두릅과 낙지의 환상적 조합과 매실주 한잔, 처녀·총각들만 참가가 가능한 처총회의 매일 반복된 회식과 재미있는 이야기와 웃음, 빠른 날은 자정이요 보통은 새벽 2시요 늦은 날은 날을 샜던 선배님들과의 당구 게임 등은 잊을 수 없는 행복이었다. 담임을 맡았던 학급 학생들과 화엄사에서 계곡을 따라 노고단까지 등반한 적이 있었다. 어린 학생들이지만 필자보다 모두 잘 올라갔다. 중학교 수학여행 때 올랐던 코스를 두 번째로 사랑스러운 제자들과 함께 올라간 것이었다. 유명한 프로 씨름단 선수들도 옆에서 출발하였다. 천하장사 출신 황○○ 등 백두급 선수들은 우리와 비슷한 속도로 올라가는데, 한라급 이하 선수들은 험한 지리산 등반길을 달려나가고 있었다. 당시 프로 씨름의 인기가 대단했는데 겨울이 되면 씨름단이 구례에 와서 전지훈련을 하곤 하였다. 노고단에서 재미있는 추억을 남기고 내려올 때는 버스를 타고 왔다. 성삼재에서 구례로 버스가 왕복하여 다니던 시절이었다. 어느 날 체육대회가 열렸다. 운동장에 빨리 나온 학생들이 삼삼오오 넓이뛰기를 하고 있었다. 필자도 운동장으로 빨리 나왔는데 그들을 보고 뛰고 싶었다. 학생들에게 다가가 줄을 서서 뒤이어 뛰었다. "풕!~~, 윽!" 착지의 모래가 딱딱하였다. 갑자기 허리가 묵직해졌다. 한쪽 벤치로 옮겨 허리를 잡고 쉬고 있는데 한참 후 체육 선생님이 삽을 가져와 모래를 팠다. 하루종일 허리가 묵직하고 느낌이 좋지 않았다. 필자는 다음날부터 병원 치료를 받고 X레이상 이상이 없다는 의사의 말을 들었지만 허리는 여전히 개운치 않았고 이후 평생 꼬리뼈 부근에 불편함을 안고 살아야 했다. 초임인 구례중학교에 근무한 5년 6개월 시기는 활기차고 순수했던 시절로 교직 생활 중 가장 행복했던 시기였던 것 같다.

두 번째는 순천이수중학교에서 근무한다. 순천이수중학교는 순천의 중심 산인 봉화산 남쪽 수박등이라는 높은 지대에 위치하여 멀리 남쪽 바다까지 조망된 곳이다. 전망 좋은 곳을 좋아하던 필자는 학교가 마음에 들었다. 친목 모임인 '두물교육연구회'를 지금까지도 운영하고 있는데 당시 3학년을 함께 지도했던 선생님들의 모임이다. 3학년 담임은 모두 젊은 남교사들만 할 수 있었다. 모두 파이팅 넘치고, 의리 있고, 교육 열의가 충만한 사람들이었다. 당시 순천은 전국에서 고교평준화가 실시되지 않은 몇 안 되는 도시 중 하나였다. 순천 시내 인문계 고등학교 다섯 곳은 서열이 있었는데, 선생님들은 제자들을 한 단계라도 더 좋은 학교로 보내고자 정말로 열심히 공부시켰다. 학생들도 최선을 다했다. 학부모님들은 자녀 공부에 지원을 아끼지 않았다. 수학 교사였던 필자는 본 수업보다 보충수업을 더 많이 한 경우도 허다했다. 0교시 보충수업은 기본이고 오후에도 두세 시간의 보충수업을 매일 했다. 보충수업이 끝나면 밤 10시까지 자율학습을 시키고, 입시 철이 가까워지면 밤 11시까지 특별 지도를 해야 했다. 그래도 이때는 사교육 제로(Zero) 시대였다. 학교에서 교과 보충수업으로 학부모·학생들의 학습욕구를 모두 충족시켜 주었기 때문이었다. 당시 순천이수중학교 3학년 학생 중 단 한 명도 학원에 가지 않았다. 학부모님들은 돌아가며 맛있는 음식과 간단한 술을 준비해 오기도 했다. 선생님들은 학부모님들이 준비해 온 음식에 술 한잔씩 살짝 하면서 파이팅을 외치고 고단함을 달랬다. 밤늦은 시간에 퇴근하면 집이 아니라 나이트클럽으로 가서 술을 마시고, 밴드에게 오브레를 주고 무대에 올라 노래를 한 곡 멋있게 부르는 것이 최고의 멋이었다. 다음 날 0교시 보충수업시간이 되면 필자만 지각하여 헐레벌떡 달려왔다. 다른 선생님들은 벌써 도착하여 쩌렁쩌렁한 목소리로 수업을 진행하고 있었다. 다들 술이 덜 깨서 그런지 목소리도 더 크게 들렸다. 필자와는 도저히 맞지 않는 생활이었다. 이렇게 1년을 보내니 몸에 이상이 왔다. 이후 3년 동안 담임은 하지 않고 수업만 맡았는데 골골하며 지냈다. 신체적 이상이 아니라 심리적 스트레스가 주원인이었다. 병원에서 좋아하는 운동을 해보라고 권유했다. 평소 필자의 신체적 특성에 맞다고 생각한 검도를 하고 싶었다. 검도관을 물색했더니 다행히 순천에 있었다. 같은 학교에 근무한 김○○ 선생님이 검도 세계대회 은메달리스트인 줄을 미처 몰랐다. 10여 년의 검도 수련을 시작한 시점이었다. 이후 대부분 김○○ 선생님이 관장으로 있는 전남검도관에서 검도를 했다.

세 번째 학교는 순천연향중학교이다. 필자의 아파트에서 매우 가까운 거리에 위치해 있다. 덕분에 항상 자전거를 타고 다녔다. 당시 순천연향중학교는 전남에서 가장 학급·학생 수가 많은 신흥 학교였다. 학교 앞뒤로 고층아파트가 버티고 있었고, 양옆에 초등학교와 여성회관이 있는 답답한 공간이었다. 운동장은 전교생이 함께 모이기에 불편할 정도로 비좁았다. 현관 청소 담당은 묻혀 들인 운동장의 모래를 치우느라 매일 진땀을 빼야 했다. 한마디로 집에서 가까운 것 외에는 별로 마음에 드는 것이 없는 학교였다. 학급 담임을 맡았는데 학생들이 모두 착하고 예쁘기까지 했다. 필자의 교직 생활 중 남다른 복이 있었는데 담임을 맡을 때마다 좋은 학생들만 모인다는 점이었다. 이번에도 역시 마찬가지였다. 남·여학생들이 사이 좋게 협력하고, 공부도 열심히 하고, 학급 일에 솔선수범하였다. 그러나 아쉽게도 필자의 건강이 더욱 악화되었다. 결국 3개월 정도를 버티다 휴직을 해야 했다. 학급 학생들에게 그렇게 미안할 수가 없었다. 교직 인생 가운데 가장 미안한 마음을 갖고 있는 학생들이다. 그렇게 담임을 잘 따른 착하고 예쁜 학생들이었는데……. 6개월이 지나 복직을 하였다. 담임은 다시 맡지 못하고 수업시간에만 들어가 학생들과 재회하며 아쉬움을 달랬다. 필자의 아픔의 원인은 스트레스였다. 그렇게 한 해를 보내고 다음 해에 조○○ 선생님과 문○○ 선생님을 만나게 되었다. 덕을 갖추고 있지만 날마다 술과 함께 인생을 보내야 하는 유비 조○○ 형님, 술을 좋아하지 않고 학문을 열심히 닦아 논리를 중시하고 검도 등 운동 능력을 겸비한 관우 필자, 과거의 활약상을 밑천 삼아 작은 체구에도 불구하고 폭발력 있는 언어와 경험담들을 끝없이 구사하는 장비 문○○ 동생, 세 사람의 조합은 정말 환상적이었다. 세 명 중 한 명만 빠져도 조합이 흐트러졌다. 세 명이 모두 모이면 유머와 위트가 가히 촌철살인이었다. 연향중학교에서 맺은 소중한 인연들로 평생을 함께 한 삼총사이다. 이때 갑자기 필자에게 큰 문제가 생겼다. 맹장염이 근막증까지 번져 2개월 동안에 순천한국병원, 전남대병원, 서울대병원 등에서 11회의 수술을 한 시기도 이때였다. 엄청난 시련을 여름방학과 두 달간의 병가와 21일의 연가를 사용한 치료로 마무리하고 바로 학교에 복귀했다. 2차례의 죽음을 경험하고 온 것이었다. 연향중학교 근무를 시작할 때 순천에도 고교평준화가 실시되어 보충수업이 폐지되고 특기·적성교육이 도입되었다. 학생 건강권을 위해 0교시 수업도 해서는 안 되었다. 보충수업과 야간 자율학습을 해서도 안 되었다. 기존의 보충수업은 특기·적성교육으로 대체되었다. 순천 지역 중학교 3학년 담임의 역할에 변화가 생겼고, 중학교 3학년 담임은 남자라는 공식도 깨졌다. 대한민국 교육은 이때를 기점으로 또다시 사교육 천국으로 변하였다.

네 번째 근무지는 봉래중학교이다. 고흥군 봉래면 외나로도에 위치한 학교였다. 순천에서 8년을 근무한 후였다. "섬에 가면 물이 귀해 가뭄이오면 세수도 못하고 출근해야 한다.""그래도 걱정할 필요가 없다. 교직원들은 물론 학생들도 세수를 하지 않고 오기 때문이다.""빗물을 받아서 식수로 사용한다."먼저 섬에 다녀와 섬 근무 경력이 있는 동료들이 필자에게 한 이야기였다. 섬에 가기도 전에 질려버렸다. 봉래중학교로 함께 발령을 받은 조○○ 선생님과 함께 나로도로 가면서도 걱정이 태산이었다. 처음 보는 섬마을 나로도의 모습은 낮은 처마에 높은 담벼락으로 심란한 마음을 더 답답하게 하였다. 거기에 물까지 안 나온다니 막막했다. 다행히 고흥반

도, 내나로도, 외나로도를 잇는 연륙·연도교가 얼마 전에 개통되었
다 하였다. 몇 년 전까지만 해도 배를 타고 들어와야 했다고 하였다.
봉래중학교에 도착하여 최○○ 교장 선생님을 만났다. 필자의 인생
에서 손가락에 꼽을 수 있는 좋은 인연이 시작되었다. 관사를 지정
받고 제일 먼저 물을 틀어보았다. 콸콸 잘 흘러나왔다. "물 잘 나오
는데……!" 차츰 알고 보니 나로도는 물이 풍부할 뿐만 아니라 깨끗
하기까지 하였다. 조○○ 선생님과 함께 6개월간 같은 방에서 살았
다. 다음 날 아침 교무실에서 직원 조회가 있었고, 이어 전교생 운동
장 조회가 있었다. 운동장에 나갔는데 몇 명이 한 줄로 서있었다. 저
쪽에서 학생들이 몇 명 뛰어 내려오고 있었다. 학생들이 통 안 나왔
다고 생각하고 교무실로 다시 들어가갔다. 교장 선생님이 "왜 들어
오느냐?"라고 물었다. "학생들이 거의 안 나왔습니다. 교무실서 좀
기다리다 나오겠습니다." 했다. "곧 다 나올 테니까 같이 나가자." 하
였다. 함께 운동장으로 내려왔다. 그런데 두 줄로 늘어선 몇 명의 학
생들이 전교생이었다. 오늘은 개학식이니 2, 3학년 학생들만 있었고,
며칠 후 입학식을 치러야 1학년이 들어온다. 그때가 되어야 전교생이
세 줄이 되는 것이었다. 교장 선생님은 마이크까지 대고 열심히 훈
화 말씀을 하였다. 동네까지 떠들썩하였다. 웃음이 나왔다. 며칠 전
까지 천오백여 명이 넘는 학교에서 근무하다 전교생 스물여 명 앞에
있으니 자꾸 웃음이 나왔다. 이후로도 조회시간만 되면 홀로 웃음
을 참아야만 했다. 봉래중학교에 하루 근무를 하고나서 필자는 천
국이 따로 없음을 깨달았다. 수업 시수 적지요, 학생 수 적지요, 경

치는 좋지요, 먹거리는 자연산 회가 천지였다. 그러나 한 가지 수업 시간에 도시학교 선생님의 스타일을 버리고 소규모 학교 학생들에게 적응하는 데 6개월 이상이 걸려야 했다. 최○○ 교장 선생님은 필자와 외모는 물론 성격도 비슷하여 정말 편하고 즐겁게 모실 수 있었다. 전혀 불편함이 느껴지지 않았다. 매일 아침 일찍 일어나 끝없는 대화를 이어갔다. 동료들이 두 사람의 새벽조회에서 모든 것이 결정된다고 시기를 할 정도였다. 그러나 학교 얘기는 한 번도 한 적이 없었다. 최○○ 교장 선생님과의 만남은 필자에게 행운이었다. 필자의 건강이 회복되는 데 커다란 도움을 주셨으니 말이다. 교장 선생님과 헤어진 후에도 순천에서 자주 찾아뵙고 가끔 대접도 해드리면서 좋은 시간을 가지곤 하였다. 나로도 어판장의 싱싱한 활어와 아주머니들의 인심, 교원들을 대접해 주는 청년 및 주민들의 고마운 정서, 항구 앞바다의 장어낚시, 학부형들이 제공한 유람선 관광, 운영위원이 가져다준 초대형 농어, 송림에서 놀다가 그대로 들어갔다 나오면 목욕이 되는 나로도해수욕장, 심심할 때마가 오토바이 타고 가서 시간을 보내는 선착장과 천연자연림, 낙조와 석양이 일품인 염포자갈 해수욕장, 지금은 우주선 발사 기지가 들어서 통제되었지만 경치는 물론 최고의 낚시터였던 하당, 바다에서 직접 잡아 올린 해삼, 갯바위에서 채취한 최고급 미역, 최고의 편백림과 용송을 간직한 봉래산, 이 모든 것들은 나로도 생활의 행복을 제공하였고, 필자의 건강을 회복하는 데 큰 도움을 주었다. 봉래중학교에서는 2년밖에 근무하지 못했다. 필자를 따르고 좋아했던 어린 제자들이 아쉬워하던 모습이 지금도 눈에 선하다. 연륙·연도교가 개통됨으로써 승진에 결정적 작용을 하는 섬 부가 점수가 없어졌기 때문이었다. 제자들에게 미안한 마음은 지금까지도 여전하다. 그래도 1년은 섬 점수 없이 근무를 했다. "나로도는 울면서 들어와서 울면서 나간다는 섬."이라고 지역주민들이 말하였다. 필자도 울면서 들어와서 울 정도의 아쉬움을 안고 떠나왔다. 나로도에 제자들도 남기고, 아름다운 추억도 남기고, 건강도 회복하여 나왔으니 평생 잊지 못한 고마운 섬이었다.

다섯 번째는 금산중학교에서 근무한다. 고흥군 금산면이라는 거금도의 섬에 있는 학교이다. 승진 점수를 얻기 위해 찾아간 것이다. 순천에서 녹동까지는 승용차를 타고 가고, 녹동에서 금산까지는 배를 타고 30여 분 들어가야 했다. 지금은 녹동, 소록도, 금산을 잇는 거금대교가 건설되어 있지만 필자가 근무하던 시절에는 공사를 막 시작하는 단계였다. 이곳에서 고려대학교 교육대학원을 졸업하고 고흥군교총 회장에 선출되어 활동도 하였다. 금산은 나로도의 깊은 바닷물과 대비되게 낮고 탁한 편이었다. 간조 시에는 갯벌이 넓게 드러났다. 처음에는 시커먼 뻘밭의 모습에 실망을 했는데 이런 바다가 인간들에게 더 보탬이 된다는 것은 나중에야 알았다. 처음 본 금산중학교는 건물, 운동장, 스탠드 등이 구석기 시대 구조물 같았다. 전임교에서는 심야전기 난방시설이 들어와 따뜻하였는데 여기는 시베리아였다. 다행히 배○○ 교장 선생님이 전근을 와서 모두 새로 고치고, 실내 체육관까지 멋지게 지어 현대식 학교로 변모시켰다. 배○○

교장 선생님은 장성, 구례 교육장, 전남도의회 교육의원까지 역임하고 퇴직하였는데 현재까지도 필자와 만남을 가지며 가까운 관계를 유지하고 있다. 금산 지역은 교원들을 배려하는 분위기가 전혀 아니었다. 무조건 선후배 관계가 우선이었다. 필자의 스타일과 그다지 맞지 않는 편이었다. 금산중학교에서도 관사에서 살았는데 바로 옆에 커다란 양파밭이 있었다. 양파의 크기가 사람 머리만큼 하였다. 그런데 밭에 2/3 정도를 버리고 수확하지 않았다. 양파가 너무 커서 상품성이 없어서 버린 것인가? 이렇게 큰 양파를 본 적이 없었다. 누구든지 버려진 양파를 가져갈 수 있었다. 필자도 퇴근 후면 밭에 가서 양파를 수확하였다. 수확한 양파는 주말에 집에 가져가서 이웃과 나눠 먹기도 하였다. 그래도 남아 1년 동안 먹고자 관사 보일러실 창고에 보관도 하였다. 금산은 전국적으로 유명한 양파 주산지였다. 양파즙을 내는 가게에서는 양파를 주워다 주면 박스당 30,000원, 그냥 가면 박스당 40,000원을 받고 팔고 있었다. 날마다 양파를 주워 즙을 내서 친척들에게 한 박스씩 보냈다. 그리고 여름방학이 끝나고 보관해 두었던 양파를 먹으려고 보일러 창고에 들어가 보니 모두 썩어 물이 되어있었다. 양파는 보관성이 떨어져 쉽게 썩어버린다는 것을 그때야 알았다. 혼자 땀 흘리며 썩은 양파를 치우느라 고생 많았다. 다음에 알았지만 양파금이 싸면 유통업자들이 인건비도 나오지 않기 때문에 일부만 가져가고 나머지는 모두 버리고, 양파금이 비싸면 작은 양파까지 남김없이 다 파가고 없었다. 그래도 들판에 나가면 버린 양파는 매년 있어 가정용 양파즙 정도는 쉽게 내먹을 수 있었다. 3년을 근무하고 떠나온 이후에도 양파철이 되면 금산에 자주 놀러 간다. 그러나 첫해처럼 큰 양파는 볼 수 없었다. 그때는 그 양파들이 그렇게 질 좋은 것인 줄 몰랐었다. 양파가 너무 잘되어 그렇게 많이 버렸나 보다. 금산 생활에서 얻은 것 중 중요한 하나는 바다를 온전히 아는 것이었다. 바닷가에서 살려면 물때를 아는 것이 가장 기본이라는 사실도 깨달았다. 물이 나가는 시간에 무엇이든 채취해야 하고, 물이 들 때는 빨리 철수해야 했다. 고라금이라는 예쁜 이름의 해수욕장과 반지락, 배천마을의 해삼과 묵석, 금진항의 숭어낚시, 섬 전체에 널려 있어 손발만 놀리면 얻을 수 있는 양파, 소익금의 청각과 문양석, 청석마을의 고급스러운 녹색빛 수석, 적대봉 중턱의 한국난, 거금도 송광사로 가는 길목의 고사리와 산채 등은 1년 내내 섬 생활의 행복을 제공해 주었다. 개학하면 3월 한 달 바쁘게 학교 일을 하고, 4월부터는 일과 후 오토바이나 승용차를 타고 섬 전체를 돌아다녔다. 필자의 수석 사부이며 인품이 뛰어난 선배이신 안○○ 선생님과 사모님을 모시고 거의 날마다 수석을 하러 다녔다. 그러다 날씨가 차가워 정신을 차려 보면 어느새 10월 말이 되어있었다. 방○○ 회장을 비롯한 자모회 임원들과도 매우 친근하게 지냈다. 이렇게 살기를 3년이었다. 하루도 지루할 틈이 없었다. 그렇게 좋았던 금산도 섬은 섬이었다. 섬을 탈출하니 그렇게 홀가분했다. 바다로 육지와 막혀 고립된다는 것이 심리적으로 크게 답답하였나 보다. 그러나 이후 연륙교와 연도교로 육지와 연결되었으니 말년을 살아보고 싶은 섬이 되었다.

여섯 번째 학교는 고흥과역중학교이다. 순천 집까지는 30분 정도면 출·퇴근할 수 있는 거리였지만 전남대 박사과정을 밟고 있었기 때문에 공부하기 위해 관사에서 생활을 했다. 처음에 필자의 사정을 모르던 동료들이 가정에 문제가 있는 것 아니냐고 생각했다 한다. 이때도 공부를 정말로 열심히 했던 시기였다. 교육학은 물론이거니와 교육행정 실무 공부까지 날마다 자정을 넘기면서 했다. 관사에서 함께 살았던 이○○ 선생님이 공부를 정말로 열심히 한다고 감탄을 하기도 하였다. 과역중학교에서는 공부를 한 것 외에 자연과 함께하는 시간은 밋밋하였다. 일과 후에 잠시 바람 쐴 장소를 찾고자 오토바이를 타고 여기저기 돌아다녔지만 마땅한 곳이 없었다. 산도 있고 바다도 접하고 있지만 낮은 산에 모래나 뻘 등으로 특별한 재미가 없었다. 이때 고흥군교총 회장을 하면서 가장 활발하게 움직였던 시기였다. 또 일주일에 두 번씩 광주 전남대까지 오가며 공부하던 시기이기도 했다. 박사과정 중에 학교에서 걸어서 과역버스터미널, 버스 타고 남광주터미널, 택시 타고 전남대, 공부를 마치면 택시타고 광주광천버스터미널, 버스 타고 순천버스터미널, 택시 타고 집, 다음 날 아침에 택시 타고 순천터미널, 버스 타고 과역터미널, 그리고 과역터미널에서 걸어서 학교까지 가야 했다. 비용도 문제거니와 너무나 복잡하고 힘든 여정을 이어가야 했다. 순천에서 고흥으로 전근 간 후 5년 동안 줄곧 대중교통을 이용해 왔는데 승용차가 필요했다. 기아 소렌토를 구입하였다. 차를 구입한 후에도 처음에는 관사에서 살면서 공부를 했지만 한번 순천으로 출퇴근을 하니 관사가 싫어졌다. 점심은 학교 급식, 저녁은 도시락으로 해결하면서 공부를 계속하고 밤늦은 시간에 순천으로 넘어갔다. 과역중학교에 근무한 3년 간에 걸쳐 박사학위 과정을 마쳤다. 금산중학교에서 함께 근무했던 김○○ 교감 선생님께서 전화가 왔다. 필자가 근무하는 학교로 오고 싶다고 했다. 교감으로서 승진을 위한 근평을 잘 받기 위해 동일 군 내에서 이동해야 하고, 교통도 편리한 편이었지만 무엇보다 필자와 함께 근무하고 싶다는 얘기였다. 평교사가 교감 선생님을 보고 인사 이동을 하는 경우는 많이 있어도 교감 선생님이 평교사를 보고 인 사이동 하는 경우는 거의 없었다. 그만큼 우리 둘은 서로 맞았다. 방 학 때마다 박사과정을 밟는 바쁜 와중에도 승마를 배웠다. 학기 중 에는 계속 배울 수 없어 진도가 늦었지만 세월이 흐르다 보니 구보 도 할 수 있었다. 이후 외승을 하며 승마를 즐길 수준까지 되었다. 이후 신안군 임자도에 가서 말을 타고 대광해수욕장 해변 12km를 달리기도 하였다.

일곱 번째 근무지는 고흥여자중학교이다. 순수 여학교 근무는 처음이다. 여학생들을 어떻게 대할지 어색하다. 조금 지나니 곧 적응 됐다. 학급 담임을 맡았는데 역시 착하고 예쁜 학생들만 우리 반에 모여있었다. 이번에도 문제성 있는 학생은 한 명도 없었다. 역시 필자 의 학급 학생 복 불패 신화는 계속되었다. 환경정리 철이 되었다. 당 시만 해도 규격화된 판넬에 그림과 설명을 붙여놓은 방법이 환경정 리의 정석이었다. 그러나 필자는 환경판을 네 개의 공간으로 구분하고 각 공간을 채울 지원자를 모집했다. 지원자들이 상당수 나왔다. 필자는 학생들에게 필요한 재료들을 사주었다. 그들은 여태껏 학교에서 볼 수 없었던 창의적이고 아름다운 환경정리를 완성해 놓았다. 학생주도의 혁신적인 방법이었다. 교장 선생님은 마음에 안든 모양이었다. 그러나 필자에게는 현재까지도 가장 자랑스럽고 기억에 남는 환경정리였다. 우리 학급 학생들은 공부는 물론 무엇을 해도 최선을 다해 좋은 결과를 내는 반이었다. 행복한 1년이었다. 여학생들은 무엇이든 시키면 무리 지어 다녀오는 특징을 가지고 있음도 알게 되었다. 학급 담임을 하면서 얼마나 재미있었던지 다음 해에 학생부장을 맡기고 교무실로 내려오라는데 싫은 마음이 컸다. 학생부장을 하면서 매일 아침 교문 통에 서서 교칙을 위반한 학생, 지각한 학생들에게 운동장 1바퀴를 돌리는 벌을 내렸다. 요령을 피운 학생들에게는 1바퀴 추가였다. 얼굴이 익숙하다 못해 친근해진 학생들이 있었다. 걸린 학생들이 또 걸린 것이었다. 이 학생들만 잘 지도하여 행동을 변화시킨다면 더없이 좋은 학교가 될 텐데……. 아니었다. 이건 관념 속에서나 존재하는 이상이었다. 현실적으로는 이런 학생들이 없어질 수도 없고, 또 없어져서도 안 될 것 같았다. 드디어 이러한 사실이 입증되었다. 한해가 지나고 새 학기가 시작되어 다시 학생부장을 맡게 되었다. 금년에는 교칙을 위반한 학생들이 없는 학교를 만들고자 다짐하고 있었다. 그런데 '송아지파'라는 만만치 않은 학생들이 입학을 하였다. '송○○, ○아○, ○○지'라는 리더 세 명의 이름에서 따온 것이라했다. 전체 조직원이 열다섯 명 정도 되었으니 생활지도에 비상이 걸렸다. 교내에서는 조직원 분리를 통한 각개격파 작전을 썼더니 그나마 조용하였다. 그런데 교외에서는 함께 휩쓸고 다녔다. 송아지파들은 선배인 2, 3학년들에게 위압을 가하기도 하였다. 인상을 쓰고 거친 말을 퍼부으면 선배들도 꼼짝 못하고 당했다. 2, 3학년들이 학생부장인 필자를 찾아와서 일러바쳤다. 후배도 못 해본다고 놀림을 받기도 했지만 지도하겠다는 필자의 위안을 듣고 돌아갔다. 1년 동안 송아지파와 씨름을 하면서 고생도 많이 했다. 그러나 다행히 큰 사고는 없었고, 필자는 다른 학교로 무사히 전출을 가게 되었다. 고흥여중 근무를 마치던 시절에 필자는 박사학위를 수여받았다. 고흥과역중에서 박사과정을 수료한 후 고흥여중에서 3년간 박사학위 논문을 작성하였다. 논문작성 작업은 쉽지않는 과정이었다. 매일 학교에서 밤늦도록 논문을 쓰고 순천으로 넘어갔다. 당시 교장 선생님은 관사에서 살고 있었는데 필자와 함께 값싸고 맛있는 음식점을 순회하며 저녁 식사를 해결하였다. 교장 선생님은 매일 저녁 교무실서 컴퓨터 바둑을 두면서 시간을 보냈고 필자는 논문을 써댔다. 고흥여중에서는 2년간의 교육부 연구학교를 운영했다. 사실 필자도 교육부 연구학교를 보고 지원을 했었다. 교육부 연구학교 2년이면 승진에 결정적인 역할을 하는 점수를 받을 수 있기 때문이었다. 교장 선생님이 적극적으로 추진하여 교육부 연구학교를 유치하였으니 고마운 분이 아닐 수 없다.

여덟 번째는 고흥백양중학교에서 근무한다. 고흥군 내나로도에 있는 학교이다. 나로도에는 두 번째 근무였다. 나로도에는 봉래면과 동일면이 있는데 봉래면에는 봉래중학교, 동일면에는 백양중학교가 있다. "무슨 텐트를 쳐놓았는가?" "골프 텐트입니다. 일과 끝나면 할 일도 없어 지루할 것 같아 골프 연습이나 하려고 사왔습니다." "아니 저쪽에 가면 학교 골프장이 있는데." "네? 어디에요?" "저기 운동장 너머로 가봐. 좋게 지어놨어." 필자는 백양중학교로 전근을 가자마자 관사 마당에 골프용 텐트를 쳐놓았다. 이를 본 박○○ 교장 선생님이 다가와 필자와 나눈 대화 내용이었다. 곧바로 가서 확인해 보니 운동장 너머에 훌륭한 골프 연습장이 만들어져 있었다. 골프 연습장이 설치된 곳이 낮은 지대여서 얼른 보이지 않았던 것이다. 몇 해 전부터 방학 때 순천 골프 연습장에서 프로에게 레슨을 받았다. 어드레스 자세를 취하고 칠 번 아이언을 좌우로 좁게 흔들다 점점 폭을 넓혀가면서 공을 치는 것이 골프 레슨의 기본이었다. 그러다 마지막에 풀 스윙을 하는 것이다. 그런데 프로들은 쉽게 진도를 빼 주지 않았다. 방학 내내 레슨을 받아 겨우 절반 정도 스윙을 올리다 개학을 하면 멈춰야 했다. 다음 방학 때 가면 처음부터 다시 시작하여 절반 조금 더 올라가면 개학이었다. 세 번째 방학 때 또 처음부터 시작하여 겨우 풀스윙을 몇 번 하고 개학을 하게 되었다. 그래서 골프 텐트를 사들고 백양중으로 전근을 갔던 것이다. 백양중학교의 골프 연습장도 좋았지만 운동장이 천연 잔디밭이어서 실전 연습하기에 안성맞춤이었다. 학교에 프로급 선생님도 근무하고 있었다. 골프 선생님은 김○○ 였는데 사회과로 필자와 동갑내기 친구였다. 필자는 그를 골프 사부라 불렀다. 그는 학교 평생 교육 예산으로 골프반을 개설하여 초등학교 교장, 교감, 선생님들, 학교운영위원들, 남녀학부모 및 지역주민 등 많은 사람을 대상으로 이미 골프를 가르치고 있었다. 골프 배우기에 더없이 좋은 여건이었다. 필자도 이곳에서 골프를 완전히 마스터하기로 마음먹었다. 먼저 하얀색 페인트를 사와 운동장 스탠드에 거리를 표시하였다. 10m, 20m……, 100m, 대각선으로는 140m, 운동장 넘어 산으로 가면 160m를 넘었다. 매일 아침 5시 반경이면 기상이었다. 필자는 연습장에서보다 운동장에서 아이언 실전 연습을 하였다. 필자뿐이 아니었다. 운동장에 많은 사람이 모여들어 각자 연습을 하였다. 한참 연습을 하고 있으면 사부가 다가와 "뭐하고 있는가?"라면서 흐트러진 자세를 잡아주었다. 그리고 "이걸로 치면 산으로 멀리 넘어가 버려야 정상이야" 등등……. 오후에도 시간 나는 대로 혼자라도 연습을 하였다. 1년 동안 매일 개인 레슨을 받은 격이었다. 이곳에서 골프를 배운 후 처음으로 처남, 동서들과 함께 영암 '아크로CC'에 라운딩을 나갔는데 107타가 나왔다. 필드에 처음 나와 이와 같은 점수를 받기란 쉽지 않은 일이었다. 필자가 잔디 운동장에서 실전 연습을 하였기 때문에 가능했던 것이다. 백양중학교 교문 통에는 고목이 많아 매우 멋있는 풍경을 갖추고 있다. 교내에는 전문가의 손에 관리된 듯 멋있는 정원수들이 많았다. 필자는 아침에 교문통 쓰는 것을 즐겨 했다. 청소를 마치면 주위 나무들과 어울린 등굣길이 정말로 상쾌하였다. 당시 일찍 등교한 학생들이 자발적으로 필자를 돕던 일은 지금도 고맙고 사랑스럽다.

관사 앞에 텃밭이 있었다. 밭이 비교적 넓어 10여 종의 채소들을 심어놓고 날마다 생채로 먹었다. 체중을 빼기 위해 열일곱 곡을 사와 그대로 밥을 지어 먹었다. 1년 동안을 날마다 잡곡밥만 씹고 있었다. 다음에야 알았지만 잡곡밥을 지을 때는 쌀 절반 정도에 잡곡을 나머지 넣어야 좋다고 하였다. 체중이 10kg 이상 빠졌다. 몸이 가볍고 기분이 상쾌했다. 배구를 하는데 몸이 날랐다. 그런데 만난 사람마다 어디 아프냐고 물었다. 그게 부작용이고 스트레스였다. 관사 담장을 따라 유자나무와 감나무 등 유실수가 있었다. 그런데 한 나무는 아무것도 열리지 않는 나무였다. 그렇다고 멋있는 것도 아니었다. 밑동과 일부만 남겨두고 모두 베어버렸다. 그런데 골프 사부가 와서 왜 그 나무를 베어버렸냐고 하였다. 그 나무가 염증을 제거해 주는 느릅나무라 하였다. 자기가 술을 먹고 나면 자주 잘라서 물을 끓여 먹는다고 했다. 난 한 번도 그 광경을 보지 못했다. 미안했지만 베어진 나무를 어쩔 수 있겠는가? 붙일 수도 없고, 잘라놓은 나뭇가지를 다 가져가라고 농담을 했다. 필자도 가지 몇 개를 말려서 물에 넣고 끓여봤다. 붉은 색깔이 멋있게 우려져 나왔다. 이 액체를 필자가 서울대병원에 입원했을 때 염증을 잡고자 먹었던 적이 있었다. 그때 간수치를 엄청나게 올린 원인 물질이었다. 느릅나무는 소염의 효과에 간에 부담을 크게 주는 나무였다. 미안했다. 며칠 후 필자는 잎이 달린 느릅나무 가지를 잘라 들고 오토바이를 타고 산길 드라이브 코스를 탐색하였다. 한참 후에 비슷한 나무가 보였다. 가까이 가보니 느릅나무 맞았다. 엄청나게 크고 개체 수도 많았다. 언제든 필요하면 베어다 줄 수 있게 되었다. 닭장을 직접 만들어 닭도 키웠다. 교장 선생님 관사에도 닭장을 만들어 주고 함께 키웠다. 그러나 닭을 잡아 맛있게 먹은 기억은 없다. 아쉽게도 백양중학교에 1년밖에 근무할 수 없었다. 인사원칙 상 군단위에서 12년까지만 근무할 수 있었는데 고흥군에 만기가 된 것이다. 승진에 부족한 섬 점수를 채우기에 알맞은 학교여서 1년을 근무하기 위해 왔었다. 학생들에게 미안했다. 평생 학교에 근무하면서 가장 정이 많이 들었던 학생들이었던 것 같다. 학생들이 단체로 관사에 몰려왔다. "왜 벌써 가시느냐?" "안 가시면 안 되느냐?" 등등……. 눈물을 글썽이는 예쁜 제자들을 설득하고 아쉬운 이별을 했다.

아홉 번째 학교는 장흥용산중학교이다. 전남교육청 혁신학교인 '무지개학교'로 지정된 학교였다. 초빙 교사로 근무하게 되었다. 교장 선생님은 교무부장을 할 사람이 마땅치 않아 고민을 하고 있었는데 필자가 전화를 걸어 초빙 의사를 묻자 흔쾌히 승낙하여 성사된 것이었다. 당시 문○○ 교장 선생님과 이○○ 교감 선생님이었다. 교장 선생님은 내가 만난 최고의 도덕 선생님이었다. '희노애락애오욕'의 일곱 가지 감정 중에 '노'가 없는 사람이었다. 직원들과 함께 대화하다 '이 정도면 화가 나셨겠지?' 하면서 바라보면 '화나지 않음.'이었다. '화' 자체가 없는 사람이었다. 화냄이 없는 교장 선생님과 2년간 근무했다. 물론 행복한 시간이었다. 다음에 오신 교장 선생님이 최○○ 교장 선생님이었다. 이 사람 또한 호인이었다. 화는 있어도 모두 스스로 삭일 수 있는 사람이었다. 천주교 신부님이 되었으면 세계적으로 유명한 분이 되었을 것이라고 늘 얘기했다. 마음이 신부님인 분과 2년을 또 보냈다. 용산중학교 4년간은 정말로 교장 복을 많이 받고 지낸 기간이었다. 이 학교에서 근무평정 최고등급을 받아 교감으로 승진을 하였으니 필자에겐 가장 고마운 분들이었다. 이○○ 교감 선생님은 필자와 성격과 이념적인 면에서 맞아떨어져 계속 좋은 관계를 유지하고 있다. 용산중학교에서 만난 또 한 사람이 고○○ 선생님이었다. 인턴 교사로 채용되어 필자의 수업을 따라다니며 부진아 지도를 해주었다. 운동지도자 자격을 갖춰 토요 스포츠 담당 강사로 활동하기도 했다. 문○○ 교장 선생님은 국민 약골이었는데 건강을 위해 골프를 꾸준히 하고 있었다. 고○○ 선생님은 골프광으로 골프를 신처럼 숭배할 정도였다. 필자도 전임교에서 골프를 마스터한 적이 있었다. 세 명이 항상 골프를 칠 준비가 되어있었으니 한 명만 더 추가되면 팀이 이루어졌다. 고향이 장흥인 두 분에게 친구나 선·후배 중 한 명을 섭외하는 일은 어렵지 않았다. 특히, 고○○ 선생님은 넓은 발을 이용하여 비교적 싸게 라운딩할 수 있는 기회를 만들었다. 영암의 '아크로 CC', 장흥의 'JNJ', 남원의 '상록 CC' 등은 우리들이 애용하는 CC였다. 이때 필자가 골프를 가장 많이 쳤던 시기였다. 이후 순천 '부영 CC'에서 골프를 치다 무릎연골 손상으로 시술을 받는 다음 골프와 거리를 두게 되었다. 용산중학교에서도 무농약과 퇴비 농법으로만 텃밭을 가꿔 건강하고 싱싱한 채소를 먹고 나머지는 순천 집까지 공급하였다. 학교에 닭장을 만들고 닭을 키워 집에도 가지고 오고, 선생님들과 함께 먹기도 하였으며, 일부 선생님들과는 옻닭을 해 먹기도 하였다. 국민 약골 교장 선생님이 옻닭을 좋아하였다. 옻닭을 먹으면 속이 좋아져 평소 한 잔 먹던 소주를 세 잔까지 먹을 수 있다고 자랑하였다. 전 직원이 1박 2일로 연수를 떠날 때는 옻닭을 해 먹었다. 목표는 교장 선생님 소주 석 잔 마시게 만들기 위함이었다. 필자의 무딘 감각 때문인지 옻닭을 먹어도 특별한 효과를 느낄 수 없었다. 용산에서도 수업이 끝나면 오토바이를 타고 산으로 들로 달렸다. 봄에는 나물의 제왕이라는 두릅을 실컷 채취했다. 취나물도 역시 산에 천지였다. 당시까지 별로 몰랐던 쑥의 효능을 알고 탐스러운 쑥을 채취하기도 하였다. 용산중도 소규모 학교로 전교생 스물한 명 정도였다. 필자도 담임을 3년간 했는데 학급 학생 수는 다섯~일곱 명이었다. 역시 담임 복 불패였다. 담임을 하면서 그렇게 편할 수 없었다. 특히 마지막에 만난 학생들은 아침 조회시간이 끝나면 "애들아! 노래 한 곡하자." 하면서 우크렐라, 오카리나 등 악기를 들고 와 신나는 노래로 하루를 시작하곤 했다. 청소 시간이 되면 "애들아! 청소하자." 하면서 각자 담당구역으로 가서 홀로 열심히 청소를 하고 있었다. 참 훌륭한 학생들이었다. 학급 학생 수가 적기 때문에 필자의 차 한 대로 어디든 데리고 갈 수 있었다. 산딸기를 따러 가기도 하고, 특히 생일이면 읍내로 데리고 가 치킨을 사주곤 하였다. 체육대회가 있는 날이었다. 우리 학급 한 여학생이 울고 있었다. 청·백팀 달리기 시합을 하는데 한 명이 많았다. 그래서 빠진 학생이었다. 1학년이고 키가 가장 작은 여학생이었으니 누가 봐도 빠질 대상이었다. 담임인 필자가 "대신 저 시합 끝나면 나와 둘이서 시합 한번 하자."라고 제안했더니 눈물을 거두었다. 그렇게 둘이는 트랙을 달렸다. 필자는 봐주면서 뛰겠다고 마음을 먹고 출발하였다. 그런데 아니었다. 아무리 뛰어도 따를 수 없었다. 필자가 졌다. 다음에 무용과로 고등학교 진학을 했다. 체격은 작았어도 체력이 튼튼하니 잘할 수 있을 것이라 믿고 있다. 마지막 겨울방학 때 두물회 선배들과 순천 부영CC에 골프 라운딩을 갔다. 그런데 1년간 운동을 전혀 하지 못한 상태였다. 그런데 경사길에 놓인 공을 잘 치려고 힘을 너무 써버렸나 보다. 오른발 무릎 안쪽 반월상 연골이 찢어져 버렸다. 병원에 갔더니 수술해야 한다고도 하고, 하지 말아야 한다고도 했다. 두 병원을 갔는데 각각 다른 처방을 내린 것이었다. 먼저 수술을 하지 않고 약물치료를 하기로 하였다. 이때부터 무릎연골이 손상되어 근골격계의 아픔이 시작되었다. 다시 말해 육체적으로 갑자기 늙어버린 것이었다. 무릎을 쓸 수 없음이 그렇게 삶의 질을 떨어뜨린 줄을 미처 몰랐다. 필자는 평소 학교에 옷을 편하게 입고 다닌 편이었다. 그러던 어느 날 정장을 입고 교실에 들어갔더니 학생들이 난리가 났다. "수학 선생님이 마이를 입고 오셨다." "진짜?" "정말?" 등등……. 복도 유리창 너머에 전교생들이 몰려들어 필자를 바라보면 믿을 수 없다는 듯 "정말이네."를 외쳤다. 4년의 임기를 마치고 학생들과 아쉬움을 나누며 떠나야 했다. 오랜만에 4년 임기를 다 채웠다. 전교생 모두 깊게 정이 들었고 페이스북을 통해 가끔 소식을 접하고 있다. 용산중을 떠나온 후 우연히 TV에서 전국노래자랑을 보았는데 마지막 우리 반이었던 학생들이 모두 나와 율동과 노래를 부르면서 인기상을 타고 있었다.

열 번째 근무지는 보성여자중학교이다. 보성은 필자의 고향이고, 필자는 보성중학교 출신이다. 어릴 적 보성중학교를 다니며 날마다 바라봤던 여중에 대한 막연한 환상으로 왠지 가슴이 벅찼다. 이곳에서는 승진 발령 대기 기간 6개월만 근무하면 되었다. 짧은 기간이지만 고향에서 열심히 후배들을 가르치겠다는 다짐까지 했다. 교문을 막 들어서니 여성스럽게 아기자기한 정원을 만들어 놓았다. 그러나 교문에서 현관 앞까지 조성된 소나무길은 여학교에 영 어울리지 않는듯했다. 교목이 목련이라는 것이 어렴풋이 기억이 나는데 단한 그루밖에 보이지 않았다. 그것도 수령이나 수형에서 가치 없어 보였다. 학교 건물은 필자가 다니던 시절 그대로였다. 교무실을 비롯한 모든 교실의 출입문이 과거 유물처럼 보였고, 유리창만 겨우 이중으로 보수를 해놓은 상태였다. 체육관 하나만 신식 건물로 건축되어 있었다. 체육관에서 신임 선생님들이 부임 인사를 하는데 학생들의 질서를 찾아볼 수 없었다. 환영을 하는 것인지 고함을 지르는 것인지 구별을 할 수 없었다. 한마디로 엉망이었다. 교실을 둘러보니 특별실마다 출입구가 잠가져 있었고, 헌 책걸상과 헌 비품들은 천장까지 쌓여있었다. 수학실이 있어 기쁜 마음에 열쇠를 구해 들어가 보니 정리 상태는 엉망이었고, 청소를 언제 했는지 알 수가 없었으며 쓰레기 천지였다. 책상은 모두 네 명이 한 줄로 앉는 긴 일자형이었다. 교회 예배당 책상이었지 학교 책상은 아니었다. 효과적인 수업을 위해 분단 조직조차 어려운 책상이었다. 학교가 오랫동안 정상적으로 관리되지 못하고 있음을 한눈에 알 수 있었다. 드디어 교실에 수업을 들어갔다. 교탁에 휴지부터 시작해서 불필요한 물품까지 한가득 쌓여있고 칠판은 낙서로 가득했다. 칠판도 수십 년은 되었을 골동품 칠판이었다. 교탁을 정리토록 하고 칠판을 지우도록 했다. 학생들이 움직이기 시작해도 10분 이상이 걸렸다. 다른 학생들은 조용히 할 것을 지시해도 계속 떠들고 있었다. 겨우 수업을 시작했다. 정면을 보면 조용한 척하다 몸을 돌려 칠판에 필기하면 속닥거리며 떠들어 댔다. 1/3 정도는 수업에 집중하려는 것 같았지만 2/3 정도는 떠들어 댔다. 조용히 할 것을 지시하니 대드는 학생도 있었고, 한 시간 내내 가부좌를 틀고 앉아 손톱만 손질하고 있어 지적했더니 불만 가득하여 항의하는 학생도 있었다. 꿀밤을 한 방 주었더니 비속어를 쓰면서 가방을 싸 들고 집에 가버렸다. 비 오는 날 창문을 통해 빗물이 들어온다고 하여 문을 닫으라고 했더니 지시를 거부하고 대들었다. 도저히 수업을 진행하기가 어려웠다. 집중이 불가하여 벨을 하나 구입하여 시끄러울 때 울려댔다. 처음 몇 번은 효과가 있더니 곧 아랑곳하지 않았다. 다시 호각을 구입했다. 수학 수업을 호각을 불며 진행해야 했다. 기네북에 오를 세계 최초의 기록이 아닐까 한다. 이렇게 수업을 6개월을 하고 왔다. 학교가 학교가 아니었고 학생이 학생이 아닌 경험이었다. 필자는 생활지도 담당이어서 날마다 교문 통에서 학생들을 지도하고자 하였다. 사복, 반바지, 슬리퍼, 체육복 등을 착용하고 등교하는 학생들이 부지기수였다. 오히려 단정한 교복으로 등교하는 학생 수가 적지 않을까 할 정도였다. 복장 지도를 해도 무시하고 가버렸다. 하루는 전남교육감을 만나는 날이었다. 교문통을 지키고 있다가 차례로 네 명의 학생들을 불러 지도하고자 하였다. 세 명이 신경질을 부리며 달려가 버렸다. 마지막 한 명은 "내일부터 고치고 올게요." 하고 도망가 버렸다. 교육이 전혀 이루어지지 않는 환경이다. 도망가는 학생을 바라보며 학교가 사람을 교육하는 장소가 아니라 짐승을 사육하는 장소처럼 느껴졌다. 오후에 전남교육감을 만났다. 아침의 상황을 설명하고 지도할 방안이 있으면 가르쳐 달라고 공개적으로 요청하였다. "대한민국 현행법으로는 제재할 수 있는 어떤 방법도 없습니다."라고 교육감이 대답하였다. 편파적인 이념 지향의 교육정책, 관리자들의 무관심, 담당자들의 임무 소홀 등이 학생들을 괴물로 키우고 있었던 것이다. 교문통의 안전을 책임지는 교통봉사자의 채용이 학생들을 더욱더 괴물로 키우는 데 일조하고 있었다. 학교에서는 교통봉사자를 믿고 생활지도 담당자를 내보내지 않았다. 그러나 학생들은 교통봉사자의 말을 눈곱만치도 듣지 않았다. 이 기간이 10여 년이었다. 학교가 어떻게 되었으리라는 것은 짐작이 간다. 최근 수년간을 소규모 학교에서 근무했기 때문에 걱정 없었다. 하지만 도심의 학교 및 교실이 붕괴되고 있다는 소식을 접한 적이 있는데 이제 읍 단위까지 붕괴되었단 말인가? 이것이 그 현상인가? 전국적인 현상인가? 그렇다면 대한민국의 교육은 정말 망했단 말인가? 걱정이 되었다. 인근 학교의 상황을 알아보았다. 다행히 동일 군에 위치한 보성중학교와 벌교여자중학교 등에서는 학생들이 훌륭하게 성장하고 있다고 하였다. 그럼 전국적인 현상은 아닌데 보성여중만 특별히 그런가? 짧은 기간이지만 고향에서 후배교육에 심혈을 기울이겠다는 필자의 의지와는 정반대로 보아서는 안 될 교육의 현장을 보고 왔다. 6개월간에 걸친 뼈아픈 경험이었다. 그 이후 같은 학교에서 근무하고 있던 교감 선생님을 만나 걱정이 되어 물어본 적이 있었는데 다행히 필자가 근무했던 시기를 넘어 정상화되어 훌륭한 보성여자중학교가 다시 되었다는 소식을 듣고 마음이 놓였다. 다음은 보성여중학교에 근무하면서 언론에 기고한 「AlphaGO와 교육 단상(斷想)」이라는 글이다.

AlphaGO와 교육 단상(斷想)

최근 알파고(AlphaGO)의 인공지능과 인간지능의 대결 결과로 인류가 커다란 충격을 받았다. 즉, '알파고 쇼크'이다. 인간들은 기계와 대결한 게임에서 1승을 올리는 데 위안을 삼기도 하지만, 4패를 한 점에 대해서는 자존심이 상했고, 한편으로 일말의 불안감을 느끼고 있는듯하다. 그래서 이번 게임은 인간이 이길 수 없는 불공정한 게임이라는 등의 주장을 늘어놓고 있다.

바둑 대국이 진행되는 동안 알파고 개발자 하사비스(D. Hassabis)를 보면서 가마우지 낚시를 하는 중국 어부, 산업혁명에 성공한 서구의 침략자, 신무기로 무장한 일본의 사무라이, 수퍼파워 아바타를 조정하는 영화 속 주인공의 현시(顯示) 등이 자꾸 연상됐다. 그리고 2,000여 년 전 만물을 수로 설명할 수 있다는 신념으로 수의 원리를 종교적 차원까지 확장시키고자 했던 피타고라스 학파의 재림이 현실화될 수도 있다는 느낌이 들었다.

그리고 알파고 충격은 1957년 10월 4일 미국이 겪었던 스푸트니크 쇼크(Sputnik Shock)를 떠올리게 하였다. 스푸트니크 쇼크는 제2차 세계대전 종결 후 냉전 체제의 한 중심축이었던 미국이 자국보다 먼저 인공위성 스푸트니크 1호를 성공적으로 발사시킨 소련에 대해 느낀 군사·과학·기술은 물론 교육 부문에서 받은 충격이다.

최근 우리나라 교육의 주도적 방향은 행복 교육, 꿈과 끼 교육, 핵심역량 교육 등이다. 그리고 체험중심교육, 흥미중심교육 등의 진보주의 교육방법을 많이 도입하고 있다. 지식기반사회에 대처하고, 세계적 교육 흐름에 부응하며, 학생들의 꿈과 끼를 반영하고, 즐겁게 체험하면서 창의성을 함양하는 데 이보다 더 좋은 교육이 없을듯하다.

그러나 진보주의 교육방법은 스푸트니크 쇼크와 함께 막을 내린 적이 있다. 최근에 우리나라에서 다시 도입되고 있는 진보주의 교육방법은 인문·사회학 교과나 체육·예술 교과에서는 적절할 수 있으나 자연과학 교과를 공부하는 데는 적절한지 고민해 볼 필요가 있다. 인공지능과 관련된 교과는 자연과학 분야이고, 자연과학의 학습과정은 흥미와 상관관계가 크지 않다. 자연과학을 재미있게 가르쳐야 한다고 주장하고, 흥미를 끌 수 있는 다양한 방법을 제시하지만 효과는 기대에 미치지 못하고 있는 실정이다.

알파고와 같은 인공지능이 포함된 자연과학 분야의 교육방법은 스푸트니크 쇼크 이후 진보주의를 비판하면서 도입된 본질주의 교육방법을 대안으로 생각할 수 있다. 특히, 자연과학 분야의 폭발적인 지식의 양과 지식 생명력의 단기성을 극복할 수 있는 방안은 학문의 핵심 개념과 원리 즉, 지식의 구조를 파악하고 확산적 사고를 통해 창의성을 함양해야 한다는 본질주의 교육방법이 적절하다.

우리나라도 이번 알파고 쇼크를 계기로 제4차 산업혁명이라 불리는 인공지능 산업에 박차를 가해야 한다. 그러기 위해서는 학교 현장에서 자연과학 교과를 중시하고, 공부 방법도 본질주의 교육을 중시해야 한다. 바둑에서처럼 전체적인 그림을 보면서 맥(脈), 그리고 맥과 맥의 관계를 중시하는 본질주의, 지식의 구조 교육이 이루어져야 한다는 것이다.

그리고 학문의 본질, 지식의 구조를 학습하는 동안 느껴야 하는 학습자의 흥미는 종국적인 성취감의 희열로 대체돼야 한다. 자연과학 공부에서 추구하는 행복은 역설적이지만 금욕적 희열인 경우가 많다. 이번 대국 과정에서 보여진 기사(棋士)들의 집중, 인내, 금욕, 두뇌 회전 등이 자연과학을 공부하는 참모습이고, 학습자의 행복은 1승을 올린 인류 대표의 희열감에 넘친 모습에서 찾아야 한다.

교직 생활 Ⅱ (교장, 교감 6년 6개월)

　　첫 번째 학교경영자 생활은 교감으로 승진하여 순천팔마중학교에서 시작한다. 건강을 잃고 순천을 떠난 지 18년 만의 순천 재입성이다. 도시보다 시골을 좋아해 그동안 건강도 회복되었다. 승진하였기 때문에 도시로 들어왔지 그렇지 않았다면 계속 시골에 남아있었을 것이다. 많은 선·후배·동료들이 난화분과 축전을 보내 축하해주었다. 교직 일생 중 가장 기쁠 때가 교감 승진 때라는 말이 있다. 그러나 필자는 큰 감흥까지는 느끼지 못했다. 교감 승진과 버금가는 영광스러운 순간들을 이미 경험했기 때문이었을까? 아니면 아직 교장까지의 승진 갈증이 남아서였을까? 교감이 되니 학생들을 가르치는 업무에서 해방되었다. 가르치는 일이 보람되고 숭고한 일이지만 힘들고 어려운 일임에는 틀림이 없는듯하였다. 교무를 관리하게 되니 학교생활이 편안하였다. 물론 가르칠 때보다 재미와 보람은 없었다. 도시에서 생활하니 집에서 출·퇴근이 가능하고 의식주가 쉽게 해결되어 편리하였다. 그러나 몸에 밴 시골 생활이 그리웠다. 섬을 포함한 시골에서는 필자가 즐겨 찾는 단골 산길이 항상 있었는데 순천에 들어오니 아무것도 없었다. 전부 새로 개척해야 했다. 그것도 날마다 갈 수 없는 먼 거리였다. 먼저 고향 보성까지 달려가 취나물 밭을 개척하였다. 증조부님 산소를 이장하기 전 취나물이 많았던 곳이 기억나 답사를 했는데 지금도 많이 자라고 있었다. 해마다 취나물을 실컷 채취하여 먹을 수 있었다. 아내는 물론 누나들과 함께 취나물을 캐면서 우의도 다졌다. 깊은 산속 깨끗하고 탐스러운 쑥도 채취했다. 머위잎도 천지에 있었다. 모두 뿌리는 살리고 줄기와 잎만 채취하였다. 보성보다 가까운 곳들을 또 개척해 나갔다. 취나물과 두릅이 많은 곳, 쑥과 질경이가 많은 곳, 민들레와 엉겅퀴가 많은 곳, 야생 뽕나무가 많은 곳, 야관문이 많은 곳 등을 찾아냈다. 새싹이나 부드러울 때는 나물로 먹고, 그 시기가 지난 것들은 차로 만들었다. 무공해 재료들만 채취해 깨끗한 물에 씻어 물기를 빼고 그늘에 말린 다음 처음에는 센 불, 점점 중간 불, 나중에는 낮은 불로 전용 프라이팬에 덖어냈다. 덖어낼 때마다 유념을 하여 맛을 내고 재료를 말아 고급스럽게 차를 만들었다. 재료에 따라 약간의 차이가 있었지만 대부분 5회 정도 덖어내면 차가 완성되었다. 차를 만들 때는 그냥 말리는 방법, 쪄서 말리는 방법 등이 있지만 필자는 덖는 방법을 사용했다. 필자의 집에는 직접 덖어 만든 다양한 차들이 쌓여있다. 학교에 가지고 가면 반응이 폭발적이었다. 집과 사무실에서 날마다 직접 만든 차를 끓여 먹었고 동료 직원들에게 나눠주기도 하였다. 필자가 만든 차의 종류는 쑥차, 엉겅퀴차, 질경이차, 야관문차, 뽕잎차 등 수없이 많았다. 뽕잎차를 많이 먹으면 입에서 명주실이 나올지도 모른다고 하니까 직원들이 함께 웃기도 하였다. 쑥차를 선물했더니 마시고 임신에 성공했다고도 하였다. 팔마중학교 학생들은 정말로 착하고 예뻤다. 전임교에서의 염려를 모두 씻어주었다. 도시학교 학생들인데 정말로 모범적이라는 생각을 하였다. 그러나 대규모 학교라 일부 학부모의 민원 때문에 학교가 골머리를 앓고 있었다. 한번 만나면 두 시간을 넘게 이야기를 하는 학부모, 교감의 선의의 지도를 곡해하여 갑질이라고 부모까지 소환해 오는 기간제 교사, 학교 교육력을 블랙홀처럼 빨아들이는 학교폭력 업무, 코로나-19사태에 수업대책 수립, 어떻게든 편해보겠다는 교사들과의 날선 대립 등 날마다 문제가 터졌고, 필자는 어떻게든 그 문제들을 무난히 해결해 나갔다. 일명 학교 문제의 해결사였다. 그러던 중 신○○ 교장 선생님이 새로 전근을 왔다. 교육심리학 박사였다. 인품이 좋았고 성격이 넉넉한 사람이었다. 또 문○○ 행정실장이 왔다. 필자를 포함한 세 사람은 성격적인 면에서 조화가 잘 이루어졌다. 매일 아침 티타임 시간에 두 시간 정도 학교업무에 대해 즐겁게 논의하고 웃음이 그치지 않았다. 그러나 무릎연골이 계속 좋지 않았다. 활동성이 점점 떨어지기 시작했다. 수술을 하였다. 무릎관절인 반월성연골의 찢어진 부분을 정리하고 레이저로 지졌다. 그러나 65세를 넘으면 다시 인공관절을 넣어야 한다고 했다. 활동성이 떨어지니 미술 학원, 붓글씨 학원이 찾아졌다. 길지 않은 기간이었지만 어려서부터 해보고 싶었던 미술 분야 두 가지를 모두 해볼 수 있게 되었다. 비록 높은 수준은 아니었지만 타고난 소질이 있음을 확인하였음에 만족하였다. 다음으로 순천팔마중학교에 근무하면서 언론에 기고했던 「벚꽃 신화」와 「피라 칸사스에서 화이부동(和而不同)을 얻다」를 실어보도록 하겠다.

벚꽃 신화

순천팔마중학교 운동장 주변을 둘러보면 개교 때 심었을 18년 쯤 되는 몇 종류의 나무와 여덟 그루의 벚나무가 있다.

학교를 중심으로 반대편에 높이 솟은 아파트, 좌측의 왕의산 자락, 우측의 학교 부속 건물이 운동장을 둘러싸서 분지로 만든 때 문인지, 높은 아파트 건물 사이로만 이동할 수 있는 골바람 때문인 지 학교 안의 벚꽃은 순천의 여타 지역의 벚꽃과 함께 핀 나무부터 시작해서 피아노 건반 두드리듯 시차를 두어 피고 진다.

오늘 맨 마지막 벚꽃 나무에서 금년 봄과 이별하고 내년을 약 속하듯 만개를 넘어 조그만 꽃잎들이 바람에 흩날리며 떨어지고 있 다. 고향 보성강 댐 벚꽃은 초등학교 6년간 봄 소풍 지정 장소였고, 화사한 꽃과 눈처럼 날리던 꽃잎에 대한 어릴 적 추억은 매년 이른 봄 반복적으로 벚꽃을 기다리는 심적 근원이 되었다.

풍성함과 원형모형에서 으뜸인 쌍계사 초입의 벚꽃, 고목이 된 소나무와 벚나무의 녹색과 순백 빛깔이 상호 전경과 배경의 역할을 교차하는 진해 해군기지사령부 벚꽃길은 가히 일품이다. 예쁘지 않은 꽃이 어디 있을 것이며 특히 겨울을 이겨낸 봄꽃 중에 더더욱 의미까지도 아름답지 않은 꽃이 어디 있으랴만 온 나라 사람들을 거의 동시에 흥분시킨 유일한 꽃이 바로 벚꽃일 것이다. 벚꽃은 일본의 꽃으로 사무라이의 삶을 닮았다 했다.

벚꽃을 볼 때마다 일본 3대 검성들의 전설적 진검승부와 그 상대로 스러져간 수많은 사무라이가 연상된다. 일본 역사상 최강의 검객이었다는 카미이츠미 노부츠나, 그의 유일한 상대요 19차례 진검승부에서 승리만 거뒀다는 츠가하라 보쿠덴, 박자를 중시한 검법으로 육십 번의 진검승부에서 살아남은 미야모토 무사시, 그들은 고목에 아름드리 만개한 화사한 벚꽃이요, 스러져간 상대들은 바람에 흩날리는 꽃잎이었을 것이다.

그러나 만개하는 벚꽃도 흩날리는 꽃잎도 한순간에 같은 운명이 되니 승자도 패자도 없는 싸움이었을 듯하다. 과거 일본인들의 꽃이라는 이유로 몇몇 유명 지역을 제외하고 무참히 베어져 나갔던 벚나무들이 제주도가 원산지인 왕벚꽃 나무라 하여 전국 방방곡곡에 다시 심어져 봄을 수놓고 있다. 전국 모든 곳에서 다양한 수령대의 벚나무들이 자라고 있으니 머지않은 날 봄이 되면 한반도는 우리의 꽃인 벚꽃 세상이 될 것이다.

벚꽃이 우리 꽃이 되었으니 무수한 사람들을 봄나들이로 초대해 순식간에 감탄으로 매료시킨 벚꽃의 마력에 자유롭게 빠질 수 있게 되었다. 이제 벚꽃하면 떠올랐던 일본의 검성들과 사무라이들보다 우리 모두가 벚꽃같이 삶과 죽음을 이분할 수 없는 짧은 인생을 불같은 열정으로 살아가 새로운 벚꽃의 신화를 만들어 가야 하지 않을까?

피라칸사스에서 화이부동(和而不同)을 얻다

피라칸사스, 한겨울에도 붉은색 열매로 정열적 모습을 품어내 내게 무척 인상 깊은 나무였다. 그 나무는 분재로 널리 애용되고 있는데 붉은 열매뿐 아니라 곡선이 중첩된 아름다운 뿌리를 보는 용도로도 사랑받고 있다.

언젠가 좋은 날 지인이 선물한 만수산 드렁칡 닮은 피라칸사스 뿌리 분재에 오늘도 정성을 들이며 상념에 잠긴다. 우리의 역사 속 라이벌 중 정몽주와 이방원이 있다. 단심가와 하여가의 주인공들로 그들이 최후의 만남에서 읊었다는 시조는 오늘날까지도 널리 회자

되고 있다.

백골이 진토되어 넋마저 없어지더라도 일편단심 지조를 지키겠다는 절개와 현실을 인정하며 서로 어울려 살아가자는 제안 사이의 처절한 긴장감이 지금까지도 느껴지는 듯하다. 동시대에 도저히 양립할 수 없었던 두 사람은 비극적 사건을 동반한 채 각자의 길을 갔다.

600여 년이 지난 오늘날의 사회에서는 그때와 비교할 수 없을 만큼 다양한 가치들이 수직적 위계성의 형태보다 수평적 상충성의 형태를 띠면서 존재한다. 복잡다단해진 수평적 가치체계를 바탕으로 한 다양한 집단들의 생존권적 각축전은 사회의 각 분야에서 연쇄 충돌적으로 일어나고 있다. 이 과정에서 자신들의 주장과 변호를 위해 동원하는 언어적 유희들은 가히 만수산 드렁칡을 능가한다.

만수산 드렁칡은 이제 더 이상 변절로만 해석할 필요가 없다. 오히려 절차적 민주주의를 준수하며 생존해 가야 하는 다양한 집단들의 끈질긴 생명력의 모습으로 재해석되어야 한다. 누구든 타인의 주장을 비판하고 자기를 방어할 수 있어야 한다.

이러한 행위들은 일회성으로 끝나지 않고 수많은 반복 절차를 거치게 되며 그 결과는 민주주의의 성장으로 수렴한다. 가치관의 판단 기준이 옳고 그름에서 다름으로 전환된 오늘날 이러한 현상은 더욱 그러하다.

다름의 세계에서 옳고 그름은 없다. 따라서 영원한 승자도 영원한 패자도 있을 수 없다. 승자가 되었다고 자만해서도 안 되고, 패자가 되었다고 좌절할 필요도 없다. 그 현상들은 순간에 지나갈 허상 같은 것이기 때문이다. 그렇다면 현재의 우리는 어떤 삶을 살아야 하겠는가?

우리 모두가 다름을 서로 인정하고 타인을 존중하면서 얽히고 설켜 함께 세상을 엮어나가야 하지 않을까? 날마다 사무실의 피라칸사스를 바라보고 만수산 드렁칡을 생각하면서 여말선초의 비극적 사건이 아니라 미래의 희망을 가져올 和而不同을 생각한다.

두 번째 학교경영자 생활은 순천동산여자중학교에서 역시 교감으로 근무한다. 동산여중은 이름만큼이나 아름답고 전통이 있는 학교이다. 큰 나무들이 많고 녹지대를 형성하고 있어 가장 마음에 들었다. 그러나 막상 학교 안으로 들어가 보니 실망스러운 점이 너무나 많았다. 본관 건물의 외벽 페인트는 퇴색되어 을씨년스러웠고, 운동장은 배수가 되지 않아 비가 조금만 와도 파도가 일고 있었으며, 스탠드는 언제 적에 보수를 했는지 시커먼 시멘트 상태였고, 보도블럭은 때가 끼어 지저분하였으며, 교문을 경계로 밖은 새 아스팔트 도로인데 안은 낡고 파손된 시멘트 도로였다. 건물 안으로 들어가

보니 과거 대규모 학교에서 현재 구도심의 소규모 학교로 전락한 이력 때문인지 빈 교실이 넘쳐났고, 책상과 의자는 마음대로 흐트러져 있었다. 복도 벽 아래쪽은 운동화 발바닥의 묵은 때로 빈틈없이 매워져 있었고, 불필요한 교회식 긴 의자를 복도 양편에 배치해 놓아 미관은 물론 안전에도 문제가 있었다. 수년간 예산투자는 많이 한 것으로 보였지만 기존의 시설과 조화로운 투자는 거의 이루어지지 않는 듯 보였다. 오히려 돈만 들이고 또다시 하나의 널브러진 시설을 늘려놓은 것 같았다. 필자는 이러한 환경에서 6개월을 교감으로 근무했다. 교감은 시설에 대해 손을 댈 권한이 없었다. 교장 선생님에게 수없이 건의해도 수용되지 않았고 추진도 하지 않았다. 무력감을 느낀 필자는 평소 좋지 않았던 무릎 수술을 하여 건강이라도 회복하기로 마음먹었다. 서울 연세사랑병원에서 무릎연골 재생 줄기세포 수술을 하고 왔다. 수술을 결정하기 전 고○○ 원장이 일상생활에 어려움이 없다고 해서 양쪽 무릎을 모두 수술하였다. 그런데 퇴원하는 날 커다란 보조장치를 양쪽 무릎에 씌웠다. 앞이 캄캄했다. 보조장치가 너무 커서 어떻게 학교에서 근무를 하지? 싶었다. 학교에 출근을 했다. 병가를 낼 수도 있었지만 근무를 했다. 양쪽 목발을 짚고, 폭이 넓은 바지 속에 보조장치를 숨겼다. 휠체어를 임대해 실내에서 타고 일을 봤다. 박○○ 보건 선생님에게 도움을 많이 받았고, 보성중학교 후배인 박○○ 주무관이 많이 도와주었다. 특히, 급식실로 가는 길에 급경사가 있어 혼자 올라오기 힘들었는데 두 사람이 항상 도움을 주었다. 대부분의 동산여중 학생들은 여학생답게 정말로 착하고 예뻤다. 그러나 학교폭력 사건으로 다른 학교에서 강제 전입해 온 두 학생이 학교를 망치고 있었다. 지도하는 담임의 교육관도 문제가 있어 보였다. 학부모도 문제가 있었다. 교육 행위의 효과가 나타날 수 없었다. 결국, 학생들은 교육청 학교폭력대책자치위원회까지 가서 처벌조치를 받았다. 당시 많은 운동선수 또는 연예인이 과거 학교폭력 이력이 공개되어 인생 진로가 막히는 일이 유행처럼 번졌다. 그런 일이 있는 후에야 학부모들도 반성의 기미를 보였다. 한 학생은 학교에 점점 순응해 가기 시작했고, 다른 학생은 전학을 갔다. 동산여중에서는 6개월 밖에 근무하지 못했다. 필자는 후배 교감에게 위에서 언급한 시설 보완 사항을 모두 적어 인수인계하였다. 그것이 처리되지 않으면 필자가 동산여중학교에서 근무했다고 말하지 말라는 당부도 하였다. 6개월이 지나 새로운 교장 선생님이 부임해 왔을 테니 많은 부분 좋아졌으리라 기대하고 있다.

마지막으로 거문중학교 교장으로 승진 발령을 받아 최고경영자로 근무한다. 교장은 교직의 꽃이라고 한다. 대통령이 직접 임명장을 수여하는 직책이다. 그러나 거문도로 발령이 나서 기쁨은 반감되었다. 너무나 멀리 떨어져 있는 섬에 소재한 학교였기 때문이었다. 부임을 위해 거문도로 들어가는 날 날씨마저 흐리고 파도도 높았다. 녹동항에 달려가 보니 배가 뜨지 않았다. 대합실에서 무턱대고 기다렸다. 다섯 시간 정도가 흐르니 배가 뜬다고 했다. 배를 타고 가는 내내 가슴이 답답했다. 그런데 반전이 일어났다. 초도에서 거문도 사이의 심해에 다다르니 바다가 파랗게 변해있었다. 어느새 가슴이 후련해졌다. 그러면서 시가 써지기 시작했다. 다음은 부임 길에 쓴 「거문입도시(巨文入島詩)」이다.

거문입도시(巨文入島詩)

거문도(巨文島)에 발령받아 들어온 날
녹동항의 차가운 안개비는
하늘과 바다를 잇는 잿빛 글라데이션을
한층 우중충한 분위기로 덧칠을 하고
거문도로 향하는 사람의 마음을 스산케 하였다.

3일 만에 풀렸다는 주의보!
출항 가능성은 여전히 미지수이고
새벽잠을 설치고 달려와
다섯 시간을 나뒹굴었던 대합실은
신출내기 섬사람의 코골이 장소가 되었다.

바다는 현대판 방랑 자유인이
옛적 선비들의 유배 길을 사칭하는

가면 속의 비밀을 알아차렸을까?

기약 없던 바닷길이 어렵게 열렸다.

드디어 출항이다!

구명조끼는 캐비닛 사이를 빼꼼히 내다보며

안전을 당부하고 있었고

뜨끈한 객실 바닥은 큰 대자로 누워 무의식의 파도를 타게 하였다.

정면의 유리창 너머 널린 풍경은

가상의 키를 잡고 운항하는 희열을 맛보게 하였다.

초도를 넘어서니

심해의 고유 색깔이 잿빛 하늘까지 침투하여 후련함을 제공하고

연록의 바다색은 마음을 녹이는 마력이 있음을 증명하였다.

바람은 하얀 포말을 끊임없이 만들고

거대한 파도는 육중한 철선을 한입에 삼키려 애쓰지만

잘못 먹은 음식인 양 연신 내어 뱉기를 반복한다.

두 팔 벌려 환영하는 동도와 서도를 잇는 거문대교를 들어서니

어머니의 자궁 닮은 안락한 모습의 평화로움이 펼쳐진다.

세 개의 큰 섬들이 빙 둘러앉아 100만 평의 내해를 호수처럼 만들고

천혜의 항구를 앉혀놓았다.

거문도에 도착했다!

巨門일 거야?
처음 접한 거문은 분명 巨門이었다.
바닷길이 크게 열리던 시절
세계 각지의 열강들이
잠들어 있는 나라의 대문인 이곳을
우렁찬 뱃고동 소리로 깨웠었다.

그러나 巨門이 아닌 巨文이었다.
부동항을 탐낸 러시아에 맞선 영국의 선점을 제지하고자
청나라 제독이 들어와 巨文島라 하였다.
필담을 나누다 주민들의 문장에 탄복하여
섬의 이름까지 고쳤다 하지 않는가?

거문도는 육지에서 묻혀온 번뇌를 바닷길만큼 멀리 던져버리고
심신을 정화시켜 다시 태어나게 하였다.
임기를 마치면 머리는 텅 비고 대신 한가득 책이 남을듯하다.
巨文島에서 巨文을 완성하여 책 수레를 끌고 바다를 다시 건너리.

거문도 생활의 적응은 어렵지 않았다. 그동안 섬을 좋아하고, 시골을 좋아했던 덕에 적응하는데 하루도 걸리지 않았다. 거문도에 도착하니 동네가 너무 비좁아 보였다. 바다 냄새도 물씬 풍겼다. 거문중학교 입구를 알기 어려워 헤매다 겨우 입구를 찾았다. 차가 뒤로 넘어질 정도의 급경사 길을 따라 올라가 보니 학교가 아담하게 자리 잡고 있었다. 본관동의 외벽 페인트가 바래있어 첫 이미지가 썩 좋아 보이지는 않았다. 그래도 관리동에 위치한 교장실은 바다가 내려다보이는 명당이었다. 동행한 아내는 관사가 좋으니 그나마 마음에 놓인다고 하였다. 관사는 초등학교 폐교 터에 3층으로 자리 잡고 있었는데 초현대식 건물이었다. 그러나 관사 주변은 계단, 운동장, 건물 주변 할 것 없이 최소 10년은 먹었을 쓰레기들로 가득 차있었다. 관사 운동장 주변의 나무들은 아래 가지가 무질서하게 자라 올라와 흉한 모습을 하고 있었다. 처음 느낌은 관사터가 솔직히 오염지대인 줄 알았다. 날마다 새벽에 골프 운동을 하였다. 관사 운동장에서 어프로치 연습을 하면서 커다란 집게를 구입하여 가지고 다니면서 쓰레기를 일일이 다 주었다. 병 조각, 캔 조각, 프라스틱 조각, 담배꽁초, 나무 조각, 종이 조각, 폐박스, 폐비닐, 페스치로폴 등등 여기저기 숨겨져 있는 것들이 끊임없이 나왔다. 교문통의 한쪽 절벽을 막아놓은 시멘트벽의 작고 동그란 여러 개의 물 배출구마다 쓰레기들로 가득 차있었다. 모두 일일이 빼냈다. 학교 위쪽 구관사에 올라가 보니 역시 쓰레기 천국이었다. 학교 바로 뒤로 나있는 불탄봉 올라가는 등산로에 가보니 역시 쓰레기가 널브러져 있었다. 모든 쓰레기를 직접 다 주웠다. 관사 운동장 주변에 있는 나무의 아래쪽 불필요한 가지도 모두 톱으로 썰어서 멋있는 수형으로 잡아주었다. 한쪽에 쌓여있던 폐건축물 자재들도 행정실에 지시하여 치웠다. 드디어 학교가 깨끗해졌다. 오염지대가 아니라 청정지대가 된 것이었다. 이후 일부 쓰레기를 무분별하게 버리는 직원이 있으면 줍도록 하기도 하였다. 부임 후 한 번 쓰레기를 줍고 2년이 지났는데 현재까지도 깨끗하다. 거문중학교 주변을 무공해 지역으로 만들어 놓았다.

　　거문도 하면 생각나는 것은 역시 낚시였다. 그것도 대물을 낚는 것이었다. 먼저 낚시 장비를 구입하여 갖추고 퇴근 시간이 되면 날마다 목넘어라 불리는 낚시 포인트로 갔다. 심해의 파도를 맞아 갯바위가 깎이고 깎여 맨질거리는 곳이었다. 목넘어 바로 앞바다는 태평양이었다. 앞으로 쭉 가면 멀리 오키나와와 대만 사이를 지나 필리핀에 가서야 육지와 만나는 곳이었다. 대어를 낚기 위한 노력은 계속되었다. 그러나 어신은 쉽게 응낙해 주지 않았다. 낚시채비가 자꾸 바닷속의 바위에 걸려서 소실되었다. 그래도 도전은 계속되었다. 결과는 마찬가지였다. 조과는 잡어들을 잡은 정도에 불과했다. 행정실 박○○ 계장이 일명 장대 낚시를 권했다. 큰 물고기도 잡을 수 있다고 했다. 장대 낚시란 가장 간편한 낚시채비로 낚싯대에 낚싯줄, 봉돌, 낚싯바늘만 연결한 후 미끼를 끼워 갯바위 바로 아래 수심 깊은 곳을 공략하는 원시적인 낚시 방법이었다. 처음에는 따르지 않았다. 거문도까지 와서 장대 낚시는 자존심을 상하게 하는 일이었다. 그러나 장대 낚시채비 준비가 간편하였고, 소실될 일이 없었다. 그런데 조과는 정식 채비와 비교하여 더 나았다. 크기는 어차피 잡어 수준이었고, 마릿수는 더 많이 낚여 올라왔다. 자리돔, 노래미, 용치, 망상어 등이 주로 그것들이었다. 이름하여 잡어들이었다. 한마디로 거문도 낚시의 체면을 구기는 것들이었다. 처음에는 집에 가지고 가니 아내가 좋아하더니 비린내 난다고 더 이상 가지고 오지 말라고 하였다. 그때부터 방생이 시작되었다. 방생할 것이니 잡을 필요가 없어졌다. 그냥 낚시를 접었다. 2개월 정도 하루도 빠짐없이 낚시를 하면서 보냈다. 주말에 바람이 불면 배의 출항이 금지되었다. 그러면 여지없이 낚시를 갔다. 그러나 날씨가 좋지 않으면 고기들도 숨어들어 낚시가 되지 않았다. 고기가 물지 않으니 상념에 젖어들었다. 낚시터에서 어느 날 「우중조사(雨中釣士)」라는 시를 썼다.

우중조사(雨中釣士)

오늘을 듬뿍 즐겨야 하는 예순 언저리에 서니
세월을 낚는다는 말은 호기롭던 시절의 허세일 뿐이고
푸른 바다가 선물하는 행복감을 건져가는 곳이 포인트의 기준이 된다.

갑작스레 비를 맞은 바다는

잔잔했던 얼굴을 흐트러진 동심원의 주름들로 파헤치고
밤새 꾸벅이며 졸던 등대는 아예 깊은 잠에 빠져들었다.

일렬로 늘어선 채 덩달아 잠을 자던 갈매기 대열에서
물 위로 나온 한 마리가 게으른 몸놀림으로 어슬렁거리니
목구멍이 포도청임은 그들의 세계에서도 통하는 듯하다.

타이어에 빙 둘러 촘촘히 묶인 어선들은
소인국에 묶인 걸리버마냥
바다에 누워 신음하듯 조용한 엔진소리를 내고 있다.

희망에 부푼 낚싯대는 시원스럽게 채비를 날려 보내지만
미끼는 신세를 한탄하며 유언장이나 쓰고 있지 않은지
날카로운 이빨로 무장한 바늘은 은폐를 잘하고 있는지 알 수가 없다.

화려하게 차려입은 빡스대는
바람 따라 물결 따라 춤을 추지만 노는 건지 일을 하는 건지
신호를 보내는 임무는 개점 휴업 중이다.

자유의 몸이 되었다는 착각 속에 희희덕거리다
갑작스러운 긴장감에 화들짝 놀라 정신을 차린 채비들은
투명 줄에 몰래 연결된 릴의 불호령으로 소환을 받는다.

판초우의를 둘러쓰고 사색에 빠진 조사는
기다림의 시간 동안 채우지 않고 비워대다가
오늘도 행복한 표정으로 푸른 바다만 듬뿍 담아 간다.

조용했던 낚시터를 한 척의 배가 휘젓고 지나간다.

　거문도에 왔으니 수석을 구경하며 시간을 보내기로 했다. 필자
가 수석을 취미로 삼은 지도 벌써 오래되었다. 거문도의 모든 해변
가를 돌아다녔다. 그런데 돌들의 색깔마저 빛이 나지 않고 어두워
보였다. 정이 들지 않았다. 다행히 장촌마을 뒤 이포해수욕장으로 가
니 홍석 계열의 색채석이 발견되었다. 비교적 아름다운 돌들이었다.
자주 그곳을 방문하였다. 여름에는 수석을 구경하다가 옷을 입고 바
닷가에 그대로 들어가 누워서 한참을 놀다 오곤 하였다. 특별히 좋
은 수석을 얻지는 못했지만 넓은 바다를 보면서 노닐 때는 기분이
더없이 상쾌했다. 그런데 한 가지 걱정이 생겼다. 낯선 사람이 날마
다 오토바이를 타고 마을 뒤쪽 바닷가로 갔다가 어두워져서야 되돌
아가니 예전 같았으면 간첩으로 의심하기에 충분할 일이었기 때문이
다. 즉 신고대상이었다. 그렇게 시간은 흘러갔다. 시간이 지나자 거문
도의 돌들의 색깔마저 아름다워져 갔다. 유림해수욕장에서 좋은 수
석들이 보이기 시작했고, 목넘어 쪽의 검은 돌들도 나름대로 가치가

있어 보였다. 거문도에 정이 든 것이었을까? 아니면 수석의 경지가 조금 높아진 것이었을까? 좌우지간 매일 일과 후 2개월을 날마다 수석을 하면서 소일했다. 그러다 여름방학이 되어 수석을 일단 멈췄지만, 그 후로도 가끔 바닷가에 들러 수석을 구경하고 바람을 쐬고 왔다. 특히 수석을 구경하러 다닐 때 이곡정이라는 약수터에서 늘 갈증을 달랬다. 이곡정은 장촌마을을 조금 못 가서 있는데, 계곡에 배나무가 많아서 붙여진 이름이라고 하였다. 예전에 영국, 러시아, 청나라 군사들이 주둔할 때 마셨다고 하니 유서가 깊은 약수터였다.

거문도의 특산물로 해풍쑥이 유명하다. 순천에서 시장에 가면 가장 이른 계절에 반기는 쑥이 거문도 산이었다. 거문도에 들어와 사방을 바라보면 모든 밭에 녹색 덮개가 씌워져 있다. 처음에는 무엇인가 궁금했다. 차츰 알고 보니 모두 쑥을 재배하는 밭이었다. 쑥을 보호하기 위해 망을 씌워놓은 것이었다. 거문도에는 논이 전혀 없고 밭만 조금 있을 뿐이었다. 그 밭도 90% 이상이 쑥밭이었다. 거문도에서는 해풍쑥을 직접 또는 가공하여 팔아 많은 가계 소득을 올리고 있었다. 쑥밭은 깨끗이 정리하여 관리하고 1년에 여러 차례에 걸쳐서 수확하였다. 거문도에서는 식량을 대부분 육지에서 배로 실어 와야 했다. 물도 귀했다. 계곡마다 취수장을 설치하여 흐르는 물을 모아 식수로 썼으며 바닷물을 정제하여 민물로 쓰기도 하였다. 필자는 봄이 되면 거문도산 쑥을 채취하여 차를 만들었다. 자연에서 채취한 쑥만 사용했다. 사실 주민들이 재배한 쑥들은 비료나 퇴비를 사용하고 있었다. 지역주민들이 자연산 쑥을 뜯고 있는 필자를 보면서 이것이 진짜 거문도 약쑥이라고 말하기도 하였다. 거문도에 깨끗하지 않은 쑥이 거의 없겠지만 그래도 깨끗한 쑥만 채취하였다. 그 양은 상당하였고 순천으로 가지고 가서 일일이 덖어내 쑥차를 만들었다. 교장실에서도 2년 내내 쑥차를 마시고 살았다. 물론 선물도 여기저기 많은 사람에게 하였다. 선물 받은 사람들은 무척 좋아하였다. 거문도산 쑥 덕분에 돈도 들이지 않고 최고의 건강 쑥차를 만들어 건강도 유지하고 인심도 얻을 수 있었다.

거문도의 특산물로 역시 갈치와 자연산 회가 유명하다. 거문도로 발령이 나자 매일 갈치를 먹고 살아갈 것으로 예상하고 준비하였다. 제일 먼저 그릇 가게에 가서 갈치 굽는 조리기구를 구입했다. 그리고 아내에게 갈치 굽는 방법을 열심히 배웠다. 사실 5년 전쯤 거문도에 놀러 간 적이 있었다. 사진으로 봤던 백도의 모습이 너무 아름다워 꼭 가보고 싶어서였다. 거문도와 백도를 구경하고 삼호교 아래에 텐트를 치고 하룻밤을 보냈다. 아침에 일어나 어판장을 들렀는데 갈치가 엄청나게 많이 나와있었다. '이래서 거문도 갈치가 유명한가 보구나.'라고 생각했다. 두 박스를 구입해 이웃 친지들과 나눠 먹었다. 그래서 거문도에는 1년 내내 갈치가 그렇게 많이 잡히고, 어판장에 가면 언제든지 갈치를 살 수 있는 줄 알았다. 거문도에 들어왔다. 어판장을 자주 들렀다. 그런데 이상하게 갈치가 보이지 않았다. 어판장에 자주 가지는 못했지만 갈 때마다 갈치가 없었다. 이상했다. 그러다 갈치를 처음 본 것은 여름방학이 되어서였다. 결국, 거문도 갈치를 날마다 구워서 먹을 계획은 물거품이 되고야 말았다. 거문도의 갈치잡이 배들이 여수로 나가버리고 몇 척이 없다고 했다. 그리고 갈치는 여름이 되어야만 잡히는 것이었다. 예전에 놀러 와서 본 어판장의 갈치는 몇 년에 한 번 있을까 말까 한 모습인데 그날에 맞춰 우리가 어판장에 간 것이었다. 거문도에서 회를 많이 먹었다. 거문도에서는 당연히 자연산 회만 취급할 것으로 생각하였다. 회식은 거의 회였고 손님 대접도 회였다. 우리는 자연산 회만 먹고 산다고 자랑도 했고, 손님들도 역시 자연산 회라 맛이 다르다고 고마워했다. 필자의 입맛은 그렇게 예민하지 못하다. 모든 것이 맛있는 사람이다. 그런데 언젠가부터 의심이 들었다. 거문도 내해에 참돔 양식장이 있다는 말을 들었다. 회식을 위해 회를 주문하면 항상 참돔이 나왔다. 그런데 참돔의 맛이 질기고 느끼한 듯한 느낌이 들었다. 원래 참돔 맛이 그런 줄 알았다. 그래서 다른 회를 주문하려고도 했는데 직원들이 주문하니 챙기지 못했다. 그런데 정년 퇴임식을 하면서 참돔회를 먹는데 정말 먹을 수가 없을 정도로 질기고 맛이 없었다. 그래서 회식을 마치고 지역 사람에게 물어보았다. 아니나 다를까 나의 추측이 옳았다. 지금껏 2년간 거문도에서 자연산으로 생각하고 먹었던 참돔은 모두 양식이었던 것이다. 동 시기에 순천에서 선배님들과 함께 횟집에 들러 식사를 했다. 자연산 감성돔을 시켜보았다. 그런데 맛이 달랐다. 정말로 서근서근하고 담백하였다. 거문도에서 양식 먹고 순천에서 자연산을 먹게 된 것이다. 행정실 직원들에게 이야기했더니 모두 속았다고 하였다. 거문도의 양식 참돔은 나를 슬프게 한 것이었다.

여름이 되면 거문도에 활력이 넘쳐 흐른다. 관광객들이 몰려오고 해수욕장에도 사람들이 찾아온다. 거문중학교 바로 밑에 스킨스쿠버 자격증을 딸 수 있는 시설과 교관이 있었다. 정○○ 대표가 운영하고 있었다. 바닷속에 들어가 다섯 번 정도 훈련하면 되는데 바다 사정, 수련생 사정, 대표 사정 등을 고려하다 보니 쉽게 끝나지 않았다. 유림해수욕장에서 기초훈련을 받았고, 목넘어 내해 쪽에서 수심 5m 훈련을 받았으며, 최종적으로 거문도 등대 쪽 외해로 나가 수심 18m 훈련을 받았다. 바다 훈련이 모두 끝나면 이론 강습을 추가로 반나절 받아야 했다. 이 과정을 모두 이수하고 세계적으로 통용되는 스킨스쿠버 자격증을 획득하였다. 사실 필자는 스킨스쿠버를 배우면 물속에서 작살로 큰 물고기를 잡고, 해삼, 멍게 등을 주울 수 있을 것으로 생각하였다. 예전에 T.V에서 그런 것을 본 적이 있었기 때문이다. 그런데 외국에서는 합법인 경우가 많았는데 우리나라에서는 모두 불법이었다. 물속에 들어가 공기통으로 숨을 쉬어가며 물고기 떼를 비롯한 수면 아래의 풍경을 만끽하는 것으로 만족해야 했다. 결국, 필자가 원하는 것을 취하지 못한 채 슈트를 입는 과정의 답답함, 막상 물속에 들어가 공기통으로 숨을 쉬었을 때의 불편함, 또 언제 닥칠지 모르는 위험성 등으로 매력을 잃어갔다. 그러면서 다른 대안을 찾고자 노력하였다. 그 대안으로 찾은 것이 바로 스노클링이었다. 스노클링은 공기통을 매는 일이 없어 위험성이 사라졌고, 빨대를 이용하여 숨을 쉬니 물속을 마음대로 구경할 수 있었으며, 부력 때문에 바다에 둥둥 떠서 여유롭게 수영을 즐길 수 있었다. 작살만 있으면 물고기도 마음대로 잡고, 해삼, 멍게 등도 마음껏 주울 수 있었다. 스킨스쿠버가 아니더라도 스노클링을 이용하면 필자가 원했던 것을 모두 할 수 있었다. 그러나 스노클링을 이용한다 해도 작살은 불법이었다. 다행히 작살을 이용하지 않고 해산물을 줍는 행위는 불법이 아니었다. 목넘어 내해 쪽 바다가 스노클링을 하기에 안성맞춤이었다. 이후 여름이 더욱 즐거워지고 기다려지게 되었다.

거문도에 와서 첫 번째 사리를 맞이하여 목넘어로 갔다. 물이 많이 빠져 있었다. 필자는 바다에 대해서 이미 적지 않은 지식을 가지고 있던 터였다. 목넘어에 도착하여 미역을 비롯한 해산물을 찾아 이리저리 돌아다녔다. 그런데 바닷물 웅덩이에 커다란 홍삼이 붙어 있었다. 횡재를 한 것이었다. 여태껏 잡은 것 중에서 가장 큰 것이었다. 집에 와서 카톡으로 가족들에게 자랑만 하고 홀로 몸보신을 했다. 오늘의 횡재와 달리 실망스러운 점도 있었다. 목넘어 갯바위에 많은 미역이 붙어있을 것으로 판단했다. 거문도가 심해의 바다에 있기 때문이었다. 그러나 미역은 눈을 씻고 찾아봐도 보이지 않았다. 이상했다. 거문도 바다에서는 미역이 자라지 못하는 줄 알았다. 그런데 그것이 아님은 다음 해가 되어서야 알았다. 1년이 지난 같은 달사리에 혹시 또 홍삼이 있나 구경을 나갔다. 홍삼은 보이지 않았다. 그런데 이것이 무슨 현상인가? 목넘어 갯바위에 미역이 천지에 붙어서 파도와 함께 출렁이고 있었다. 작년과는 천지 차이였다. 갯바위에서 미역을 따서 관사에 가지고 와서 말렸다. 다음 날은 아예 갯바위에서 말려서 가벼운 무게로 들고 왔다. 많은 양의 미역을 목넘어에서 채취하였다. 다행히 목넘어 쪽은 거문도 마을 어촌계에서 특별히 관리하지 않아 누구나 채취가 가능한 곳이었다. 이렇게 채취하여 말린 미역은 최고급 미역이라는 가족 친지들의 칭찬을 들으며 모두 분배하여 나눠 먹었다. 또 여름이 지나니 청각이 목넘어 내해 쪽에 많이 붙어있었다. 이것도 이상한 일이었다. 작년에는 전혀 보이지 않던 것이었다. 청각도 일일이 따서 깨끗이 정리한 다음 관사로 가지고 가서 말렸다. 가을 김장철에 청각은 이것으로 모두 사용하였다. 청각이 붙어있는 쪽이 뿔소라도 많이 있는 곳이었다. 처음 1년 동안 뿔소라를 잡으려다 허탕만 쳤다. 신발이 물에 빠질까 봐 조심하면서 바위 위쪽만 걸어 다녔다. 아무것도 보이지 않았다. 2년 차에는 장화를 사서 신고 물로 들어갔다. 물에 들어가서 자세히 살펴보니 뿔소라가 보호색을 띠고 거의 식별할 수 없는 정도로 바위에 붙어 은폐하고 있었다. 드디어 뿔소라 잡는 방법을 터득하였다. 이후 스노클링을 터득한 후에는 더 재미있고 더 쉽게 잡을 수 있었다. 그러나 뿔소라는 처음 먹었을 때는 맛이 있었지만 조금 지나자 금방 질렸고 먹는 것보다 잡는 재미가 더 좋았다. 다음은 거문도에서 초도로 철부선을 타고 오면서 남긴 「선계감몽(仙界甘夢)」이라는 시이다.

선계감몽(仙界甘夢)

흠결을 찾을 수 없는 순도 백 프로 옥빛 바다는
콧노래마저 가슴 설레어 끊이질 않게 한다.

배가 남긴 흔적은 눈이 부시도록 하얗다가
짧은 생명줄 다하고 본래의 빛깔로 동화되어 간다.

빙 둘러선 수평선은 거대한 반경으로 원을 만들고
신은 물감을 풀어 그곳을 넓고 깊게 채워 넘치게 하였다.

수평선에 박힌 섬들은 옅은 안개로 화장하고 유혹해 보지만
방향키는 늘 거친 풍파가 조각해 놓은 아름다운 여승 바위로만 향한다.

인간이 띄운 배는 수평선 안에 갇힌 채 힘겹게 전진하고
바다는 희열의 용솟음을 견디다 못해 옥빛 물감으로 파도를 품어낸다.

거문도에서 초도에 이르는 한 시간 뱃길은
선계(仙界)를 여행하는 영육까지 황홀한 단꿈이다.

거문중학교 교장으로 근무를 시작하면서 학교시설을 둘러본 적이 있다. 그동안 시설에 대한 관리가 전혀 이루어지지 않고 있었다. 1학년 교실은 빈 채로 책상과 의자는 물론 수십 대의 기타가 어지럽게 널려있었다. 특별실들은 전혀 정리되어 있지 않았으며, 학급 교실 배치도 무질서하였다. 1학년은 어학실을 학급 교실로 대체하여 사용하고 있었다. 물론 어학실의 기능은 할 수 없었다. 1학년 학급 교실을 비워놓은 이유를 물었더니 교실의 냉·난방기가 고장이 나서 배관을 고쳐야 되는데 배관이 천정의 석면 속에 들어있어 뜯을 수가 없다는 것이었다. 지난 관리자들의 행태가 어떠했는지 금방 알 수 있었다. 긴긴 겨울방학 중에 아무것도 하지 않고 있다가 새 학기를 맞이하게 만든 것이었다. 먼저 교사들에게 담당하는 교실을 청소하도록 지시하였다. 직접 점검을 실시하였다. 그러나 교사들도 마찬가지였다. 한 번 지시해서 말을 듣지 않았다. 청소가 안 된 구역은 직접 담당 교사를 불러다 재차 지시하였다. 드디어 각 교실 및 특별실이 깨끗해졌다. 교육청에 연락하여 예정에 없던 거문중학교 석면 해체 공사를 최우선 순위로 해달라고 부탁했다. 여름방학을 통해 석면 해체 공사를 마무리하였다. 덕분에 학교 전체가 깨끗이 청소되었고, 친환경 소재로 천정의 석면을 대체하였으며, 각 교실에 냉·난방기를 새 제품으로 모두 교체하였다. 1학년 교실을 원래 위치로 이동시키고, 1층에 있던 3학년 교실을 2층으로 옮겨 1학년, 2학년, 3학년의 순서로 교실을 재배치하였다. 어학실은 1층에 있었던 이전의 3학년 교실로 옮겼다. 드디어 교실 배치가 정상화되었다. 교실 배치가 정상화된 이후 다섯 개의 전자칠판과 네 개의 빔프로젝터를 각 교실에 새로 설치하였다. 모든 교실에서 분필 없이도 수업을 할 수 있게 만들었다. 분필도 모두 물 분필로 교체하였다. 도교육감에게 요청하여 본관동 외벽을 강판으로 보강해 고급스럽고 멋있는 외관을 갖추었다. 체육관의 지붕을 교체하였고, 우천로를 설치하였으며, 화단에 아담한 목재 분리대를 설치하였다. 운동장에 축구 골대도 새로 설치하였고, 국기 및 교기 게양대를 관리동으로 이동하여 신설하였고, 관리동, 본관동, 은빛관의 건물 명칭의 간판을 부착하였다. 거문도 항구에서도 볼 수 있도록 대형 거문중학교 간판도 설치하였다. 누구나 인정할 수 있을 정도로 학교의 시설들을 일신하였다. 2년간에 걸쳐 거문중학교에서는 천지개벽이 일어났다고 볼 수 있다.

거문중학교에 처음 왔을 때 줄기세포 수술을 해놓은 무릎의 상태가 좋지 않아 걱정했다. 학교가 산 중턱에 있었고, 관사는 그 중간에 있었는데 걸어서 동네로 내려갈 수도 없었고, 학교로 올라갈 수도 없었다. 오토바이를 타고 다녀야 했다. 6개월 이상을 오토바이 신세를 졌다. 관사도 3층에 배정되었다. 전망이 제일 좋은 곳이어서 교장관사로 쓰고 있는 방이었다. 엘리베이터가 없어 계단을 걸어 올라가야 했다. 힘이 들었다. 그래서 1층 비어있는 방으로 가고 싶다고 했다. 직원들이 1층 방은 시야가 막히고, 습기가 차서 좋지 않으니 옮기지 말라고 권했다. 이미 이사를 다 해놓은 상태라 하는 수 없이 그냥 눌러살았다. 무릎이 불편했지만 평지를 걸을 수는 있었다. 유림해수욕장 코스 등을 정해놓고 매일 한 시간 10분에 걸쳐 8,000~12,000보를 걸었다. 쉬지 않고 걸었다. 점점 운동용 자전거 돌리기와 근력운동을 추가하였다. 거문중학교 부임 이후 하루도 빠지지 않고 운동을 했더니 경계선을 넘을까 말까 했던 일부 성인병 지수가 모두 제자리로 돌아왔다. 다리 근육도 굵어지고 무릎의 통증이 사라져 거의 정상으로 돌아왔다. 그러나 눈의 건강은 악화되어 있었다. 원시가 와서 다초점 안경을 착용한 지가 오래되었다. 시야가 흐리고 멀리 있는 산이 겹쳐 보이는 등 삶의 만족도가 극히 떨어졌다. 그러던 중 시골에서 매실을 따다가 눈을 다쳤다. 안과 치료를 받았는데 담당 의사가 백내장이 왔다고 하였다. 그전까지는 모르고 있었다. 단지 노안인 줄만 알았다. 수술을 하기로 마음먹었다. 서울 강남의 CK 성모안과병원 주○○ 원장에게 가서 백내장 겸 노안 수술을 받았다. 병원 측에서 미리 설명했던 대로 처음에는 가로등 같은 강한 불빛을 보면 동심원이 무수히 그려져 밤에는 혼란스러웠다. 세월이 지나니 어느새 적응되어 있었다. 안경을 쓰지 않아도 되었다. 글씨가 잘 보였다. 이런 것을 보고 삶의 질이 향상되었다고 하는 것 같았다. 해경 경비정을 타고 응급실로 이송된 적이 있다. 의료 사각지대인 거문도 관사에서 갑자기 가슴에 통증이 일어난 것이었다. 이상했다. 일주일 전에 시골에서 괭이로 땅을 파고 나무를 심는데 가슴 통증이 살짝 온 적이 있었다. 이번이 두 번째였다. 필자는 위급함을 느끼고 바로 119로 전화를 하였다. 거문도 보건소로 연결해 주었다. 보건소장이 진찰을 하더니 육지로 보내야 한다며 해경에 요청했다. 거문도 해경은 소형 경비정에 태워 거문대교까지 싣고 나갔다. 거문대교 바로 너머에는 심해를 지키고 있던 대형 경비정이 대기하고 있었다. 사다리를 타고 경비정으로 옮겨 태워졌다. 대형 경비정에서는 여수 전남병원으로 연결되어 환자의 심장초음파 결과를 실시간으로 체크하고 있었다. 경비정은 시끄러운 엔진소리를 내며 한없이 달렸다. 육지에 도착한 줄 알았다. 그런데 의외였다. 겨우 바다 한 가운데인 손죽도에 도착하고 있었다. 손죽도에서 연안을 지키는 중형 경비정에 다시 인계되었다. 한참을 걸려 달려가니 나로도항에 도착했다. 경비정이 빠를 것이라는 필자의 생각은 모두 틀렸다. 나로도항에서 대기하고 있던 나로도 119의 응급차를 탔다. 순천 가롤로병원으로 가자고 했다. 그러나 순천 가롤로병원에 응급 중환자가 너무 많아 조선대병원 응급실로 가야했다. 조선대병원 응급실에서 밤새워 검사한 결과 이상이 없다고 했다. 담당 의사가 와서 나이도 먹었는데도 정말 건강하다고 칭찬을 하였다. 나는 우쭐해졌다. 그동안 하루도 쉬지 않고 걷기를 한 결과라 생각하고 있었다. 날이 샜다. 담당 의사가 더 정확히 확인하고 싶으면 외래로 가보라고 권했다. 그러나 조선대병원에서는 이미 예약 환자가 꽉 차 들어갈 수 없었다. 어차피 가까운 순천 가롤로병원으로 가기로 했다. 다음에 알았지만 가롤로병원은 심혈관계통을 잘 본다고 소문이 나있었다. 가롤로병원 외래로 갔더니 응급실로 먼저 보냈다. 응급실의 검사결과는 역시 건강하게 나왔다. 다시 외래로 갔다. 나는 가슴 통증의 뿌리를 뽑고 싶었다. 두 번에 걸쳐 증상이 나타났는데 그냥 넘어갈 수 없었다. 담당 의사는 정○○이었다. 담당 의사가 심혈관조형술을 통해 직접 혈관을 타고 들어가 보면 가장 정확히 진단할 수 있다고 하였다. 다음 주 월요일에 예약을 잡고 다시 오라고 했다. 필자가 출장 때문에 바쁘다고 했다. 담당 의사는 점심 먹고 바로 심혈관조형술을 하자고 했다. 필자가 거문도에서 경비정에 실려 나온지를 알고 있었다. 흔쾌히 동의했다. 심혈관조형술이 시작되었다. 그런데 관상동맥에 이상 증상이 발견되었다. 담당 의사는 심혈관조형술을 해보기를 정말 잘했다고 하면서 스텐트 두 개를 박았다. 그리고 위급한 환자 한 명을 살렸다는 듯 기분 좋아했다. 그러나 필자는 스텐트를 박았으니 약을 먹어야 했다. 이 주일 후에 외래에서 담당 의사를 다시 만났다. 필자와 담당 의사는 서로 불만이었다. 필자는 운동을 정말로 열심히 해서 건강하다고 했는데 갑자기 약을 먹어야 되니 불만이었고, 담당 의사는 죽어가는 사람을 살려놓으니 불만이 많다고 불만이었다. 어떻든 긴급한 상황에서 시스템적으로 잘 움직여 준 거문도 보건소, 거문도·심해·연안 해경, 나로도 119봉래소방대 관계자들에게 감사 드린다. 그리고 영원히 이별을 고할 수 있는 병을 고쳐준 담당 의사에게 진심으로 감사를 드린다. 겨울이 되어 태양이 지구 남반부로 가면 거문중학교 교장관사에서 날마다 떠오르는 불덩이 같은 태양을 바라볼 수 있다. 다음은 그 광경을 보고 지은 「거문도 일출(巨文島 日出)」이라는 시이다.

거문도 일출(巨文島 日出)

상서로운 빛이 새벽을 깨우니
하늘은 눈 비비고 붉은 화장을 시작한다.

넓은 바다는 어느새 금줄을 준비하여
길게 수평선을 그어놓는다.

붉은 태양이 빼꼼히 혀를 내미니
삼라만상은 일제히 환호성을 지른다.

불덩이로 솟아난 태양은 수줍은 출산의 흔적을 지우고
시나브로 수평선과 작별해 간다.

하루를 여는 거문도의 아침은
날마다 뜨거운 함성을 목격한다.

거문중학교 교장은 교직 생활을 마무리하는 자리였다. 거문
도의 교육 소외 지역 학생들을 위해 열심히 교육행정과 교육활동
을 펼쳐 마지막 봉사를 하리라 다짐했다. 전교생 열다섯 명에 교직
원 열일곱 명이었다. 학생 수가 적으니 학교 예산이 남아돌았다. 특
히 폐교 지원금이 많아 돈이 넘쳤다. 학생들에게는 모든 것이 무료였
다. 에듀 택시를 이용하여 무료로 등하교를 시켜주었다. 특색교육으
로 야간공부방 '등대 교실'을 운영하여 연중 저녁 식사를 제공하면
서 저녁까지 특기·적성교육을 실시하여 학력 향상을 위해 노력하였
다. 모든 교과 교육에 필요한 교수 학습 자료를 무료로 제공하여 효
과적인 교육활동이 이루어지도록 하였다. 교수 학습 자료는 택배를
이용해야 했는데 날마다 택배가 상상을 초월할 양이 배달되었다. 학
생들에게 포부와 자신감을 불러주기 위한 노력도 많이 기울였다. 유
명한 강사진을 불러 특강을 실시하였다. 신○○ 전남대 명예교수, 김
○○ 중앙대 명예교수, 최○○ (전)HMM 부사장, 신○○ 순천대 겸임
교수, 두○○ 광주여대 교수, 임○○ 광주여대 교수, 배○○ (전)전남도
의회 의원, 전○○ 청암대 겸임교수외, 안○○ 서울교대 명예교수 겸
(전)한국교총 회장 등이다. 전교생의 인적 사항과 장래 희망까지 교
장실에 게시해 놓고 학생 개개인에게 관심을 갖고 만날 때마다 격려
의 말을 건넸다. 정말로 교육자의 마지막 길을 의미 있게 보냈다. 그
런데 문제가 발생했다. 지역민 체육대회가 열렸다. 기관장 회의에서
협조해 달라고 했다. 거문초등학교에서 행사가 이루어졌는데 학생들
을 모두 에듀 택시에 태워 함께 행사에 참석했다. 밴드도 불러 행사

를 치렀다. 필자가 노래한 곡 하라고 했더니 부모에게 전화해서 일러 바치고, 부모는 하기 싫은 노래를 시켰다고 교육청에 민원을 제기하여 장학사를 괴롭혔다. 결국은 부모를 필자에게는 오라고 해서 문제를 해결했지만 사기가 땅에 떨어졌다. 이후 아무것도 할 수 없었다. 아니 하고 싶지 않았다. 그냥 글만 썼다. 그리고 2년에 걸친 작업으로 13대 선조에 관한 소설 『임진란 보성의 젊은 호랑이 방촌공 최억남』을 완성하여 정년을 기념하였다. 부족한 필자에게 거문도에 근무했다는 이유로 서울교대 명예교수 겸 (전)한국교총 안양옥 회장님으로부터 '거문(巨文)'이라는 호를 선물로 받았고, 국가로부터 그동안의 공적을 인정받아 녹조근정훈장을 수여받았다. 일생을 바쳐 후세 교육에 최선을 다했지만 부족한 점이 많았음을 인정한다. 훌륭한 후배들이 있으니 그래도 마음이 든든하다. 후배들을 믿고 후련한 마음으로 교직을 떠난다. 다음은 거문중학교 생활을 마치고 거문도를 떠날 때 쓴 「거문출도시(巨文出島詩)」이다.

거문출도시(巨文出島詩)

유유자적 노닐던 천국의 유배 생활 풀려
세월의 유한성에 감사 삼배 올리니
햇볕 조명 받아 아름답던 풍광조차
구름 속에 달려들어 아쉬운 눈물 훔친다.

수레를 준비하여
출도의 동반자를 모집하니
외로운 두어 해를 행복하게 만들어 준 벗들이
앞다투어 동행하겠다고 아우성 친다.

널려있던 글들이 재빨리 정돈하더니
가장 많은 시간을 함께 보냈다며 맨 먼저 오르고
엄격한 검열을 통과한 수석 몇 점이
남겨진 친구들의 부러움을 사며 뒤따라 오른다.

뜨겁게 사랑하다 헤어져 잠만 자던 낚싯대는
소식을 듣고 벌떡 일어나 엉거주춤 온몸을 털어내고
버림받을 위기의 순간에도
몸값 핑계 삼아 큰소리로 동행을 요구한다.

현관 너머 펼쳐진 맑고 푸른 바다는
뭍에 나가 살자며 자꾸 눈치를 주어도
날마다 함께 대화 나눈 의리를 저버리고
정원에 갇히기는 싫다며 시선을 거부한다.

거문도를 떠나는 뱃고동 소리 요란하니
배웅 나온 갈매기 떼도 슬피 울어대고
때 이른 연록의 봄옷으로 갈아입은 심해는
역풍의 파고를 높여 헤어짐을 방해한다.

거문대교가 안개에 묻혀 흔들던 손을 거두고
초도 여승 바위의 목탁 소리 청량하게 들려오니
수레에 탄 채 숨죽이던 벗들은 안도의 한숨을 내쉬고
고단한 바닷길을 이끌던 여객선도 녹동항에 안착하여 이별을 고한다.

거문도에서 巨文의 전설을 접하고
巨文을 길러내고자 한 간절함이 겹겹이 쌓이니
좁다란 표정이 빈자리를 내어주기 시작했을까?
얼굴에 巨文의 모습이 아른거린단다.

수줍은 '巨文'이란 호를 선물 받은 거문도가 벌써 그립다.

-감사합니다.-

청천

[淸 泉]

초판 1쇄 발행 2023. 5. 8.

지은이 최대욱
펴낸이 김병호
펴낸곳 주식회사 바른북스

편집진행 김재영
디자인 양헌경

등록 2019년 4월 3일 제2019-000040호
주소 서울시 성동구 연무장5길 9-16, 301호 (성수동2가, 블루스톤타워)
대표전화 070-7857-9719 | **경영지원** 02-3409-9719 | **팩스** 070-7610-9820

•바른북스는 여러분의 다양한 아이디어와 원고 투고를 설레는 마음으로 기다리고 있습니다.

이메일 barunbooks21@naver.com | **원고투고** barunbooks21@naver.com
홈페이지 www.barunbooks.com | **공식 블로그** blog.naver.com/barunbooks7
공식 포스트 post.naver.com/barunbooks7 | **페이스북** facebook.com/barunbooks7